文學新象 256

說了謊以後

Cross Her Heart

莎拉・平柏羅（Sarah Pinborough）◎著
劉佳澐◎譯

高寶書版集團

1 在那之後

他

可惡的女人。

他緊捏著紙張邊緣，一行行原本整齊的文字被捏成了怪異的曲折狀，有些句子凹陷了，而有些卻變得更加顯眼，彷彿在嘲弄著他。

我無法面對。

你太生氣了。

你傷害我的時候，讓我很害怕。

我不再愛你了。

整個世界在搖晃，他沉重地呼吸，並掃視最後一行文字。

不要來找我，不要試著找到我。不要試著找到我們。

在紙張被他捏成一團之前，他重讀了三次。她走了，她們走了。他知道這是真的——他能感覺到屋裡一股陌生的空虛，但他還是來回穿梭每個房間，打開空蕩蕩的櫥櫃和衣櫃。沒有半點她的蹤跡了，也沒有護照或駕照，這些形塑了她人生的重要細節都不見了。

不要試著找到我們。

他回到餐桌旁，把信徹底揉爛，彷彿用拳頭緊緊扼住她的一字一句。她說的對，他的確是很生氣。不只生氣，而是狂怒。他的內心正被憤怒的烈火肆虐著。他透過窗戶往外凝視，掌心的汗水浸濕了被他緊捏在手裡的紙團。伏特加。他需要伏特加。

當他喝著酒，計劃的種子在他內心黑暗的土壤中開始萌芽。

她無權對他這麼做。尤其是在他們經歷過這麼多事之後。

他將為此摧毀她。

第一部

2

現在

麗莎

「生日快樂，親愛的，」我在廊道上說。現在才六點半，我睡眼矇矓，但廚房裡已經充滿青少女們吱吱喳喳的吵鬧聲，彷彿一股力道十足的浪花一般朝我襲捲而來。我不記得自己曾經像她們一樣如此有活力，但這是一種很好的感覺，充滿了希望和信心。

「媽，妳不用起來，我們正要出門。」她笑著走過來親吻我的臉頰，身上混合著蘋果沐浴乳和少女體香劑的味道，看起來很累。也許她的事情太多了。她的高中畢業考就快到了，每週其中幾個白天還要參加泳訓，也要花些時間和女孩們玩樂在一起，更要上學，我們的相處時間很少。這也是我一直告訴自己的，總會發生。她正在長大，正要獨立。我得學著放手。但很難。因為一直以來都是我們兩個相依為命，而現在她的世界幾乎要由她自己來主導了。

「我女兒的十六歲生日可不是天天都有，」我邊說邊將水壺裝滿，並向她眨眼。她朝著安琪拉和莉茲翻翻白眼，但我知道我早起送她出門上學還是讓她很高興。她一下子就長大了，但仍是我的寶貝。「而且，」我補充，「我公司今天有個重要的簡報要做，所以也需要早起。」

一陣手機震動聲響起。三個女孩同時看向桌上的螢幕，而我則轉頭看著水壺。我知道艾娃的生活中有個叫寇特尼的男孩。她還沒向我說過他的事，不過上週她罕見地把手機忘在餐桌上時，我曾經看過他傳來訊息。以前我常常檢查她的手機，當時我還可以這麼做。現在她用了密碼，而即便要承認這一點讓我很痛苦，但她的確應該擁有隱私。我得學著相信我聰明的女兒有著明智的心思，能夠保護自己。

「妳要現在拿禮物，還是晚上吃披薩的時候再拿？」我問。

艾娃手裡抓著幾個小禮物袋，袋口露出彩色的包裝紙，但她沒有和我分享朋友們買了什麼送給她。也許晚點她會說。幾年前她會衝過來展示給我看，現在卻不會了。時光飛逝。一下子我就快要四十歲，而艾娃也十六歲了。她很快就會像長成的鳥兒一樣離巢。

「裘蒂在外面，」安琪拉說，目光從手機螢幕上離開了一下，「我們該走了。」

「晚上再拿就好，」艾娃說，「現在沒時間了。」她對我笑了笑，而我想終有一天她會亭亭玉立。有那麼一瞬間，我感到一陣悵然若失的疼痛，於是我專心攪拌我的茶，並查看還放在餐桌上的簡報資料，同時女孩們正在收拾外套、泳具和書包。

「晚上見，媽。」艾娃回頭喊到，她們消失在玄關的盡頭，而當她們走到外面時，我感受到一股潮濕的空氣。一個衝動之間，我從皮夾裡掏出二十鎊並追了出去，連前門都沒有關上。

「等等，艾娃！」我只穿了薄薄的睡袍，但追著她跑到小徑上，手裡搖晃著鈔票。「給妳和女孩們在上學前買頓好吃的早餐！」

「謝謝！」艾娃說，其他女孩們也很快地應和，她們鑽進裘蒂的車，她是個矮小的金髮女孩，而我站在門口看著她們遠去。裘蒂開車時，她們甚至還沒完全坐進去，讓我在揮手道別時有些心驚膽跳。她開得稍快，而且一定沒有事先檢查後照鏡。艾娃有繫好安全帶嗎？非常擔心。我就是這樣。她們根本不了解生命有多珍貴，不了解她們有多珍貴。她們怎麼可能了解呢？如此年輕，如此快樂。

現在是初夏時分，天空卻是深灰色的，雨經常下個不停，在空氣中注入寒意。我一直站在原地看著，直到裘蒂的車子轉過前方的路口。就在我準備要回到溫暖的屋裡時，我看見一輛車子停在身後寧靜的小彎道上。我的皮膚感到一股刺痛。這是一輛陌生的車子，深藍色的，我從來沒有看過。我認得這條街上的每一輛車，注意到異狀已經變成一種習慣。這輛車是新來的。

我的心在胸中鼓譟著，像一隻被玻璃窗困住的鳥。我沒有移動半吋，不是準備防禦或逃跑，而是一種寒毛直豎的恐懼感。車子已經熄火了，有人在輪子後面，看起來矮矮壯壯的，但太遠了，看不清他的臉。他在看我嗎？我的腦袋正嗡嗡作響，而我試著喘口氣。正當我被恐慌淹沒，那個男人從車後繞到前面來，一邊穿起外套一邊向司機揮著手。車子的引擎再度發動，直到它移動的那瞬間，我才看到車身上的一排小字：易達計程車。

鬆了一口氣的感覺像海浪一樣沖刷而來，幾乎讓我大笑了。幾乎。

妳安全了，當計程車駛過時我對自己說著，車裡的人沒有看向我這邊。妳安全了，艾娃也安全了，妳要放輕鬆。

當然說比做來得容易，這些年來我已經明白了。恐懼從未真的離開我，我曾有過短暫的平靜時刻，讓我能暫時放下過去，但像剛才那樣的瑣事又會引發我的恐慌，而我了解這股恐懼會一直存在，彷彿熱焦油一般牢牢黏在我的身體裡。而且最近，我一直有一種感覺，一種不安的躁動，似乎周遭有某種我應該察覺的異狀，但我卻沒有看見。有可能是我自找煩惱，我的年紀、更年期或因為艾娃正在長大。或許什麼事也沒有，但我仍然……

「拿零用錢給她們呀？」

我倒抽一口氣，嚇得退了一步，然後大笑起來，就像人們被嚇到後都會有的那種反應，即使我的恐懼一點也不好笑。當我轉身看到高德曼太太站在她的前門時，我的手還摀在胸前。

「妳還好吧？」她問。「我不是故意要嚇妳。」

「抱歉，我還好，」我說。「一大早就走神了，妳知道是什麼感覺。」我朝著自己的門口走去。我不確定高德曼太太是不是真的知道那是什麼感覺。她小心翼翼地彎身去拿階梯上的牛奶瓶，我看見她踉蹌了一下。她早上都在做什麼呢？看《倒數計時》、《零分至上》那種益智遊戲類的電視節目嗎？她兒子也有好一段時間沒有回來看她了。

「我想晚點會下大雷雨。需要我幫妳從商店帶點什麼回來嗎？我得去多買些麵包和零食。雖然我下班後要帶艾娃去吃披薩，很晚才會回來。今天是她的生日。」其實我不需要買麵包，但我也不希望高德曼太太冒著大雨出門。她的髖骨不好，而且路上可能會很滑。

「噢，如果不會太麻煩的話，」她說，我可以聽出她鬆了一口氣。「妳真好。」

「應該的，」我笑著說，卻感到一股自己也不明白的揪心。似乎是一種對他人的脆弱產生的同情，人們往往不願意展現脆弱的那一面。類似這些。我聽著她列出所需的東西，每樣都只需要一人份。我會再多帶一塊棋盤蛋糕當作禮物。我也該在週末的時候拜訪她，一起喝杯茶。她的日子一定很漫長，而且我們往往很容易就遺忘了世界上那些孤獨的人。我知道那種感覺。我也有好長一段時間很孤獨，某方面來說，至今仍然孤獨。所以我現在都試著對孤獨的人好一些。我已經明白友善有多重要，除此之外還會有什麼？

自從 **PK** 人力仲介開了第二間分公司，我們就搬到一間小了一些卻比較時髦的辦公室。我八點就到辦公室，而即使距離賽門．曼寧來訪還有一段時間，我已經緊張得微微反胃，雙手還焦慮得發抖。我告訴自己這是因為簡報的關係，但那是鬼扯。這也是因為賽門．曼寧的關係。賽門遊走在一個模糊的位置，既是我的一位潛在新客戶，又是別的。一個曖昧對象，一個有魅力的男人。他看著我的方式變了，我卻不知道怎麼處理，彷彿我的腦袋裡一直有股微微的電流通過。

「給妳的。」

我從簡報頁面中抬起頭，看到瑪麗蓮拿著三條金莎巧克力。「祝妳好運。還有這個，」她伸出原本藏在身後的另一隻手，手裡拿的是一瓶香檳。「等妳搞定後來慶祝。」

我對她露出大大的微笑，心中感到一股暖流通過。還好有瑪麗蓮。「希望我真的能搞定。我聽說他也有找其他廠商談。」

「噢，別擔心，如果妳搞砸的話，我櫃子裡還放了伏特加。」

「老天，謝了。」

「好朋友是做什麼用的？」

這間新落成的開放式辦公室最棒的地方在於，我和瑪麗蓮的桌子正好面對面，像一個兩人小島。瑪麗蓮設計了辦公室隔局，而且效果很好。她對空間很有一套。也許是因為跟建築師結婚很久，受到潛移默化。

「看看托比，」她說，朝著房間的另一邊抬了抬頭。「他跟新女孩們處得多開心，像在泥巴裡打滾的豬。」

她說得對。我們靠在她的桌旁，看他對自己洋洋得意的模樣。新同事們看起來都二十五歲以下，三十歲的托比似乎就成了個經驗老到的成熟男人。他一定忙著討她們歡心。女孩們笑得花枝亂顫，顯然他在示範影印機時說了什麼非常有趣的事情。

「她們會明白的，」我說。無論如何，我們應該會有好一陣子能笑看這一切。辦公室裡有明亮的日光燈管，還有整齊劃一的辦公桌搭配紅色的椅子，和穿著時尚的同事，在這裡工作感覺真好，讓我早上一時的不安終於像惡夢的餘悸一般逐漸消退。

九點時，我們美麗的主管潘妮，同時也是**PK**人力仲介的靈魂人物，召集大家聚在一起。我們在她的辦公間門口圍成一個半圓，瑪麗蓮和我則站在人群的後面一些，可能看起來像兩個牧羊人，或保母。我很喜歡潘妮。她總是朝氣勃勃又做事俐落，而且似乎一點也不需要和她的員工閒話家常。我在這裡工作超過十年，從未有過那種兩人間的私下交流。瑪麗蓮認為這很奇怪，但我不覺得。即使潘妮跟我年紀差不多，但她是我的老闆。我不希望她試圖和我當朋友，這會讓我感到不自在。

「很高興終於可以向新同事們說聲歡迎，」她開口。「非常開心愛蜜莉、茱莉亞和史黛西加入我們，希望大家共事愉快。」

三個年輕、膚色健康、化著全妝的女孩紛紛向她綻開笑容，並且開心地互看了一眼。我希望她們會一直對彼此這麼友好。我第一天到職時就見到瑪麗蓮，而我無法想像沒有她的人生。她既是同事，也是我最好的朋友。她化解了我的孤獨。

「另外，我也要跟托比、瑪麗蓮和麗莎好好說聲謝謝，在這個轉型階段把公司維持得這麼好。瑪麗蓮和麗莎是這裡的資深員工，如果你們有任何疑問，務必詢問她們的意見，她們大概比我還要熟悉這間公司的日常運作。」

同事向我們投以好奇的眼光，瑪麗蓮向大家露出微笑，而我卻低下頭來看著自己的鞋子，暗暗希望他們別再繼續盯著我們。如果我有瑪麗蓮的沉著和自信就好了。她總是從容不迫。

「總之，待會茶水間裡會有蛋糕，有意願的話下班後也可以到綠人酒吧一起喝一杯，我當然希望大家都能到場。」

潘妮回到辦公間裡面，我們圍成的小圈圈於是解散。我看了時鐘一眼。距離賽門來訪還有一段時間，我頓時想起這次會議有多重要，而那些有關曖昧的荒唐思緒便煙消雲散了。我深吸了幾口氣，胃部一陣翻攪。我做得到，我對自己說，但仍對自己半信半疑。我必須做到。要是能簽下這個案子，再焦慮都值得，另一方面，我還能因此而拿到不錯的年終獎金，甚至有可能加薪。我得多為艾娃將來讀大學多存點錢。我可不希望艾娃一成年就要負債，所以一定會幫助她。我會竭盡所能保護她免於被這個世界傷害。

我必須如此。因為我深知外面的世界有多可怕。

3 艾娃

自助餐廳裡又悶又熱，就像泳池旁的更衣室一樣，夏日暴雨猛烈拍打在窗上，模糊了窗外的景色。我對下雨沒什麼感覺，安琪拉則很討厭雨，因為她仔細吹直的頭髮會在潮濕的雨天裡又捲了起來。對我來說，除非戶外有暖和的大太陽，否則我比較喜歡在室內吃午餐。我以前總是在室內吃午餐，當時我常跟凱絲和瑪蘭妮玩在一起，現在回想起來，已經恍如隔世。她們唯一令我想念的就是在室內用餐的習慣。安琪拉是個比較喜歡戶外活動的女孩，所以我們通常會在外面的長椅上吃午餐。當然不是在這種大雨之下，現在我們跟大家一樣乖乖地待在室內。

「妳覺得呢？」她說。「禮拜六怎麼過？到裘蒂家嗎？我們可以先去酒吧，然後再大家一起過去之類的，看看有沒有其他人也在附近？」她的眉毛用眉筆畫得很深，當她充滿暗示性地抬起其中一邊時，看起來彷彿有一條毛毛蟲在她漂亮的臉蛋上蠕動。如果我也化妝的話，大概會塗得亂七八糟吧。安琪拉對服裝和彩妝的品味比我好上太多了。她精心打扮的時候，看起來大概像二十歲，而我看起來卻像個小胖妹，是我們之中的醜小鴨，我心知肚明。老天，拜託讓我有朝一日變成白天鵝吧。

「好啊，聽起來不錯，」我說。「如果有其他人也能來的話。」

安琪拉的手指飛快地在手機鍵盤上敲打，我知道她一定是傳了訊息到我們的 WhatsApp 群組「我的壞女孩」裡，等一下我的手機就會跟著震動。是莉茲想到這個群組名稱的。「我們的確是彼此的壞女孩啊。」她一定會這樣說，而我們會一起大笑。她說得對。我真不敢相信自己加入拉克萊斯游泳隊才滿一年，而我跟這群女孩也只認識十個月而已。感覺就像我們已經當了一輩子的朋友了。其實我算是以前就認識安琪拉，因為我們同校，但我們從來沒有像現在這麼要好過，當時她對我來說只是人群中的一個陌生臉孔而已，我對她而言也是一樣。「我的壞女孩」？今非昔比。回想這一切，至今依舊會讓我微笑。不過我比較喜歡「驚奇四人組」，游泳教練都這樣稱呼我們。我們是他帶領的常勝軍。雖然通常是個人參賽，但我們總會互相激勵彼此拿出最好的表現來。我們從第一天泳訓的早晨就一拍即合，就像一塊塊拼圖完美地吻合，拼成一幅令人驚艷的作品，讓拉克萊斯躋身成為一支極具競爭力的游泳隊。

我們不同年紀，個性也大相逕庭，但這樣很好，讓我們有說不完的話題。我和安琪拉唸愛德華國王文法學校，莉茲是哈里斯學院第六學級，那是市中心一間眾所周知的狗屁爛學校，而裘蒂則是唸艾勒頓大學一年級。她已經大約二十二歲了，游泳比賽要參加成人組，但她真的是我們的一份子，而且似乎也不在意我們都比她年輕。

她跟我們一起泳訓，因為成人組的訓練時間跟她學校的課堂時間衝突，而且她說比較喜歡早上練習。她沒有住校，而是和媽媽一起住在埃勒斯頓這邊，所以她其實也沒有非常融入大學生活。她會教我們一些游泳技巧，是一個很酷的女生。她從不會讓我覺得我們年紀相差很大，也不是說相差五歲真的有那麼大的隔閡，只是「愛德華國王文法學校第六學級」，聽起來真的很像國中生之類的，別人常常以為我們年紀很小。

「莉茲要加入，」安琪拉看著手機小聲地說，好像我沒有收到群組訊息一樣。「裘蒂說她媽媽這個週末不會回來，她挺確定的，但還是會再確認一次。」

跟大學生當朋友還有一個好處，就是他們的父母通常不會管太多。裘蒂的媽媽應該是從事室內設計，或是跟豪宅有關的那種工作，她的男朋友住在巴黎，最近她為了某個案子也住在那邊。她的工作聽起來很光鮮亮麗，但最重要的是，這意味著她很少在家。我從來沒有見過她，房子幾乎算是裘蒂一個人的。

「太好了，」我回答。我很想查看Facebook，但我告訴自己午餐結束前都不要去看。我小口吃著冷掉的烤馬鈴薯碎屑，肩膀正因為早上練習蝶式和昨晚的健身課而隱隱作痛，蝶式不是我的強項。我們很認真練習，但我最近已經有點倦怠了，我能感覺得到。我得打起精神，否則很快其他人就會注意到，或者更糟的是，我可能會拖累整支游泳隊。比起其他幾個女孩，我總是需要花更多力氣來維持身材。莉茲天生就很精實，而且跑起來就像羚羊一樣敏捷。裘蒂的身高只有一百六十公分左右，但身上都是肌肉，穿著泳衣的時候看不出半點贅肉，充滿活力，而且有點男孩子氣。安琪拉則身材凹凸有致。她泳姿曼妙，莉茲這樣形容。不是說她的胸部大到游泳時會上下晃動，而是當她一下水，舉手投足就充滿了女人味。我不太確定自己是怎麼融入這個小團體的，上學期我甚至不小心聽到傑克馬修那個娘娘腔說我「屁股比胸部還大」，至今還是讓我很受傷，但他說的可能沒錯。我遺傳到我媽的酪梨型身材。所有增加的肥肉都長到大腿兩側去了，就算我吃得再少，大腿看起來還是很粗。

我應該會告訴我媽說週末時裘蒂的媽媽也會在，好讓她不會那麼擔心。說謊讓我升起一股罪惡感。我們四人的家庭中，就屬我媽的保護欲最強。我之前沒有注意過。因為一直以來都只有我們兩個人，還有瑪麗蓮阿姨，而且我知道她愛我勝過世上的一切，我當然也愛她。但我現在已經十六歲了，該擁有自己的空間，就像我的朋友們那樣。到了傳個訊息給我。離開時傳個訊息給我。我會去接妳，不會，一點都不麻煩。我知道她是好意，但沒有人的媽媽像她這樣，這讓我忍不住感到很尷尬。我覺得自己還像個小孩，但我不是。我幾乎是個女人了。我也有自己的秘密。

女孩們的手機一起震動了起來，看到莉茲傳的訊息，我們同時大笑出聲。一張噁心射精的動圖。

「所以，妳要嗎？」

每次講到跟性有關的話題，安琪拉就會用這種奇怪又半調子的美式口吻說話。她剝下一塊甜甜圈扔進嘴裡，一邊看著我，棕色眼睛的眼神十分銳利。

我故作輕鬆地聳聳肩，雖然心跳漏了一拍。我要嗎？我總說想在十六歲的時候去做，而且某種程度上來說我的確想，至少之前是這樣，但我不覺得這件事有緊急到我需要馬上去做。寇特尼很性感，非常獨特，而且又很帥。很帥的男孩通常不會喜歡我，但我算是有感覺到自己吸引到他了。他大概不太習慣等待，即使我們只往來了幾個月而已。

「大概吧，」我回答，安琪拉馬上露出期待的笑容。

「天啊，我打賭他一定很有經驗。這對妳的第一次來說再好不過了。」

「他目前為止都做得不錯，」我向她伸出舌頭，又扭又捲，並眨眨眼。

她激動得大聲尖叫，讓隔壁桌的女孩都轉過來盯著我們看。

這種玩笑話題很容易就被開啟，而我也知道只要順利的話我週末就會和寇特尼做。其實除了真正上床以外，其他我們差不多都做過了，但我對他的感覺卻已經不太一樣了。我已經不像一開始那樣被他迷得神昏顛倒。自從……自從收到那些訊息之後。我有新的秘密了。這個秘密我甚至沒有跟女孩們說過。我不能說。這完全是我個人私密的事情，而且，這個秘密會讓帥氣的寇特尼看起來像個愚蠢的青少年男孩。

傳訊息的人是我在Facebook上認識的新朋友。一個真的能和我聊天的人。

午餐時間結束的鐘聲響起，我的心跳加快。我竟然整個午餐時段都沒有看Facebook訊息。我不想在安琪拉和其他女孩面前打開Facebook，所以我把訊息通知關閉了。我們的注意力都很敏銳，而且手腳很快，更何況，我們理應要讓彼此知道所有的事情。一旦訊息通知響起，我就得讓她們看。因為我們是一體的。

等到安琪拉去上地理課時，我先把桌上整理乾淨後起身去上英文課。路上，我終於點開Facebook收件匣。有一瞬間我的心狂跳，但很快就沉寂下來。沒有新訊息。我不敢相信自己有多失望。今天是我十六歲生日，是多麼重要的一天。我以為他在乎。

或許晚一點吧，我告訴自己，將手機收進口袋，決定不要為此感到失落。應該相信他，就像他告訴我的。晚點一定會收到訊息的。

4 麗莎

事情遠比我想像中的順利，會議開始後的兩小時就談定了。我還在微微發抖，但現在是出於驕傲和激動，並慶幸自己沒有搞砸。我抬頭挺胸地領著賽門走到潘妮的辦公間，所有人都轉過來看著我們，就連瑪麗蓮也在看。這不僅因為是我顯然談成了一筆生意，一筆很大的生意，也因為賽門．曼寧是一個讓人無法忽視的男人。他不像托比一樣會把自己打扮得像個光鮮亮麗的房仲業務，會抹髮蠟或是將鬍子剃得乾乾淨淨，但他卻渾身散發出一種魅力。英俊似乎不是一個確切的形容詞。他的鼻子有些扁塌，彷彿撞壞了許多次，而他厚實的身材則像是已有一段時間未鍛鍊的橄欖球員一般，體態仍然好看，但已經不那麼結實。他的鬢角有些白髮，整個人看起來有自信而又迷人且友善。他理所當然會有自信，我和他握手道別時想著，並試著不要太享受他強壯的力道，然後就留下他和潘妮單獨談話。他的第五間飯店和健身房即將開幕。他最多不會超過四十歲，正在打造一座商業帝國，而且十分成功。

我在他身後關上潘妮辦公間的門，讓他們兩個能安靜地聊。我渾身發熱，感覺自己前景一片光明。真不敢相信事情如此順利。他需要飯店清潔人員、餐飲員工以及房務員，而他很樂意讓 PK 人力仲介為他處理這些人力，他很樂意讓我來處理。如果我在初步接洽之後，就知道他也同時在跟許多其他的人力資源公司接觸，我一定會直接把案子上呈給潘妮處理，畢竟這是她的公司，而且這是一個很大的案子，可能是我們公司歷來最大的一個案子。我很慶幸自己一開始渾然不知，以為他只是要找三十個員工。要是我事先知道他要的人數這麼多，我應該會焦慮得瀕臨崩潰。但現在我做到了，而且做得很好。當我加入聊天的人群時，我無法控制臉上的笑意。

「我不管在哪裡都會試著走路上下班，」茱莉亞正說著。她留著一頭黑色鮑伯頭。「這樣才能保持小麥膚色。」

「順利嗎？」托比問，抬頭看著我走過來，女孩們的話題瞬間變得不再有趣。我可以從他的眼神中看到一絲嫉妒。他極度渴望往上爬和獲得成功。他總是喜歡光鮮亮麗的科技業客戶，他們通常都會要求年聘制的平面設計、網頁開發人員，年薪五到六萬英鎊。當然，托比安排了員工給他們之後，這些業者可能給了他頗為豐厚的傭金，不過這種好客戶可不是每個月都有。我喜歡的是另外一塊市場，幫助那些真正需要工作的人，無論需要的是哪種工作，他們需要靠每週一張薪水支票來確立自我價值。我知道他們的感受，因為我也曾經如此需要。

「其實，比順利還要更好。結果這是一個非常大的案子。至少需要一百五十人。」我聽起來很像在自誇，但我的確在自誇，我忍不住。我突然想起「登高必跌重」這句話，不過，就讓我暫時享受一下這種感覺吧。

「哇，做得好！」其中一個新來的女孩史黛西說。她留著一頭棕色長髮，還做了水晶指甲。她的這句話本來可能聽起來很有姿態，但沒有。在她精雕細琢的外表下，我看得出她很緊張，而且極度渴望受到大家喜愛、可以融入人群，並且工作受到認可。

「謝謝。」

「妳今晚鐵定要請客了。」茱莉亞又說。

「我恐怕不會去。我不太會喝酒，而且今天是我女兒的十六歲生日，我要帶她出去。」

「真好，」她說。「但通常十六歲的孩子只想跟朋友玩在一起，不是嗎？至少我就是那樣。」

她說話的方式十分尖銳，有些刺傷我。

以剛到職的新人來說，她有點目中無人。

我更仔細地打量她。她沒有我想像中那麼年輕，雖然刻意打扮得很年輕。她一定超過三十歲，而且可能有打肉毒桿菌。

「我們感情很好。」

她笑了笑，露出她整齊潔白得像方糖塊一樣的完美牙齒，笑起來彷彿一隻齜牙咧嘴的鯊魚。她讓我不安，而這使我感到很煩躁。

「我一定不會生小孩的，」她說。「我太注重事業了，更不可能當個單親媽媽。向妳致敬。」

這是包裝在讚美之下的羞辱，史黛西為茱莉亞的大膽直言而瞪大了眼睛，而托比，顯然就是他在辦公室裡講我的八卦，他一直盯著電腦螢幕看，一副在讀重要信件的模樣。

「幸好，麗莎是個女強人，可以做好所有的事情，甚至能做得更多。如果我們都像她一樣有能力就好了。」瑪麗蓮出現在我旁邊，露出和茱莉亞一樣有侵略性的笑容，這次茱莉亞微微地退縮，坐進椅子裡。「要去吃午餐嗎？」瑪麗蓮終結了這個話題，最後這句話是對著我說的，彷彿其他人都不存在，她把這些蒼蠅全都趕走了。

「總是會有那麼一個，」我們拿起包包和夾克時她咕噥著說。「一群八卦女子之間，總會有那麼一個妳得提防著。至少我們知道這間辦公室裡該提防的是誰了。」她神色凝重地回頭看向茱莉亞。為什麼一定要有這樣的人呢？我想著。為什麼不能和睦共處？

「他很帥。」瑪麗蓮喝著我們的酒，兩杯義大利普羅賽克氣泡酒，我們坐在角落的桌子，而我手裡抓著餐具。「有種粗曠的帥氣感。而且很明顯地他喜歡妳。從那麼多不必要的會議就看得出來，還有當妳在辦公室裡穿梭時，他盯著妳看的那種眼神。」

「哦，閉嘴，」我說。

「我不懂妳為什麼不試試看。」

「拜託，假藉談生意然後進行私人約會，妳認為潘妮會作何感想？無論如何，我不想這樣。」

她若有所思地看著我。我每年都至少會遇到一個非常不錯的男人，而接下來幾個月瑪麗蓮都會拿這些事情來替我們的話題加料。我在想她是不是又打算要深入討論一番了。幸好，她沒有，她只是舉杯敬我。「乾杯，恭喜妳！」

我們互碰了杯子，然後啜飲氣泡酒。我喜歡香檳在我嘴裡冒泡的感覺，也比較喜歡中午的時候喝酒，因為通常就只會喝一杯。

「以免我等一下忘了，」瑪麗蓮傾身向前，翻著她超大的包包。「我買了禮物送給艾娃。」她拿出一個包裝好的小禮物。「我和理查一起送的。天啊，真不敢相信她已經十六歲，時間都跑到哪兒去了？她十六歲，那我們呢？」

「很老，」我笑著說，一邊又多喝了一些。

我接過禮物，放進自己的包包裡。不只是我很幸運能夠認識瑪麗蓮，艾娃也是。

早上我沒有吃早餐，因為我當時為了簡報非常緊張，所以現在雖然我只喝不到半杯酒，就已經充滿酒意。我緊繃的肩膀開始慢慢放鬆，但接著看到瑪麗蓮的神情，我馬上就知道會發生什麼事。我一度以為她今天不會再過問了。

「艾娃的爸爸有消息嗎？」

「沒有。」我憤憤地回答，即使她問得小心翼翼。她知道我會這麼說，這是另一個我不喜歡的話題。「我也沒有期待他的消息。」我得換個話題。「對了，妳呢？妳昨天好像有些不在狀態上，有點恍神，還好嗎？」

「我頭痛，這沒什麼，妳知道我有時候會這樣。」她看著前面的女服務生端著我們的餐點走過來。她在避開我的目光嗎？不過這也不是她這幾個月以來第一次頭痛了。

「也許妳該去看個醫生。」

「也許妳該和曼寧先生約會。」我對她皺眉。

「好啦、好啦，對不起。但艾娃幾乎已經長大了。妳也得出去活動活動。」

「我們能不能忘了這件事，專注於我今天的成果就好？」我試圖重新活絡氣氛，當女服務生送來三明治和薯片，用餐點打斷了話題，我不禁鬆了一口氣。我怎麼能告訴瑪麗蓮呢？她知道事情並非如同我告訴艾娃的那樣，我和艾娃的爸爸並不是一夜情，但她也不知道真相到底是什麼。完整的真相。她不會懂的。瑪麗蓮擁有美好的人生、美好的丈夫、美好的房子和美好的工作，她總是那麼快樂、那麼討人喜歡。如果我告訴她真相，將會改變她對我的看法。別誤會，我多希望能告訴她、多渴望能向她坦承。有時候我覺得自己差那麼一點就要說出來了，也很想說出來，但話到了嘴邊，卻又被自己苦澀地嚥下去。我做不到。真的做不到。

我很了解流言蜚語。人們會捕風捉影，然後以訛傳訛。

我不能冒著被找到的風險。

5 艾娃

我們回到家時雨幾乎已經停了，但我的外套還很濕，因為剛才我是在大雨之中跑上車的。我在家門前的人行道上安靜地踱著步，假裝我很冷的樣子，但其實是用來隱藏我的不耐煩。

「妳想要的話，我們晚點可以看一部電影，」媽終於從車裡出來，一邊說著。「現在還很早。」

「我還得複習功課。」現在才七點，而且我也沒有打算在午夜之前睡覺，但我想要回到房間裡，擁有一點個人空間。她看起來很失望，雖然她明明是那個老是在對我嘮叨複習進度的人，但這沒有讓我的罪惡感稍微降低一點。我們以前會一起窩在沙發裡，蓋同一條毯子，並抱著一碗微波爆米花，一起享受電影之夜。我以前很愛這個活動，真的很愛。但現在事情沒有那麼簡單了。他在等我。我必須跟他說說話。有時候我甚至覺得，如果不跟他說話我就會死。

「哎呀，」媽媽突然大喊一聲。「我忘記順便幫高德曼太太買東西了。我得去小超市一趟。妳自己一個人可以嗎？我只會去個十分鐘左右，或妳可以跟我一起去。」

我一下子被激怒了，雖然我比較希望自己會產生一點哀傷的罪惡感，因為我們的關係正慢慢變糟。但每次她要出門或留下我一個人的時候，都會這樣問。每一次。她以為會發生什麼事？難道她不在旁邊，我就會把手指塞進插座裡面嗎？「我十六歲了，」我厲聲說。「妳不能一直把我當成小孩。」

「抱歉、抱歉。」她太著急了，以至於沒有被我的語氣冒犯到，而這正是我希望的。我其實不想讓她難過。我並不喜歡傷她的心，但她現在變得很黏人，而且再也不像我小時候那樣，一切都在她的掌握之中了，我比較喜歡那樣的她。我們的晚餐披薩時光不太糟，而且我知道她很想讓對話變得很有趣，但她問的所有問題都展現出她多愁善感、緊抓不放又沒安全感的一面。她一直想要知道我全部的事情，但不知怎麼的，現在我沒辦法告訴她了。我不想告訴她。每次想到我要跟她說一些事，例如寇特尼或跟性有關的事，我的舌頭就會打結，而且還會讓我變得很情緒化。一切都在改變。我需要個人空間。現在需要的更多。

不過，她倒是送了我很棒的生日禮物。一台 iPad Mini 和一台防水 MP3，比我原本想要的那台更貴。我也很喜歡瑪麗蓮送我的項鍊，銀色粗鍊配上一顆深紫色的玻璃墜子。粗獷又有個性，非常適合我。有時候我真希望我媽跟瑪麗蓮更像一點。瑪麗蓮比較放鬆、比較有趣。如果媽媽也好相處一點，我可能會跟她說一些我的事。應該不會是所有的事，我一邊想著，一邊試著不要衝回家。但至少是一些事。我不能跟她說這件事，她應該會抓狂。

「今晚準備好聊聊了嗎，壽星女孩？如果妳沒有在外面玩的話，我這個小時都有空可以聊！」我在布丁上桌前，跑到餐廳廁所打開手機，就看到這則 Facebook 訊息。我回覆說會盡快回到家，拜託等等我。回覆時我沒有意識到自己這樣顯得很黏人，但這的確聽起來非常迫切渴望跟他交流，讓我有點擔心我會變得跟我媽一樣。但是，拜託，為什麼他的手機裡不能也裝個 Facebook 的訊息軟體？大家的個資不是老早就都已經流通在網路上了嗎？任何一個二十五歲以下的人都不覺得手機上的通訊軟體有問題，只有成年人才在意這種事。他為什麼只願意用電腦聊天？

應該是出於另外一種隱私。

這個想法像一條惱人的蟲一樣鑽進了我的腦中。害怕秘密被親近的人知道才會有這樣的行為。可能他有老婆？無論他的理由是什麼，我也是因為這樣才關閉訊息通知的。

大家都有秘密。

我開始了解到，也許有秘密是一件很棒的事。

二十分鐘後，當我下樓喝點飲料時，我試著讓自己不要那麼失望。我們的聊天很短暫，他的回覆也都很短。他似乎同時在做別的事，而且也沒有真的回答到我的問題。我不想太沮喪，至少我們有聊了一小段時間，但我想我主要是有點挫折。寇特尼傳了一大堆 WhatsApp 訊息。我知道他要什麼。說來可笑，現在他讓我有點厭煩。幾個禮拜前，我很樂意讓他追著我跑，讓我覺得自己很漂亮又很性感。現在，他只是另外一個惹人厭的傢伙而已。

我穿著襪子下樓，所以很安靜。當我轉彎面向廚房時，我停住了。媽媽在廚房裡。她站在餐桌旁邊，渾身僵硬地瞪著什麼也沒有的前方，非常不對勁。整個情況看起來非常詭異，我也不確定為什麼。我的心臟狂跳，胃部一陣翻攪。過了一會兒，她伸手進她的包包裡，拿出一小瓶瑪麗蓮給她的氣泡酒，扭開蓋子直接拿著瓶子對嘴喝了起來。

我困惑而警覺地僵在原地。是我的錯嗎？是因為我的態度太差嗎？我在走廊上徘徊，不確定該怎麼做。要問問她發生什麼事了嗎？我再次感到很無助。我往前踏了一步，卻又遲疑了。她站在那裡的方式……太安靜了，讓我覺得自己似乎正在窺探她的隱私，窺探一件我不該干涉的事情。她也對我產生隔閡了嗎？她也有不願意分享的秘密嗎？我覺得很難相信。因為我媽一直都像一本攤開的書。

這讓人很不安。雖然她手上的小酒瓶也只有一杯的份量，但大家都還是會倒進杯子裡喝。一定是有什麼事，才會那樣一口飲盡。最後，我退回樓上房間，胃彷彿打了一個結，一點也不想喝茶了。

6 麗莎

外頭是沒有月亮的漆黑夜色，還未露出一絲能稍稍撫慰人心的黎明魚肚白。我依然坐著，非常清醒，膝蓋蜷縮著抵在胸口，雙眼盯著外面冰冷的夜色，胃扭曲成一個結。我知道那不是彼得兔。彼得兔早就不見了。那絕對不可能是彼得兔，那隻彼得兔，但我很想走到街道盡頭的資源回收箱，把它從裡面撈出來再確認一次。我深吸了一口氣。那不是彼得兔，只是巧合而已。

當我看見那個軟綿綿的玩具躺在雨中，歪歪扭扭地靠在高德曼太太家的大門旁，我的心跳幾乎停止。它又髒又濕，可能幾小時前就被丟在那裡，但淺藍色的褲子在它灰白的絨毛上格外顯眼。那不是同一隻兔子，我用顫抖的手撿起它而且差點尖叫時就知道了，但很接近。非常接近。我很想把它抱在胸前大哭一場，但大門打開了，高德曼太太走了出來，於是我假裝用漫不經心的好奇語氣，問她知不知道這是誰丟在這裡的。她當然不知道。她怎麼會知道呢？她聽力不好，而且整天盯著電視看，沒有看窗外。

我把購物的袋子交給她，試圖笑著和她聊天，但我手裡的兔子又濕又重，柔軟的絨毛十分冰冷，而我腦中能想到的，只有它身上藍色褲裝的色澤和款式，全都跟那套褲裝一模一樣，那套褲裝是手工的。我的思緒開始飄忽，感到十分反胃。當高德曼太太終於回到屋裡去，我鼓起勇氣沿著小徑走去，直到看不見我和高德曼太太的屋子，然後我終於緊緊抱住這隻布偶，彷彿它是一隻死去的小動物，而我正試圖用身體溫暖它，讓它重新活過來。

我深吸了幾口氣，數年的心理治療讓這個技巧在我腦海中根深蒂固，每次發生讓我渴望能一走了之的事情，深呼吸彷彿會讓一切變得好一些。我快步走向擺放在道路盡頭的巨大資源回收箱，然後把布偶扔進去。我仍可以感覺到它濕透的絨毛在我指尖的觸感，而我甚至不知道自己能不能穩穩地走回家，不要絆倒。

在廚房裡，有那麼一刻，我很慶幸自己的女兒已經成為一個會躲在房間裡的青少女，我從包包裡抓起瑪麗蓮給我的小瓶氣泡酒，扭開瓶蓋，兩口就把整瓶直接喝光了。微酸的氣泡讓我的胸口灼熱、雙眼刺痛，但我不在意。任何東西都遠遠好過我發自內心的極度痛苦和恐懼，我一直努力地假裝內心是一片寧靜，直到像這樣的事又撕裂了傷口的結痂，而那駭人、恐怖的傷痛再度往我的胸中蔓延，再度爆發，讓我想要蜷縮在這裡就這樣死去。

我氣喘吁吁地大口喝著酒，灌下最後一口時嗆到了，我靠在早餐台旁，用身體的不適感來讓自己從思考中分心並平靜下來。慢慢地，我腦中的嗡嗡聲退去了。這只是巧合而已，一定是。很多小孩都有那種玩具兔。可能正有某個可憐的小朋友哭著要找那隻被我無情地扔到街尾的兔子。那麼穿著藍色褲裝又該怎麼說？一定也有成千上萬的絨毛玩具穿著褲裝。那不是彼得兔。

我一遍又一遍地在腦中重複著這句話，一邊慶幸自己是將它扔進社區的回收箱，而不是我們家庭院中的垃圾桶。社區回收箱太遠了，否則我一定會無法自控地反覆把它從箱子裡拿出來確認。那不是彼得兔。的確，它讓我心煩意亂，但一定不是故意被留在那裡的。後者有點難說服我，因為那不是一種事實陳述。雖然它故意被放在那裡的可能性極低，但我沒辦法像確切知道它不是彼得兔那樣，百分之百肯定它不是故意被放在那裡的。

我最近感受到的就是這種不安。一種不太確定的感受。萬一這不只是我尋常的偏執該怎麼辦？萬一我不該忽視這種感受呢？我起身然後蹣跚地走向艾娃的房間。家裡的燈全關了，屋裡一片寧靜，我盡可能小心輕聲地轉開門把，不想發出任何聲音。

我站在門口看著她，我完美的女孩。她背向我側身躺著，蜷縮著身體，跟她小時候的睡姿一模一樣。她多麼珍貴而美好，光是看著她就能讓我平靜下來，並提醒我該振作起來，我得一直奮鬥下去。為了她。她給了我活下去的欲望，我會永遠保護她。她永遠不會知道我的秘密。不是因為我不想告訴她，而是我希望她能夠幸福自在地活著。幸福自在地活著一定是一件美好的事。

我又在那裡站了一下，看著她遠比任何深度瑜伽呼吸法都有用，最後不情願地將她睡眠的隱私還給了她。現在已經接近凌晨三點。吃安眠藥不是個好主意，但不休息就直接面對明天一整天，一樣也不是什麼好主意。最後我折衷，只吞了一顆安眠藥，而不是像以前那樣，被恐懼、悲傷的情緒緊緊抓住時，通常都吞下兩顆安眠藥。明天早上我一定會感覺很糟糕，但我現在只需要昏睡兩三小時，就已經足夠了。我不能一直在害怕和悲痛中繞圈子，否則我很肯定自己天亮前就會徹底發瘋。這種不好的感受只是我的焦慮而已，那隻兔子根本不是彼得兔。當我蜷縮進棉被裡時，我讓這些句子在我的腦中衝撞，試圖敲醒自己的理智。

我只想要昏睡，但我卻做了夢。夢裡是燦爛、鮮明的彩色濾鏡，我身處在其中，感到無比美好。

夢裡，我握著丹尼爾的手。那隻柔軟、小巧又溫暖的手，手指用力地抓著我，就像所有孩子會做的那樣，他抬頭看著我，笑了。頓時我的心中滿溢著幸福，宛如源源不絕的彩虹噴泉，並且彎下身來親吻他。他胖胖的臉頰皮膚細滑柔嫩，戶外的冷空氣讓他的兩頰泛紅，當我用力地親吻他以至於發出聲音，他驚訝地笑了起來，但雙眼因為感受到愛而發亮。他的眼睛跟我很像，藍色的瞳孔中帶有灰色和綠色，在他的雙眼中，我能看到我是他的一切。

彼得兔在他另外一隻手中，他緊緊抓著那隻兔子，可能比抓著我還要緊。他無法想像我不在他身邊，但卻曾經差點弄丟彼得兔。有一次是忘在公車座位上，還好及時想起來。另一次則是忘在雜貨店的櫃台上。丹尼爾很害怕彼得兔有一天真的消失了，而光是想到這樣，就足以讓他哭了起來。他只有兩歲半，而彼得兔是他最好的朋友。

我感覺到有什麼正在我的潛意識中騷動著，一個黑暗的事實，即使是在夢裡也無法被忽視——後來不是只有彼得兔消失了。這隻握在我手中的小手，後來會變得冰冷、靜止，再也不會抓住我。夢裡，我揮開這個想法，並帶丹尼爾去小公園，那裡有著破舊的鞦韆和旋轉輪，上面廉價的油漆已經殘破不堪，在潮溼的天氣下，鐵鏽都沾染到衣服上了。但丹尼爾看到遊樂設施，便開心地尖叫起來。他只有兩歲半，看不到生鏽、腐朽和任何不美妙的事物。他只看到美好的東西。他就是最美好的。

他鬆開我的手，抓著彼得兔跑向鞦韆，我追著他跑過去，微微地落後，因為我好愛看著他小小的身體奔跑的方式，被厚重的外套束縛著，他跑起來既可愛又笨拙。他回過頭來看著我，而我想要將這甜美的一刻永遠記住，看著他長大成為一個男孩、一個男人，接著我所渴望的這一切都消失了。

這是一個美好的夢。公園裡的午後時光，充滿愛的感受淹沒了我。如此單純又如此強烈，多得從我的毛孔中滿溢出來，幾乎讓我窒息。這是一種毫無克制的感受，沒有邊界，夢裡沒有任何負面的事物，那一刻我想，如果我讓這種愛完全占據我，我一定會化為一道光芒，永遠照耀著丹尼爾。

我起床，將臉埋在枕頭中痛苦地大口呼吸，試圖抓住消逝的夢境，渴望能夠回到夢裡，永遠牽著他的小手，卻徒勞無功。醒來之後總是這樣。讓我痛苦得想要死去，痛苦地巴望著能夠回到過去拯救他。我試著想想艾娃，我完美的女孩，在丹尼爾之後到來的孩子，多麼無憂無慮、自在、美好並且沒有受到這個世界汙染。她就在這裡，還活著，而我用自己所剩的心，完完全全地愛她。

也許是我對艾娃的愛讓事情變得更糟糕，如果我的愛真的有用的話。我想起回收箱裡的絨毛兔。那不是彼得兔。我心知肚明。我知道彼得兔在哪裡。

彼得兔跟丹尼爾一起被埋葬了。

7 艾娃

我不確定調酒裡面到底有什麼，但一定是一堆超扯的鬼東西混在一起。果汁、檸檬水、安琪拉帶來的伏特加，和裘蒂從她媽媽酒櫃裡拿出來的百加得蘭姆酒。裘蒂猜她媽媽不想喝那罐蘭姆酒，但我不確定。當裘蒂把蘭姆酒倒出來的時候，突然露出一絲挑釁的眼神，我想她媽媽從法國回來後一定會發現酒不見了。裘蒂大概是想要挑起跟她媽媽之間爭端。真奇怪，我們的媽媽幾乎徹底相反。她媽媽幾乎從來不在家，而我媽則是過度黏人。我們都說她們兩個可以組個怪媽俱樂部，不過這件事我們還沒跟其他女孩聊過，畢竟她們不會懂的。

我的腦袋嗡嗡作響。稍早在酒吧裡我們已經喝了一些蘋果酒，而目前這已經是我第二杯調酒了。我確實還挺想喝醉的，最好的方式應該就是喝醉之後再做那件事。再給出我的第一次。

我向後半仰躺在床上，頭倚靠著牆。媽看到我現在這樣一定會抓狂，我跟「算是」男友的傢伙一起躺在床上。她已經傳了一次訊息想要確認我們是不是都在家裡，然後我把手機設為靜音。想像一下她在中途傳訊息來會有多尷尬？至少她今晚出門了。她很少出門，讓我對於想擁有自己的生活這件事感到更有罪惡感，但過去一年來，我一直像個彷彿在拉扯著臍帶的嬰兒，希望可以趕快離開母胎，即使我能感覺到她一直想要把我拉回來。

想到前幾天晚上的事，我還是有點害怕。她在廚房裡灌酒的異常行為已經夠糟了，接著她還在半夜打開我的房門，在我裝睡的時候站在後面看我。她為什麼要那樣做？這讓我感到很不安，彷彿整個世界一瞬間開始動搖了。

走廊的廁所傳來沖水聲時，我吞了一大口調酒。我的心跳微微加速。可惡。我真的要做了。有一瞬間，我完全失去理智，很想要回去找我媽。這讓我又灌下一大口酒。她是我最不需要的人。我已經不是小孩子了，我是個女人。他總是這麼告訴我。

「妳還好吧？」寇特尼回到客房裡時問道，一邊滑著手機，播放起音樂。我對他微笑點頭，又喝了些酒。酒太甜了，但我不在意。我想要大醉一場，痛飲和空腹是最好的方法。不知道他緊不緊張。可能不會，如果那些流言蜚語是真的，那麼寇特尼早就做過好幾次了。

我沒有像我想像中這麼渴望做這件事。這是漫長的一天，我很累，本來可以高高興興地回家睡覺。今天我很早就起床去運動了，接著，在我的腿和肩膀都累到顫抖又痠痛的狀況下，我還逼迫自己繼續游泳一個小時。十點時我和安琪拉見面，陪她去買今晚穿的新衣服，當然都是一些緊身衣。安琪拉從大概十二歲就開始在酒吧工作，她早熟的胸部和打扮常讓她看起來比裘蒂還老。

我的側頸上，寇特尼的嘴又濕又熱，他的手滑到我的髖骨旁。來了。但我卻有種抽離感，人在心不在。當下我的身體有所反應，但心裡卻沒有感受，彷彿我正從上方看著我們兩人，一邊想著，就快點做吧。我聽到自己的呼吸越來越重，即使我並沒有真的很興奮。這是機械式的反應。跟寇特尼在一起時，我無法不想他。今天我沒有收到任何訊息。他有說過他會很忙，但總會有個時間傳一句「哈囉」吧？讓我知道他有想起我。

寇特尼的唇觸碰到我的，我直覺地張開嘴，讓我們的舌頭探索彼此。跟其他我曾經交往過的男孩們比起來，他是個接吻高手，但今晚我卻感覺他的吻像是一種侵略。

為什麼他還沒傳訊息給我？

他奮力地磨擦我的大腿。我一定得做。我沒別的選擇，大家都很希望我做。他們都在樓下大笑、聊天和跳舞，但每個人心裡都想著我們到底做了沒。會痛嗎？做了之後我會變得不同嗎？

我本來有想過要抽身，但酒吧裡有個女人把我的包包撞下桌面，我的東西散落了一地。女孩們全都看到我帶的保險套，安琪拉就又開始用那種詭異的美國妹風格說話。一陣嬉鬧和挑逗過去之後，她說黑人男孩都不用保險套。我們說她是個種族主義者，但她堅持那是真的，後來莉茲說不是只有黑人男孩，而是所有男孩都巴不得能不要用保險套，這也是為什麼她有在吃避孕藥。我跟她們一起笑鬧著，但裘蒂一定看出了我很緊張，因為我們去廁所的時候，她小聲告訴我說，女生一個月裡只有幾天很容易懷孕，所以不需要這麼擔心。

「可以嗎？」寇特尼把我的胸罩解開，他的眼神看起來很可笑，而且喘氣連連。一副很想要的樣子。

我點點頭，即使我已經並沒有很想要了。但他已經把我的裙子掀起來。這一切好蠢，跟我想像中的完全不一樣。

如果他知道我正要做這件事，他會怎麼想？會嫉妒嗎？

保險套還放在我的包包裡，而包包在房間的另一頭，現在看起來彷彿離了一個洲那麼遠。我要怎麼提到這個？我應該要在開始之前就先說的。他的褲子已經解開了，然後被他猛地拉下來，他抓起我的手伸進他的褲檔裡。我觸碰他的時候他發出一陣呻吟，並用顫抖的手拉扯我的內褲，接著我們兩人又因為接吻而交纏在一起，牙齒彼此撞擊。我主導著接下來的動作，但在我要脫下褲子時退縮了一下，他堅定地看著我。

「你知道我很喜歡妳吧？」他說。「我從來沒有跟像妳這樣的女生約會過。」

他的話讓我對這一切的感受稍微好了一些，於是我便慢慢地將上衣也脫掉。他沒有全裸，但我脫光了。要做的話，我才不要半途被內衣的肩帶勒住呢。

「妳好美。」

這次當他親吻我，我試著沉浸在其中，「美」是他會用的字眼，不是寇特尼。寇特尼總說我很性感，即使我知道自己根本就不是。我不太性感。我又想起保險套，但現在要提起已經太遲了。他又戳又刺又推的，想要進入我，我突然發現他對這檔事其實也不是那麼有經驗。

然後我們就做了，或者應該說，寇特尼就做了。我只是躺在那裡，想著如果是跟他做，會有多麼不同。

8 麗莎

「各位，笑一個！」是艾蜜莉，她興高采烈地舉起手機對著大家。我自動別過臉，抬起一隻手遮住臉。「別拍照。」我說。

「只是要放在 Facebook 上而已，」艾蜜莉聽起來有點受傷。「這樣我男友和家人才可以看到我跟哪些人一起工作。」她很可愛，也非常年輕。

「我也不想要照片被放在妳的 Facebook 上。」茱莉亞說。她聽起來很尖銳，像一把毫不留情的利刃。她遲到了，剛剛才抵達，我想她是不是在生氣，因為她看起來暴躁又很困擾，不像她平常冷酷的樣子，但她突如其來的拒絕還是讓我很意外，又鬆了一口氣。瑪麗蓮也知道我很討厭被拍照，但這次我終於不用再跟新人做任何解釋了。也許茱莉亞和我還是有共通點。「無論如何，」她接著說。「工作時間自拍實在不是什麼專業的行為。這裡又不是什麼廉價的俱樂部。」

「這是個慶祝場合，又不是在工作。」瑪麗蓮走過來打斷茱莉亞，因為看到艾蜜莉很受傷，那可憐的女孩看起來快哭了。「但妳說的也有道理，不是生活中的所有人事物都需要被放上 Facebook 或 Instagram。」

她的一席話也兼顧到了我和大家的立場。我沒有任何社交帳號，即使瑪麗蓮發誓帳號可以設為不公開。

但我還是很不信任社群網站，更何況我要加誰為好友？可能只有瑪麗蓮吧，但我本來就每天都會見到她。「天啊，我這樣講好老派，」她很戲劇化地大聲抱怨，用只有她能做到的方式化解氣氛。「來，麗莎，我們兩個去幫大家拿酒，趁預付款用完之前再多喝一杯。」

我們離開眾人走向吧台，讓托比繼續狂熱追求史黛西。我今晚本來不想來的。自從發現那隻絨毛兔之後，恐懼感彷彿無數盤據在狹窄河床中的鰻魚，無論如何都揮之不去，而過往的記憶就像羽毛上的油漬一樣糾纏著我，讓我一次又一次地感到心碎。過去我總是不記一切代價地隨時守在艾娃身邊，確認她安全無虞，但現在我很努力地試著不要這麼做，讓她擁有多一點自由。如果有任何理由讓我不用出席這場派對，我一定就不會出席了，因為無時無刻都要隱藏自己的感受讓我精疲力盡，但我沒有什麼理由不出席。畢竟這是潘妮一年才會舉辦一次的場合，招待公司同仁和客戶一起喝酒、吃零食，今年還有新同事和剛營運的分部，再加上我剛拿到一筆大合約，如果我不來，她一定會不開心。

茱莉亞說的其實沒錯。雖然我們正身在一個騷莎舞俱樂部，但這也不是什麼女孩們下班後的聚會。某方面來說這仍然是工作場合。無論如何，當我靠著吧台站在瑪麗蓮旁邊，我很訝異地發現自己出門融入大家之後，心情似乎好了一點。這裡的音樂充滿活力，但唱的是外語，我聽不出歌詞是在唱愛或失落，所以也不會受到影響。

「老天，我需要來一杯龍舌蘭。」瑪麗蓮說著，而我笑了笑，雖然有點驚訝。瑪麗蓮喝得比我多，大家都喝得比我多。我知道酒精會對人產生什麼影響，而且大部分的影響都不是好的，而且喝醉的時候我就無法保持警覺，我還有艾娃要保護。瑪麗蓮不是很會喝的酒鬼，我不記得她上次喝烈酒是什麼時候。現在她的眼神看起來太過亢奮，她喝了多少？

「妳還好吧？」我問。她沒有回答。

「很好、很好，」她說，眼睛越過我的肩膀望過去。「看看誰來了，是霸道總裁先生呢。」

我回過頭，看到賽門・曼寧站在門口，不再是一身西裝筆挺，而是穿著深色牛仔褲和V領上衣。我突然拿不穩酒杯，整個派對彷彿在這一刻靜止了。這種大客戶很少出席這樣的場合。潘妮總是會邀請他們，但最後對方通常會派員工代表出席，畢竟我們現在是一間有分部的公司了，還有一些我們長期服務的客戶也會出席。而潘妮則會特別再為大客戶舉辦一場私人晚餐聚會。

屋裡很暗，他可能沒有意識到自己站在那裡時，看起來就像是「大人物登場」的樣子，他背著光，環顧四周，試圖找到熟面孔。最後他終於移動腳步。

我屏住呼吸。

「真是意外啊，」瑪麗蓮慢條斯理地說。「他朝著這邊走過來了。」

我看看他的身後，暗自希望潘妮就在附近，但她卻在另一頭的桌子旁，茱莉亞也在那邊跟新辦公室的詹姆斯聊天。

「麗莎。」

我別無辦法，只好看著他。他站得很近，幾乎只有一步之遙，我極度緊張，當他鬍後水的香氣和身體的溫度瀰漫在我們之間，我感到尷尬不已。我對鬍後水沒有什麼研究，但他的味道十分好聞，帶著一股清甜的柑橘香味，絲毫沒有侵略性。我很懊惱自己竟注意到這種細節。

「哈囉，賽門，」瑪麗蓮伸出手來和他握手，在我還在內心天人交戰時救了我一命，而我則趁機振作起來，別讓自己再表現得像個初戀的青少女了。「很高興你和我們合作。」真希望我能夠輕鬆地和人們交談。瑪麗蓮很有自信，友善卻不輕浮，又心胸開放。我就沒辦法那樣。我覺得我永遠不可能像她那樣。

「麗莎把你們公司說得太好了，讓我無法拒絕。」他說。他們兩人一起看向我，等著我回應。我不能一直沈默不語。潘妮人在哪？

「禮拜一我會提供更多人選給你。」

這是我唯一能想到的回應，聽起來一本正經，掩蓋了我的畏縮。

「現在是週末的夜晚。」他接過瑪麗蓮不知道從哪裡變出來的一杯酒。「暫時忘記工作吧。妳會跳騷莎舞嗎？雖然我跳得很爛，但如果妳會跳的話，我也很樂意來一段。」

我的雙腳突然牢牢地黏在地板上。雖然舞池中有一些人正在發揮他們的舞蹈優勢，但為數不多，如果我們這時走進舞池，一定會成為人們關注的焦點。我慌張地張開嘴要說點什麼，卻又無聲地閉上，像一條溺水的魚，試著找到一些不會太無禮的理由來拒絕他，雖然有一部分的我認為，如果我是另外一種人，跟著音樂跳舞應該會很有趣。如果我是瑪麗蓮的話，或史黛西或茱莉亞。但我不是。我就是我，而我不希望他想跟我跳舞。偏偏，就算我這麼想，我也知道這是自己騙自己。我的內心有一部分默默地渴望著刺激有趣的人生，我討厭這樣。

「賽門！」她終於來了，潘妮朝著我們走來。我因為鬆了一口氣而差點哭出來，一邊往後退一步，讓出空間給潘妮。「你能來真是太好了！」

瑪麗蓮笑著對他聳聳肩，像個看到老師回到教室的小學生，而我則已經雙腿顫抖地離開了。

「就說他喜歡妳吧，」瑪麗蓮追上來說。

「算了吧。」我比想像中更加咬牙切齒地回應，我走回最末端的桌子，這裡擺放著大家的私人物品，瑪麗蓮沒有再繼續跟上來，而是跑去另一頭找艾琳諾，她之後就要被調派到新分部了。

我應該要道歉，但沒有。我想要傳訊息給艾娃，確認她是否安好。我想要留在這裡，躲在黑暗中的房間角落。我想要大地裂開，將我吞噬，將我埋葬在寒冷的泥濘中，和丹尼爾與彼得兔一起永遠沈睡在地底。

我在雙腿無力之前坐了下來，深呼吸了幾口氣。我不能一直傳訊息給艾娃，我已經傳了三封，我必須讓她擁有自由、享受青春。我必須這麼做。但真的好難。我被恐懼感糾纏得精疲力盡，但卻仍然放不下心。

放慢呼吸的同時，我專注於當下。瑪麗蓮和艾琳諾正大笑著，托比拉著史黛西跳舞，他們兩個都很會跳，但史黛西讓自己與托比的身體保持距離，我感受到一股幾乎像是女性的尊嚴。她也許不是個才智出眾的女孩，但她也很清楚沒必要跳舞跳到他床上去。

我稍微平靜了一些，發現自己已經被人群遺忘，沒有人試著要找我。我從這邊看不到潘妮和賽門，但我知道她整晚都會一直跟著他。我試著忘記他的溫度和香味，即使這讓人難以忘懷。

一道金屬閃爍的光線讓我分心。有人蹲在一旁的桌子邊。茱莉亞嗎?的確是她。正仔細地翻攪著她的包包。我額頭上的青筋直跳，本能地感覺到有些不對勁。那不是她的包包，是潘妮的。D&G的金色扣環正反射著舞池的燈光。茱莉亞的包包很小，肯定無法裝進錢包、手機、鑰匙，或許還有幾支口紅。也不是這種雖貴但也實用的熟女款式。我不記得自己為什麼會知道這些，但我就是知道。我總是會察覺人們的細節，我的頭腦已經訓練有素了。

絕對是潘妮的包包。

我看不清茱莉亞在做什麼，所以我沿著房間邊緣移動，直到靠得更近一些。她站起身來環顧四周，沒有注意到我正在看她，然後昂首闊步地走向吧台。我很快地跟上去，當我距離她只有幾步的距離時，我看見她手裡捏著皺巴巴的二十鎊鈔票。我的心臟猛然一跳，錯愕於眼前的事實。她偷了潘妮皮夾裡的錢。不會吧。一定不會。我多希望自己對細節和壞事的直覺都是錯的。我不想知道這種險惡敗壞的事實，這將會影響著我每天的工作。但如果這是茱莉亞自己的錢，為什麼不是從她自己的錢包裡拿出來?她背著她自己的小包包，裡面一定有她自己的皮夾，那為什麼她手裡抓著從別的地方拿出來的二十鎊鈔票?

潘妮和賽門還站在吧台邊說話，他對她微笑而後又大笑起來，當我走進他的視線時，他的目光便從她身上移開了，但我沒有往他的方向看去。我現在沒有空想他的事。茱莉亞對著酒保笑了笑，並點了一瓶灰皮諾白葡萄酒，而我全神貫注地看著她。

「這是給那邊那位小姐的，」她說，指著潘妮。

「你能不能順便告訴她這是為了要感謝她的?謝謝她給茱莉亞這麼棒的工作機會。我不想打斷他們。」

我站在她旁邊，她發現我正在看著她，卻沒有要請我喝飲料。她也沒辦法請，因為她點的白葡萄酒正好就是二十鎊。

「無糖可樂。」我對酒吧小聲地說，而茱莉亞離開吧台走向舞池邊，加入瑪麗蓮和艾琳諾，如果潘妮要找她說謝謝，正好就是一眼可以看到的位置。或許更重要的是，遠離了房間的另一頭，她剛剛翻攪 D&G 包包的地方。

潘妮離開吧台，快步來到舞池邊，十分感動地向茱莉亞道謝，而她完美地表現出很不好意思的樣子。但她騙不了我。若她想要低調行事，就不會在這種公開場合上送上這份感謝禮。我很擅長不引人注目，是我的話，我連禮物都不會送。如果我把剛才看到的事告訴別人，人們是不是會覺得我正在嫉妒這個新來的女孩？茱莉亞閃閃動人。而我則黯淡無光。或許我看錯了，或許我只是在揣測。我覺得不太舒服。

而我的右邊，賽門．曼寧微微地向我揮手，但瑪麗蓮救了我。因為茱莉亞的加入，瑪麗蓮就走了。「天啊，好做作。」瑪麗蓮也不買她的帳。

「抱歉，我剛才語氣很差。對賽門的事。」艾娃是我的心，但瑪麗蓮是我的支柱。我應該告訴她我認為我剛剛看到的事。不對，不是我認為，而是我真的看到了。她不會質疑我，而且她一定比我更擅長處理。我已經喝了兩杯酒，覺得自己比平常更有勇氣了一些。但我卻還是說不出口。瑪麗蓮一定會對這件事有所反應，而這會引發衝突，誰知道接下來會怎麼樣？茱莉亞是個麻煩人物，我可以感覺到。

好險，瑪麗蓮正專注看著手機螢幕。「我都沒注意時間，」她說。「理查已經在外面等我了，你要搭便車回家的話可以一起來。」

一瞬間的鬆懈感幾乎壓垮了我。「太好了，拜託。我受夠了。趕快走吧，我可不希望還得跟所有人寒暄道別。」我試著不要聽起來太迫切，但我實在太想離開這裡，遠離賽門・曼寧和茱莉亞，還有這一切吵雜的聲音。

「我也這樣覺得。」她應和。

一直到我鑽進理查的那輛紳寶車裡時，才完全放鬆。

「兩位今晚還愉快嗎？」理查問。

「很愉快，謝謝你。」我說

「還可以。」瑪麗蓮聽起來沒那麼熱情。「音樂太大聲了，還有你知道的，都是同事。」

她翻翻白眼，又笑了笑。

「希望妳說的沒有包含我。」我說，然後我們都微微地笑了，人們在說一些預料之中的玩笑話時都會這樣。車子離開時我向外望著夜色，沒注意到理查在他們兩人聊天時所提出的問題。有他們的陪伴真好。錢、茱莉亞、潘妮，我完全不想要再想這些人的事。

但當我到家，剛才的決心就又打破了，我傳了最後一封訊息給艾娃。

我從我的派對回到家了，但我很確定你們的熬夜活動還正如火如荼！替我也向其他女孩們問好，明天見。啾

按下送出後，我自己都知道這種故作輕鬆的語氣之下其實隱藏著我的緊迫盯人，我多希望能把訊息收回來。我很懷疑其他媽媽們會像我一樣傳這麼多訊息。但她們不是我。她們沒

有經歷過我的人生。當手機立刻震動起來時，我很確定是艾娃用很差的口吻回覆我，但至少能讓我知道她是安全的。結果當我拿起手機看到不認識的號碼時，我愣住了一陣子。我感到一陣反胃。先是絨毛兔，又是陌生的號碼。過往的記憶一湧而上，我用顫抖的手點開訊息。

嘿，麗莎，我是賽門。我知道這有點不恰當，我也可以一直假裝這是跟工作有關的事，但我還是想問妳下週願不願意跟我吃晚餐？無論如何，妳不用馬上回覆，可以考慮看看（在妳答應之前☺）。祝妳週末愉快。賽門

我的情緒從焦慮變為冷靜，又再度開始焦慮，我不知道如何處理這種情緒。我想起那股溫暖的柑橘香味。

不，我不能。我不能再讓男人接近。我不能。

我將訊息刪除，然後在黑暗中上樓。

9
瑪麗蓮

我們一如往常地等著，直到麗莎走到門口，向我們揮手說再見之後，理查才開車離開。

「抱歉剛才讓你久等，」我說。「我沒注意到時間。」

「今晚愉快嗎？」

「哈哈，不愉快。」我誇張得展現出一副無趣的表情，並看著他。「潘妮的公司聚會，你可以想像。都在聊工作，還要假裝我很熱絡。我寧可待在家裡。我早就想要打電話叫你來，但我不想要讓麗莎覺得她也該走了。」我解釋太多了，我本來是想要開開玩笑。理查一直都自己接案，他不太懂這種職場政治，無論我做這份工作多久了。他還是一直以為這種東西就是一般的社交活動而已。

「麗莎的生日是不是快到了？」他邊開車邊問。「要四十歲了？」

「應該還有幾個月。」

「我們得為她做點什麼。辦場派對。妳可以邀請工作上其他同事，還有她的其他朋友。」

我嗤了一聲。邀請工作上的同事來我家？我想不出還有什麼比這更糟了。「她不是喜歡出入派對的人。」車窗外，夜晚的燈光閃爍。如果真要辦派對，我們該辦在哪裡呢？很貴的地方？可以炫耀的地點？就算忽略所有我不想辦派對的理由，我們根本也沒有錢辦派對。

「也許不是吧，這幾年她也慢慢有改變，已經不是當年你剛跟她一起工作時，那個害羞得像隻老鼠的麗莎了。」

他說的對，她已經不是了。她有時候還是很畏縮，但當年她那種像電流一般不穩定、戰戰兢兢的模樣，現在已經不是常態了。現在她走路的時候是抬頭挺胸的，而且能輕鬆地笑起來。一開始我和她交朋友是因為有點同情她，當然我從沒有這樣告訴過她。但後來我在她的膽怯之中看見了她幽默、聰明和善良的一面，事情就改變了。我們變成最好的朋友，始終支持著對方。我很敬愛她，如此單純的友誼，我也愛她這種新的、有自信的樣貌。這也是我對她有所保留的部分原因。因為我不希望她的生活中還需要再面對這些狗屁倒灶的事。我猜她過去一定經歷過很多。而且，如果真要告訴她，我得承認，我沒辦法面對。

「我們都有所改變。」我沈重地說，他瞥了我一眼，我於是補充：「已經過了十年啦，我的大腿一定也變粗了。」

「妳的大腿很美，」他又看著前方的路。「但她只有一次四十歲，而且沒有其他人會幫她慶祝了。艾娃不可能幫她過生日，她總不能幫自己辦生日派對吧。我們是她最好的朋友。」

這個想法很體貼，有時候他真的太體貼了，接著我一時嘴快，喝了酒就管不住舌頭：「她到時可能有男友會幫她慶生。」

「哦？」現在他轉過來正眼看著我，前方的路上沒有其他車輛。「拜託，快說。」

我有點慌，我不該說的。因為這不關他的事，也不關我的事。我說這些麗莎應該會很生氣。「沒什麼。只是工作中遇到的人。」

「你們辦公室裡有帥哥?妳怎麼都沒提過。」

我身下的座位很溫暖。「不是同事，是她的一個客戶。他旗下有一些連鎖飯店之類的。」我用沒興趣的口吻說著，可能太過沒興趣了，很難拿捏合適的語氣。「他要在這邊開一間新飯店。」

「麗莎的帥哥新男友?太棒了。她已經單身太久，也是時候該交一個了。」

「他沒有很帥。」我們經過一座又一座的房子，有些還亮著燈，我想像著那些人的生活，還有人們藏在牆內的真相，想像著那些私生活。「但他們喜歡對方。」

他們的確喜歡對方，無論麗莎今晚顯得多麼防禦，那都只是緊張和尷尬使然，因為她不知道該怎麼應付這種事。真希望我可以告訴她該怎麼放鬆，她應該得到幸福，或至少多一些享受。看到他們兩個小心翼翼地應對著彼此，情感慢慢地滋長，是一件很美好的事情。他們開過會之後她看起來神采奕奕的樣子，還有那麼多根本沒有必要的會議，以及她自己都沒有察覺的微笑，看著這一切，我真心為她高興。賽門開啟了一個從此幸福快樂的可能性。

「也許我們可以跟他們兩個一起吃頓飯。」停車的時候，理查說。「說不定我還可以接到一些案子。」

「聽起來很棒，」我回答。我不打算現在就安排這頓晚餐，他們兩個根本還沒開始約會，而且理查一定會提到工作，我知道他會，到時候賽門要不是出於可憐他而發一些小案子讓他做，就是尷尬地忽略這些暗示。不管哪一種，都會把場面搞得很難看。

「但至少先看看他們有沒有真的開始約會，如何?」

「好。妳這麼照顧她真的很貼心。」他在打開家門前親吻我的額頭。

我先看著理查走進屋裡，然後才跟上，在外面呼吸最後一口夜晚的新鮮空氣。好幾次我都試圖告訴麗莎真相，但我很慶幸自己沒有這麼做。她的生活需要一點希望。她過去一定有發生一些不好的事，我看得出來，因為每次我問起，她就會將自己封閉起來。我不能再讓她因為我的問題而背上沈重的負擔。而且也許事情會變好。也許一切會回到剛開始那樣。我們都需要希望，包含我。

在我們準備上床睡覺前，理查都沒有再提到任何關於麗莎的事。我正在卸妝，當我從鏡中看見他正望著我時，突然感到很疲倦。

「怎麼了？」我問道，將一抹冰冷的卸妝乳覆在臉頰上。

「妳剛說他沒有很帥是什麼意思？」

然後一切就開始了。

10 艾娃

好險寇特尼沒有留下來過夜。我只想把他的一切都用水沖走。我一直想著的人根本不是他。事情結束後，我做的第一件事就是查看我的 Facebook 訊息，但什麼也沒有。我好想哭。

我們下樓時，大家都已經喝醉了，安琪拉正在廚房裡跟達里擁吻，但大概十多分鐘後，裘蒂就說男孩子們該回家了。聽起來很無情。這邊已經沒你們的事了，現在可以滾了。我什麼也沒說。他們回家正合我意，雖然離開之後，就是女孩們一連串對於細節的審問。會痛嗎？我第一次很痛。他做得還行嗎？天啊，多大？他之後有說什麼嗎？我試著裝出一副很興奮的樣子，但我只覺得空虛和哀傷。我的第一次不該是這樣。索然無味。床上甚至沒有血跡。

今天早上我還覺得這種事只會發生在夢裡，但現在只有我兩腿之間輕微的悶痛是真實的。我現在可以甩了他嗎？不，這樣會顯得我像個蕩婦，而且他一定會很不爽，誰知道會做出什麼事、說出什麼話，又或是在推特上發布些什麼，像是說我很胖很醜之類的那種鬼話。我還記得之前十年級的梅格傳了她胸部的照片給克里斯汀，結果就在直播軟體上發生那件鳥事。至少我沒有那麼蠢，傳那些東西給寇特尼。無論如何，我也挺喜歡他，我不想傷到他。真是一團糟。

我靠在門邊，點燃手裡的捲菸。我們沒有很常抽菸，畢竟這對肺很不好，但有些時刻還是該抽。現在正是該抽菸的時候。裘蒂的媽媽愛蜜莉亞顯然很常抽菸，昨晚，當莉茲宣稱我們應該要來一根，裘蒂馬上就在家裡找到了一包，莉茲說這是為了慶祝「處女之死」，以及「又一個女孩被吸血鬼拯救」了。詭異的調酒和一支捲菸，還真是美妙的慶祝方式啊。感覺他的大老二戳到我的膀胱了，我以此為由一直跑廁所，但其實是為了要查看訊息，從廁所出來時還要裝出滿面笑容，用來掩飾我的失望，收件匣是空的。

菸草的味道很可怕，現在我已經清醒了，所以沒有把菸吸進去。只有裘蒂和莉茲會那樣抽。他會抽菸嗎？我沒問過，於是我暗自把這件事加入關於他的問題清單裡，如果他還有打算跟我聊天的話。他昨晚有跟人上床嗎？他有想著我嗎？

「回家前我得再洗一次澡，」我說，嘴裡吐出來的菸又撲面而來。「如果被我媽聞到菸味，她一定會抓狂。」

「跟她說我媽在家，是她在抽菸。」

「不值得冒這種險，你知道她那副德性。她有時候真的忘了我已經長大。」

其他人已經回家了。安琪拉得回去和家人吃午餐，而莉茲的媽媽半小時前來接她走了。她說要順便載我，但我還無法面對我媽。她一定會想跟我聊天，要我跟她說昨晚的事，而我一定得捏造一些故事來安撫她，要不就是快步上樓回房間，躲進我的羽絨被裡，我真的挺想這麼做的。她讓我很情緒化，而這又會傷到她的心。無論如何，現在還不到十點半。要不是安琪拉得早起，我們全都還懶洋洋地躺在床上。

「她從來沒有抽過菸嗎？」裘蒂問。

「沒有。她也不太喝酒。她在我這年紀時大概沒人要吧。」這麼說很不敬，但會讓我顯得比較酷。其實我就是我們這群人裡最不起眼、最普通的那一個。也許困擾我的正是這點，也許我跟我媽太像了，兩人都普通到無趣的地步。

「至少她總是在你身邊。」裘蒂沒有看著我，而是望向外面的庭院，她一屁股在走道上坐了下來，並向我點點頭，要我坐到她旁邊。「晚點我會整理。」

過了一會兒，她泡了兩大杯牛奶咖啡，然後我們移動到起居室裡，懶洋洋地窩進沙發之中。她家就像一間樣品屋，很美，但沒什麼人情味。這點總是讓我很驚訝。

「我也不知道為什麼要搬到這裡，」裘蒂說，在扶手椅裡縮成一團。「舊家也沒那麼糟，但她現在總是待在巴黎。她每個月回家一晚，運氣好一點的話我就能見到她，但我很肯定她只是回來確認我沒有破壞任何東西。她根本不需要買房子。」

她的生活在我聽來簡直像是天堂，但接著我看到裘蒂的表情，然後了解到也許那一切並不像我想像中那般美好。

裘蒂聳聳肩。「妳知道我根本沒見過她的新男人嗎？」她頓了一下。「之前她至少週末都會在家，但現在她根本不把這當一回事了，想必是待在法國跟他約會吧。天知道她根本不想見到我。也不是說我多希望她能在家，而是我希望她至少會想要在家。妳懂我的意思吧。」

裘蒂只會對我像這樣敞開心胸。我們兩個有一點點跟其他人脫節了。她年紀比較大，而我最近也總覺得自己有點老氣橫秋。因為他的關係。

「但她老是一副很尷尬的樣子，」她繼續說。「對我視若無睹，好像我不是個人，而是某種寵物。她確保我擁有所需的一切，僅此而已。我甚至根本就不了解她。她很年輕時就生下我，我有跟你說過嗎？我小時候有好幾年沒有跟她住在一起，一直到八歲以前都沒有。她付錢給某些人來照顧我，很糟吧？她一直都在旅行或工作，或者同時旅行和工作。」

「妳多常跟你爸見面？」我知道她爸不在她身邊，但也只知道這些而已。游泳、衣服、音樂、性愛、牢騷、酒精，這些是我們驚奇四人組最常聊的話題。

「沒見過，」她說。「我出生時他就離開了。我媽有次給我一張照片，讓我看他長什麼樣子，但你知道，我甚至不確定那是否就是我爸。」

過去幾週來，我們變得越來越要好，這一瞬間我強烈感到和她是同一陣線的，彷彿我們之中出現了一種堅定的基礎。我們兩個的共通點是其他人所沒有的。

「我根本不在意我爸是誰，」我說。「說實話我真的不在意。」我停了一下。「前一陣子學校裡還有人說我爸是個強暴犯。你知道，就是謠傳他強暴了我媽，她沒去墮胎，這也是為什麼她一直沒有再交男友之類的。」

「天啊。」她張大眼睛。「太誇張了。」

「對啊。我是不信，但這可能是唯一一次我想知道他是誰吧。其他時候就算了，不可能去想念一個從沒見過的鬼魂。我連他的照片都沒看過。」

「妳有跟妳媽說過強暴犯這件事嗎？」

「有啊，她嚇壞了。她急得團團轉，想盡辦法安撫我。」我笑出聲。「她不斷強調說我爸是她某晚喝得太醉之後在酒吧後巷搞上的男人，這是什麼爛安撫。」

我看到裘蒂的表情。

「我說得比較誇張，不是在酒吧後巷，但總之她說是酒後一夜情。」

「至少她沒辦法拿性這件事跟妳囉嗦什麼了。」

我又笑了出來。我想到昨晚的事，我的第一次，也是我目前唯一一次。太鳥了。我無法想像跟任何人發生一夜情。「我還沒跟她提過寇特尼。」

「你們兩個現在是來真的了嗎？」

我盯著冷掉的咖啡看。「他很希望是認真的，但我不太確定。」

「我以為妳迷戀他。是因為昨晚的關係嗎？第一次通常都很糟的，別因為這樣就批評他。除非是妳自己表現太糟。」

我漫不經心地拿坐墊丟她。「閉嘴啦，不是那個。有點複雜。」

「有別人？」

她坐直了一些，充滿好奇，我知道自己應該要胡謅一下，然後告訴她一切都很好。我不該張揚這件事。「可能吧。」結果我說出來的話卻可能讓情況變得更糟糕。真希望我沒有張開嘴。如果裘蒂告訴安琪拉我另有對象，安琪拉一定會假設是學校裡的某人，然後隨時盯著我想要知道究竟是誰。之後我就得捏造出一個人，學校裡某個男生。我實在想不出十三年級裡有誰會讓我著迷。「但可能只是一時沖昏頭，」我因為擔心而臉紅起來。「不會有下一步的。」

「別擔心，我不會告訴安琪拉的，」裘蒂說，彷彿猜到我的心思。「我很愛她，但她很大嘴巴，如果我有秘密的話，也不會想讓她知道。」

「也不會讓其他人知道嗎？」我問。「我不想惹事生非，我很確定我和寇特尼會很好的。」

「我發誓，」她說。「你的秘密很安全。但如果真的有什麼進展，妳一定要第一個告訴我。就這麼說定了？」

「好。」

有一刻我很想把一切都告訴她。告訴她究竟是什麼原因讓我對寇特尼完全熄火。那則好友邀請、那些訊息，還有關於他的一切。但接著她起身，說我可以去客房洗澡，她則會用她自己房裡的浴室，之後我們就該走了。

「該死。」上車時，我翻攪著我的包包，一邊說。「我的鑰匙不見了。」

「看看車底板，」裘蒂彎下身來。「我常常在那邊找到東西。」

我在座椅附近胡亂搜索，但沒看到鑰匙。我家、泳池置物櫃和學校置物櫃的鑰匙，全都掛在那個滾石樂團紅唇吐舌標誌的鑰匙圈上。就這樣不見了。

「沒看到，可惡。會掉在哪裡？」

裘蒂趴著找了一圈，最後兩手空空地站起來。接著我突然想起了什麼：「昨晚酒吧裡有個蠢女人把我的包包撞到地上！」

「是她偷的嗎？」

「我不記得當時有撿起鑰匙。」

「妳一定有撿起來，」她檢查我的包包，好像我剛才沒仔細看清楚一樣。「她撞到妳後有幫忙撿東西，說不定被她丟在包包的側邊口袋裡。」

我讓她檢查，但我早就已經找過一遍了。

「不過妳媽在家吧？」她說。

「對，但我會拿側門底下的備用鑰匙進門。要是她知道我弄丟鑰匙，一定會想要換門鎖，就算鑰匙上面根本沒有地址什麼的。妳知道她就是那副德性。」

「妳不用跟我解釋妳媽的行為，記得嗎，『怪媽媽俱樂部』成員，就是我們兩個。」

我微笑，有千言萬語想要對她說，但又覺得說那些會讓我顯得很沒用，所以我只是說：「瞭了，好姊妹。」接著就從她的車裡鑽出來。「週一泳訓見了。但可以隨時簡訊聊，壞女孩。」

「念書愉快！」她喊，我發出一陣哀嚎。這禮拜有三個考試，但我對於要考什麼完全沒概念。

車子離開時她按了幾下喇叭，我快速跑到側門，抬起牆上鬆動的磚頭，拉出藏在底下的鑰匙。媽媽一定有聽到車子的聲音，她會等著我進門。

11 麗莎

外頭下著夏季暴雨，但能再次送艾娃上學感覺真好。她十年級時，這本來是我們兩個每天的例行事項，之後，她就覺得搭學校巴士上課顯得比較酷了。我女兒這麼獨立又這麼忙碌是一件好事，但當她需要我送她一程時，我還是暗自竊喜著，即使這趟路讓我必須走另一條路上班，而那條路又會在尖峰時刻塞車。

今天早上沒有泳訓，我很慶幸，因為艾娃今天有兩個考試。而在這種天氣裡搭媽媽的車上學，顯然是比在暴雨中等公車更好的選擇。即使她平時經常運動，她還是不適應糟糕的天氣。她覺得冷天很不舒服，現在又會擔心下雨會讓她的外表變得很狼狽。這讓我微微地笑了，這年紀就是會擔心這種事。我很喜歡她如此關注這些事情，因為這表示她的人生相對來說無憂無慮。我在這方面做得很好。並不是說我有多驕傲，但我真的認為，我是一個好媽媽，以我自己的方式把她照顧得很好。

收音機正播放著我平常聽的電台。這是當地電台，比較常播放八〇、九〇年代的音樂，但艾娃卻沒有對此抱怨。她低頭看著手機，跟不知道什麼人互相傳著訊息。

「一切都還好嗎？」當她的手指飛快地敲打著手機鍵盤時，我問。我盡量語調輕鬆。現在對艾娃的生活表現出一點興趣都是危險的，要是我的語氣錯了，她就會氣得彷彿要一口咬下我的頭，最近很常發生。我知道這很正常。我之前已經看過很多電視節目，裡面都有些叛逆的孩子，我知道在此之前我們已經算處得很不錯了，但當她開始叛逆時，我還是有點難過。

「還好啊，就是考前緊張而已。」她抬頭瞥了我一眼。「我下午考完後，女孩們可以來我們家嗎？」

我差點就要說「不行」，因為距離中等教育證書考試只剩下一個多禮拜了。但今天剛考完兩科，她大概真的需要放鬆一下。我仔細研究過她的考試日成表，她明天只有一些複習課程，因此和朋友聚個幾小時應該還不錯。還有，雖然我討厭自己這麼想，但只要她們都在家裡，我就知道她身在何處。

「當然，她們今天也有考試嗎？」

「莉茲應該有地理AS級考試。安琪拉下午跟我一樣要考歷史，但早上沒有跟我一樣要考自然科學雙學科考。裘蒂全都考完了，她學期差不多已經結束了。」

她的手機不再有新的訊息進來，她轉過頭，透過布滿雨痕的車窗，看著外頭的車燈在悶濕的早晨中閃爍。「她媽媽又從巴黎回來了，」她說。「新男友也有一起回來。我以前覺得她媽媽長期不在是一件很棒的事，但裘蒂好像為此很不爽。一個人住在那麼大的房子裡，她媽媽自己在外面逍遙時，她卻需要幫忙看家，那種感覺一定很奇怪。」

我不認識裘蒂的母親。我有在懇親會時和安琪拉的媽媽見過幾次，也應該有在游泳比賽時遠距離看過莉茲的媽媽，裘蒂比較年長，她的媽媽顯然也有她自己忙碌的生活。我們的女兒們都已經大了，我們已經無法透過她們成為好朋友，但我們都多少有聽聞彼此的事。不知道她們對我有什麼樣的了解。成天憂心忡忡、很少出門、沒有男友。

「她八歲之前甚至沒有和媽媽住在一起，多奇怪啊？她媽媽總是因為工作而不在家。有人會來打掃家裡，冰箱和冷凍庫裡也總是擺了一大堆方便料理的食物，但整天靠著冷凍披薩和微波食物過活，一定很膩。」

艾娃若無其事地說著，但她騙不了我。一股暖流流過我的全身。這幾乎是一段恭維了，她也許不會直白地說出來，但我女兒大概已經明白，有媽媽陪在身邊並不是一件那麼糟糕的事。

我什麼也沒有說，只是在她又低下頭來傳訊息的時候，讓自己握著方向盤的雙手，隨著鹽與胡椒三重唱〈推吧〉的歌曲尾聲打起節拍。

擋風玻璃上的雨刷應和著歌曲的拍子劃過雨滴留下水痕，這樣的節奏十分舒心。顯然再過幾天這種可怕的天氣就要結束了，接下來我們都將沐浴在美妙的夏日陽光中。在那完美的時間點，艾娃的考試也正好結束了。也許我應該提議考試都結束後我們可以出去玩。只有我們兩人，就像以前一樣。或許可以去巴黎。

「接下來是點播歌曲！」我不知道這個 DJ 是誰，但他似乎還沒有完全掌握正確的發聲方式，沒辦法像國家廣播電台上其他的播報員那樣自若地表達。「我們有一段時間沒有接受點播了，不過這次的歌曲吸引了我。點播者想要匿名，顯然很害羞。」

「或結婚了，史帝夫。」共同主持人輕浮地說。每個節目總會有一個這樣的共同主持人。

「你真刻薄，巴布。我還是要解讀為害羞。無論如何，這位點播者不只想要讓自己匿名，他也不願意公開要將這首歌曲送給誰！他只說，對方聽到歌曲就會明白了。他們兩人永遠不會忘記屬於他們的歌。」

我們來到圓環，我打了方向燈，微微轉向右側，等待著輪到我前進的時候。

「因為沒有名字，所以我決定將這首歌送給你們。我們所有正在收聽的聽眾朋友，如果你正在大雨中遇上了塞車，這首歌就是送給你的。」

我隨著車流前進向前開了一小段，一邊因為DJ的油嘴滑舌而微笑著，一邊伸手去將音量調大了一些。

「這是一九八八年的經典歌曲。法蘭奇・韋恩的〈遠走高飛吧，寶貝〉。」

我的手僵住了，我盯著收音機，這段我多年來沒有再聽過的熟悉曲調就這麼闖入耳中。我感到一陣反胃。

跟我走吧，寶貝。今晚就走
我們兩人一起，悄悄走入夜幕中
就這麼說定了，好嗎？我們做得到
跟我開車走吧，走吧，寶貝，讓我們離開吧。

歌詞給我一記重擊。

是給我的，這首歌是點播給我的。這是我們的歌。

一個匿名的點播者、那隻絨毛兔，還有我最近總有的那種奇怪感受，我一直覺得有什麼事情不太對勁，彷彿有人在看著我。然後是現在這首歌，我們的歌，來自匿名點播者，我想我的心臟可能會因為對這一切的恐懼而從我的胸口爆炸。法蘭奇・韋恩沙啞的嗓音充斥在車內、充斥在我的腦中，那段消逝的歲月和每一句歌詞，都彷彿我腦海中的一把利刃。

就在艾娃抓住儀表板時，我猛然回過神來，車外是一連串尖銳的剎車和狂暴的喇叭聲，我仍處於驚恐的餘韻之中，那些聲音聽起來朦朧而遙遠，彷彿來自另外一個屬於別人的世界。

「搞屁啊，媽！」

我身邊，是瞪大眼睛的艾娃。「妳在搞什麼？」

原來我剛才在圓環的半途上停下車子。我還停在原地，放眼望去，所見盡是經過的其他駕駛臉上，因憤怒和厭惡而扭曲的表情。

「妳沒在看路嗎？」艾娃咆哮。

「我、我沒……我以為前面沒車。」

收音機裡的法蘭奇．韋恩仍唱著歌，讓我頭暈。我想要把音響關掉，但我不能讓艾娃看見我顫抖的手。

「我真該去搭該死的公車。」她喃喃自語著。她的這一面又回來了，一個粗俗的青少女。她輕蔑地催促著我重新開始前進，我則強迫自己再次轉動鑰匙並往前移動，我看著經過的每一條路口，慶幸著學校已經快到了。而那首歌終於來到尾聲。

「很棒的歌。」收音機傳來史帝夫不太真實的聲音。「不知道法蘭奇．韋恩究竟發生了什麼事，歌曲中的她又身在何處？」

我沒能來得及關掉收音機。她身在何處？這個問題讓我的臉頰發燙，我用力地往後坐進椅子裡，彷彿要把自己藏進座椅的布料之中。

「祝妳考試好運。」當艾娃下車時我說，咬字含糊不清。她回頭看我，我想她也許會責備我一番，結果她只是露出擔憂的神情。

我點點頭，回給她一個無力的微笑。我的女兒很擔心我。是擔心還是害怕呢？我嚇到她了嗎？我肯定是嚇到她了。我差點釀成車禍。由於我心中的恐懼，我差點讓她受傷。她一關上門，我就立刻將車開走，而且努力不要超速。我轉彎，繼續往前走，直到遠離了路上其他學校家長們的異樣眼光，然後停在路邊。我打開門並將身子探出車外，被大雨淋濕的同時一陣劇烈的嘔吐。吐出來的東西是炙熱的，早餐、咖啡和胃酸讓我的胸口灼熱，我一直等到感覺胃裡吐空了，才坐回車子裡。

「小心開車，好嗎？」

我全身痠痛又顫抖著。嘔吐讓我覺得自己被淨空了，但這只是一種假象。我的恐懼並非靠著嘔吐就能消除的。我的恐懼是永遠不會消失的。而我藏匿起來的那份悲傷也永遠不會真正消失，那是用我被烈火灼燒過後的心化成的一顆堅硬鑽石，被我像珍寶一樣永遠隱藏起來了。

那隻絨毛兔。

那首歌。

那種似乎有事情不太對勁的感受。

有多少可能這一切只是巧合或隨機事件？都不是，或者都是？又或者是我發瘋了嗎？

我凝視著窗外一如既往的世界，想著自己是否妝都花了。為了工作我得看起來像樣一點。我穿了一件夾克，裡面的襯衫沒有被淋得太濕，而我的頭髮則因為平時就比較乾硬，淋雨之後看起來也不太會走樣。我總是可以用辦公室裡的烘手機吹乾，然後往上梳起來，紮成一個髮髻。

最終，我暫時把關於過去的所有想法都推到一邊，當然不是完全推開，從來沒有那樣過。我從後視鏡中檢查自己的模樣。沒有想像中那麼糟糕，我不必回家重新梳化。

至少我不是一個愛哭的人。重新發動車子時，我這麼想著。我一直都不是一個愛哭的人。在一片寧靜中，歌詞迴盪在我的腦海中，我知道那些旋律一整天都會這樣徘徊著。我等不及要去上班，我不在乎茱莉亞和她偷的錢了，也不在乎賽門・曼寧。我只想要去一個會感到安全的地方。

12 艾娃

我的臥室其實比較像是一個寢具用品展示間。我有一張雙人床，桌子底下有冰箱，牆邊還有一張沙發，可以懶洋洋地躺在上面看電視。這些都是去年我臥室大改造的部分成果。我們只有改造我的房間，但媽媽的房間沒有。她說她很喜歡她房間原來的擺設，不想有變動，而我已經長大了，需要不同的東西。當時我很年輕，所以相信她說的話，現在我知道那是因為她可能只負擔得起一間房間的整修，而只要將我的房間布置得更酷，我可能就會花更多時間待在家裡。那差不多是在我開始經常自己出門的時候發生的事，我開始要當一個真正的青少年。但事與願違，因為我們最近大部分的時間都是待在裘蒂家，而不會待在我房間。

「感謝該死的老天，明天終於沒有考試了。」莉茲在沙發上伸懶腰，安琪拉則和我一起躺在床上。從她側面看起來，臀部和腰部都十分有線條。裘蒂則靠著牆，坐在我小時候用的沙袋上。可樂罐和薯片包裝袋散落在茶几上。

「我們快考完了，」我說。「然後就自由了。」

這次不僅有漫長而炙熱的暑假等著我們，還有能感受到一種嶄新的未來正要迎接我們。即使安琪拉和我還會留在愛德華國王文法學校繼續讀第六級，但新的學期仍然像是前往一個新的地方。跨過一個新的界線，邁向成人世界的又一步。這讓我想起了星期六的夜晚。那晚我跨過了一個新的界線。某方面而言，留在愛德華國王文法學校感覺有些沒用，但大學學院太遠，而我們A級的及格門檻又很高。[1]

「明天要游泳嗎？」安琪拉問。「雖然接下來沒有正式泳訓，我們也該自己練習。」

「不讓我們在考試期間比賽，實在很沒意思。」

我的手機又響了。又是寇特尼。我今晚想要跟他見面嗎？

「又是他嗎？」莉茲問，我點點頭，咬著下唇，試圖想出該怎麼回答。

房間裡慵懶的氣氛消失了，我相信安琪拉又開始興奮了起來。整個夏天的話題全都跟性有關，我們一直很火熱，睜開眼就在想這檔事，就像一群到處嗅個不停的狗兒一樣。我們幾乎是大人了，而性愛就是大人世界的一部分。禮拜六時我並不是那麼想跟寇特尼上床，但我也是真的挺想上床的，而且事後當我想起他在我裡面，還有他高潮時發出的聲音，就會有一種奇怪的興奮感。這一切似乎與我們以前做過的事情非常不同，即便我更喜歡以前做的那些事。

我花好多時間想著性。但不是想著跟寇特尼上床，而是跟他。

註1 英國的義務教育到16歲結束，學生可選擇繼續接受大學預科課程、職業訓練課程或就業。如果選擇大學預科課程，修完後得參加A-level進階級測驗，這項考試是申請進入英國所有大學的基本要求。至於選擇職業訓練課程的學生則可進入擴充教育學院或技藝學院接受第六級課程（sixth Form）攻讀職業課程，這些學校提供職業、專業、技術、手工藝、藝術設計等課程。

「他愛妳，他想要吻妳……」安琪拉嘲笑著說。

「閉嘴啦。」

「你們什麼時候還要再做？」莉茲問，語調有點生硬，她一向直來直往。「第二次會比較好。」

「妳又知道了。」安琪拉說。

「比妳清楚。」

她說的應該是真的。莉茲比我們大一歲，而且有在吃避孕藥。安琪拉認為那只是要固定月經週期，但從聖誕節起，莉茲開始跟那個叫克里斯或什麼的男生約會了好幾個月，而她對天發誓他們有上床。她能鉅細靡遺地說出細節，更何況她一直都不會騙人。也許我該問問她避孕藥的事。只是為了以防萬一。也不是說我有多擔心，我的經期就快來了，胸部也像往常一樣有脹痛感，所以我很確定沒事。

「我今晚不能跟他見面。我媽不會在考試期間讓我出門。」

「你媽永遠不會讓你在晚上八點之後出門。」安琪拉說。「好像小學生。」

「她現在有比較好一點。」我回答。這是真的，她真的有。而且就算她常常惹我生氣，我還是十分尊敬她。以前總是只有我們兩人相依為命，現在我長大了，要拋棄她了。我自己說她壞話時都覺得沒什麼關係，但安琪拉這樣說她就讓我不太舒服。

「艾娃！」隔著門，聲音聽起來很遙遠，但還是可以馬上辨認出來。

「天啊，她真的好瘋。」裘蒂笑著說，聽起來不像安琪拉那樣充滿惡意。她懂得。因為我們是怪媽俱樂部。

「艾娃，妳可以下樓一下嗎？」

我一邊哀號一邊翻白眼，好像她是個超級大麻煩，但其實我很高興能擺脫寇特尼的話題。我知道我的表現不太符合她們的期望，所以我一直試圖掩蓋我的感受。某天午餐時我跟安琪拉說寇特尼表現得很飢渴，這樣當我不在旁邊時，她就有料可以跟其他女孩說。我們是最好的朋友。我們談論彼此的時間，就跟我們彼此交談的時間一樣多。我的壞女孩。有時候WhatsApp的群組名稱太真實了。這個群組很有向心力，但當我們分開時，我們還是會在背地裡說一些會讓對方不爽的事。

我蹣跚地走下樓梯時，想著男孩們的友誼是否也和女孩一樣。他們也會在乎這些瑣事嗎，別人的一個眼神、一句評論、增加或減少一兩公斤的體重，這些女生們極度在乎，而且還會彼此評論的事情？我想應該不會。他們對朋友的期望值應該不會像女生這麼高。在女生的友誼中，我們要求彼此的一切，但這是不可能實現的。

但話說回來，雖然我們有時候可能會很惡毒，但有危機時，我們還是會很支持彼此。

「妳把這摔破了嗎？」她站在客廳的桌子旁，手裡拿著破掉的相框，裡面有我們兩個幾年前的照片。奧爾頓塔？我想是瑪麗蓮阿姨幫我們拍的。相框上的玻璃被摔破了。

「沒有。」我根本就不記得照片擺在那裡。

「那另外一張呢？」

「哪一張？」她看起來很生氣。她柔軟、粗糙的臉現在皺在一起，我突然防禦了起來。她從來不生氣的。她只會失望、受傷那類的，但很少生氣。稍早我對她的那股尊敬感現在煙消雲散。

「這裡本來還有另外一張照片，妳的照片。妳八歲第一天的照片。不見了。」

「妳一定是有動過吧。」我不知道這種事有什麼大不了的，那只是一些舊照片罷了。

「我沒有。」她生氣地說。

「也跟我無關！」我惡狠狠地吼回去，現在我們兩個不需要什麼導火線就能大動肝火了。

「那妳朋友呢？會是她們不小心拿的嗎？有可能不小心把另一張弄丟了？」

「沒有，有的話一定會說。她們又不是白痴。」

她低著頭，隔著破碎的玻璃看著我比較小而她也比較年輕的照片，彷彿這是一件什麼重要的大事。

「我可以走了嗎？」我無禮地說。我所有的罪惡感、性愛和他的事，都隨著我的憤怒而消散。他跟我說過，我媽太緊抓不放了，她應該讓我自由。他說的對。他了解我。我媽卻要我一直當個小女孩。

「如果是妳做的，就告訴我。我不會生氣。」

又來了。這種懇求的語氣和悲慘的表情，讓她額頭和嘴巴周圍的皺紋都更深了一些。

「拜託！」我一陣暴怒，好像她指控了我偷東西之類的。我怒吼著，下巴繃緊，手指緊緊捲曲著，握成了拳頭。此刻我彷彿更像一頭野獸，而不是一個人類。「我已經跟妳說過了！不是我！而且那只是幾張愚蠢的舊照片，誰在乎！說不定家裡鬧鬼之類的！」我沒等她回應，直接轉身回到樓梯上。

「還有，如果妳想知道的話，我的考試很順利！」我用惡毒的語氣朝樓下喊，足以成為我們兩個心中的芥蒂，然後便把她一個人留在那裡，獨自一人緬懷那相框裡的舊照片。也許那就是我如此生氣的原因。她懷念那些時光，我知道她一定如此。那時的生活簡單得多，沒有胸部、沒有性生活、沒有新事物，但我無法阻止自己長大，而且我也想要長大，她必須讓我繼續前進。

「沒事吧？」我緊緊關上身後的房門時，安琪拉問。

「嗯，就是考試的事，妳知道的。」我勉強笑了笑。這是個謊言，而我覺得裘蒂是知道的，因為當我從她身邊經過時，她的目光透露出別人不能理解的同情。要不就是因為我們都是怪媽俱樂部成員，要不就大家都聽到我在大吼。

「裘蒂跟我們說她喜歡老男人。」當我躺回床上時，莉茲哼了一聲。「好噁喔。」

「我說年紀比我大，不是老男人。」

「我不覺得很噁。」我試著若無其事地說。「很多比較年長的男生很性感。」

「我不認為她說的是三十幾歲的男人。」

「我也不覺得很噁心。布萊德彼特就很性感，他已經五十幾歲了吧。」

「我不在乎你們怎麼想，」裘蒂把大家的冷嘲熱諷當成耳邊風。「這是真的，年紀比較大的男生比較有料。」

「比較有經驗，」莉茲說著笑了起來。「還有錢。」

「你老爸就挺性感的，莉茲。」裘蒂把身子彎向前，享受這段對話。「他幾歲了？四十四歲？四十五歲？」

「拜託，妳好噁心！」莉茲尖叫。

「他身材很好，」裘蒂抬起一邊的眉毛。「他脫光一定很好看！」

莉茲一臉不可置信，而我們全都笑得人仰馬翻，接著，我們描述了裘蒂會怎樣跟莉茲的老爸上床，試圖讓大家都吐出來，然後大笑到腹部兩側痠痛、眼淚直流，而且上氣不接下氣。我們笑得太厲害，導致我忘記回覆寇特尼的訊息，也絲毫不在乎。除了這些女孩們，我誰也不需要了。我的壞女孩，驚奇四人組。

13 麗莎

今天諸事不順。

這個想法太可笑了，我哼笑了一聲，是一種歇斯底里的傻笑。這是以前的我會說的那種話。在這一切之前，在丹尼爾的事之前，在從前我還很懂得幽默的時候。笑聲變成了哽咽的抽泣，即使天氣還是很熱，我仍舊把羽絨被拉到了下巴，就像一個在夜裡受到驚嚇的孩子。

我們兩人一起，悄悄走入夜幕中
就這麼說定了，好嗎？我們做得到

一整天都在我腦海中不斷迴盪。

工作也絲毫沒有喘息的機會。瑪麗蓮因為頭痛而請假，一整天都沒有回覆我的問候簡訊，顯然有事發生了，她卻沒有告訴我，這讓我更加不安。然後是茱莉亞今天下午第一次去跟客戶碰面，回來時整個人洋洋得意、滿面春風，還帶了蛋糕請大家吃。這又讓我想起錢的那件事，我想念瑪麗蓮。

接著我和賽門開了一個會，總結一些工作條件，然後我發現自己竟答應要在艾娃考試結束後與他共進晚餐。我太軟弱了，軟弱得無法拒絕，軟弱得幾乎站不穩。答應他的要求簡單得多，不需要任何衝突。我是這麼告訴自己的，因為這麼做比較簡單。但這不是真的。我答應是因為我想要，因為我很孤獨。因為他讓我悸動，以那種我以為自己早已遺忘的方式。因為與他共處，就好像剝開一層又一層細緻的皺紋紙，然後發現其中包裹著那個你小心地藏匿起來，並逐漸淡忘的珍貴寶物。

活著，他讓我重新感到自己是活著的。

但我回家後，卻看見破碎的相框，還有一張照片不見了。我的第一個想法是，這是在告訴我要試著快樂一些，否則就會有壞事發生。接著我的腹部再次開始抽筋，尖銳的酸痛感，好像我兩側的腸子沾黏在一起，而有人又試圖把它們撕開。我等了五分鐘，又再過了五分鐘，才把艾娃叫下樓，因為我幾乎不能呼吸，更無法說話。

在我之上，在灰暗的夜色之中，天花板像河流中危險的漩渦一樣旋轉著。我想讓自己騰空起來，淹沒在那股想像的水流裡，然後在空無之中讓自己粉碎。

並非艾娃或她的朋友打碎了那個裝著我們照片的相框，又拿走她的另外一張照片。在我和她對峙，而她衝上樓之後，我發狂似地搜查了女孩們散落在廚房裡的所有包包，那是她們在洗劫櫥櫃裡的零食時放在這邊的。沒有玻璃碎片、沒有相框，什麼也沒有。我在廚房的垃圾桶裡找不到任何東西，在花園裡更大的桶子中也沒有找到。我甚至強迫自己檢查街尾的回收箱，我就是將那隻不是彼得兔的絨毛玩偶扔在那裡的。雖然我知道回收箱前幾天已經被清空了，但我仍有些希望看到那隻破舊骯髒的布偶出現在我面前，瞪大眼睛看著我。但它不在那裡，也沒有任何被慌忙湮滅的證據，沒有破碎的相框和被偷走的照片。

跟我開車走吧，走吧，寶貝，讓我們離開吧……

也許我快要發瘋了。

當女孩們要離開的時候，我問裘蒂是否要留下來跟我喝一杯茶。她們全都穿著很緊的衣服，沒有辦法藏匿任何東西。裘蒂是我唯一認識的人，而且即使她比較年長，我也不希望她一個人回到那間空無一人的房子，獨自吃微波食物。我不想再跟艾娃吵架了。我想或許我的緊迫逼人是她發脾氣的原因，如果我對她的朋友釋出善意，或許她也會和善一些。但當裘蒂低著頭快步離開的時候，我感覺更糟了，艾娃想必是向她們說了我的事，無論她說的是什麼。

我做了晚餐，雙手放在蒸烤爐的面板上，但我的腦中一片麻木，目光一直飄忽到迴廊，又看著大廳桌上那塊空了的位置。我們一言不發地坐著，艾娃仍對我剛才的指控感到惱怒，而我的思緒則被某種偏執的恐懼占據。最後，當艾娃拿起盤子到客廳看 MTV 節目時，我感到鬆了一口氣。我坐著，盯著廚房窗戶裡自己的倒影。

有一張照片不見了，而另一張的相框破碎了。打碎其中一個相框，是為了要讓我們注意到有照片不見了嗎？這是某一種暗示嗎？有一張我女兒的照片被偷走了，而我們兩人看起來很幸福的那張照片則出現裂痕。就算不是個天才，也很容易就能理解這其中的意味，不是嗎？

艾娃，我的寶貝。我一定要保護她。

我的呼吸滾燙而苦澀，我奮力維持著理智的狀態，試圖不讓自己徹底被歇斯底里掌控。我檢查了家裡的所有門窗，沒有發現任何被人闖入的跡象，廚房的門也是鎖上的。怎麼會有人能不留痕跡地進出我們家呢？

或許是艾娃。這個想法彷彿小小的浮木，讓我在這片充滿恐懼的黑暗海洋中緊緊攀附著。也許證據藏在她的房間裡，那是我唯一找不到的地方。也許就是艾娃，我一遍又一遍地重複，但卻沒辦法說服自己。我一直看到她徘徊在樓梯間，她很困惑，不明白我在想什麼。

我雙眼刺痛疲倦，但我腦中的思緒仍在奔馳。我的身體渴望停止、休息和睡眠，但我卻做不到，我害怕夢境的到來。我無法面對丹尼爾，今晚不行。

我知道他會出現在夢裡的，因為我無法放下。我怎麼可能放下？

妳必須學著活在當下，專注於每一天，專注於艾娃。

第一次聽到諮商師對我這麼說時，我覺得這是一些沒用的廢話，因為我真的試過了，天知道我真的全力嘗試過，但依然做不到。過往即是我的陰影，始終在那裡，緊緊糾纏著我。

或許我應該打電話給艾莉森。她會聽我說。但我要說什麼？我的內心對這想法嗤之以鼻。要說我有一種奇怪的感覺？有張照片不見了？我在廣播電台聽到一首歌？我知道她會回答什麼。我最近打了很多次電話給她。她可能會認為我瘋了，而那一切只是我的幻想。深呼吸，放下吧。我應該取消和賽門的晚餐之約。或許這樣這一切就會停止了。認為自己能夠去約會真是一個愚蠢的想法。我早該知道的。

我正在退縮，像一隻蝸牛縮回自己的殼裡。

我們將過得自由自在，一路上只有我倆
就這麼說定了，現在就走吧，寶貝……
也許一切都沒事，也許只是我瘋了，也許是我自己打破了相框，也許是我自己崩潰了。

14 艾娃

我的房裡很暗，只有iPad和iPhone的螢幕是亮著的，好像夜裡的兩個月亮。我用iPad打開Facebook，盯著螢幕看，等待著。我一直在等他，而這種等待的感覺，就好像皮膚底下發著癢，卻怎麼樣也搔不到。我一直想著他。當他像現在這樣，匆忙離開話題，或忙於現實生活中的無聊瑣事時，我就會更想他。他說他十分鐘後回來，但已經過了快要二十分鐘了。

是不是因為我剛剛在嘲笑我媽，所以他不想聊了？這行為很像青少年、很幼稚嗎？我的下唇被我咬出齒印，而且很痛。他似乎並不在意。事實上，他還很了解當我媽邀請裘蒂留下來喝茶時，我有多麼尷尬。她沒有邀請其他人，所以很明顯我曾經跟她說過裘蒂的媽媽老是不在的事。我很喜歡裘蒂，這讓我覺得自己好像背叛了她，把她怪媽的事蹟告訴我自己的怪媽。好險裘蒂不在意。就算她在意，她也沒多說什麼，而且表現得很正常。

我低頭看著手機上WhatsApp裡面，我們最後的訊息。

所以你喜歡上的是一個老師嗎？

我回答：算是吧。

她沒有再接著問了。這就是我喜歡裘蒂的地方。她知道何時該停止追問。如果情況反過來，我可能會窮追猛打希望她告訴我。我在腦中暗自記下了如何成為一個更好的人，這個清單很長。當有人有秘密時，我會盡量不要再追問。在許多方面，這讓我反而想告訴她更多事。我想要向別人傾吐。秘密讓我快要爆炸了。

我的 WhatsApp 裡還有三則來自寇特尼的訊息，即便他可能已經看到我在線上了，但我仍然未讀。我稍早有傳了一則訊息給他，跟他說我媽正為我考試期間一直出門而發火，他似乎相信了。

拒絕他讓我覺得有點難過，因為他對我太好了，但是我不想要讓任何人晚上待在這裡。尤其是九點或十點左右的時間，因為他可能會上線來聊天。

現在是半夜，裘蒂一小時前就睡了，寇特尼也放棄等待我的回覆，所以我關上 iPad，靠在枕頭上休息一下，並打開手機上的 Facebook 訊息。之前有一次，我本來要傳訊息給安琪拉，卻誤傳給了莉茲，好險不是什麼惡毒的內容，但這讓我從此變得很防備，不想要同時在一個裝置上進行太多個對話。我一點也不希望本來要傳訊息給他，卻誤傳給了任何其他人。

在屋裡的一片寂靜中，我發現自己正豎起耳朵聽著外面走廊上的聲音。萬一媽媽又像之前一樣半夜跑來我房間呢？也許我應該先假裝睡著。

妳在嗎，美人兒？

我腦中所有關於其他人的想法一瞬間都消失了，我在床上彈坐起來，心跳加速。他回來了。

是啊，就在床上，等著你☺

我對自己打下的這行字感到既性感又尷尬，但無論如何還是按下了送出鍵。我的確試圖讓自己聽起來性感、打情罵俏，但同時，又不想要超過界線，不想傳給他照片或影片之類的東西。上週他要求過一次，但我拒絕了，我太害羞了。接著他就沒有再提過，還道了歉，說他多喝了幾杯之後想起我，就情不自禁地問了。不過他那樣想起我，我其實還挺高興的。不知道他是否像我想他一樣，也時時想著我？

也許我真的應該傳點東西，或許穿著內衣，當然不需要露臉，我沒有像梅格那麼蠢。或許我應該傳點東西讓他知道我是個女人，不是女孩。但我討厭我的身體，而且我無法想像我的身體在照片裡會像那些網路美女一樣好看，像 Instagram 上的那些女孩穿起比基尼泳裝那樣凹凸有致。我的大腿看起來一定很醜。也許這就是我沒有傳照片的原因，因為我對自己的身體感到難堪。

不能聊太久，只是要跟妳說聲晚安。

我的失落感讓我彷彿被一桶冷水澆過，成了一張因濕透而捲曲起來的紙張。

我只有幾分鐘的時間。對不起，我真是很糟糕。我一定會挪出更多時間，我保證。總有一天我們會擁有所有的時間。

我什麼也沒有說。我不想要聽起來很情緒化，我需要一點時間重新振作起來。他總是說他會騰出更多時間，以後一定會有所不同，但現在呢？

我以為你今晚會跟寇特尼在一起，還好妳沒有。

我渾身的皮膚都因為興奮而微微地刺痛著，我能感覺到精力又重新回到自己身上了。我之前告訴過他我生日時寇特尼有來，他也知道我們算是在約會，雖然我說過可能會想要結束這段關係。

我有考慮過。我打著字。他一直傳訊息給我，他真的很想見我，我也不知道怎麼辦。

其實我根本沒有考慮過，也根本沒有回覆寇特尼的訊息，但他不需要知道，尤其是他顯然正在擔心這件事的時候。這不是我小時候想像中愛情的模樣。我以為當人們陷入戀愛時一切都會很美好。我本該從我自己的家庭狀況知道實際情況並非如此，但從來沒有人告訴過我愛有多麼自私、愛會如何將你吞噬，還有，在愛之中，你必須玩多少遊戲才能獲得你所想要的東西。

我不想要你跟他見面，但這對妳來說也不公平。

我的心一陣狂跳。

為什麼?你吃醋了嗎?

太直接了。

我對自己十分懊惱，但我必須知道答案。我並不想讓他認為我一直在試圖讓他吃醋，但顯然我的確在這麼做。

有一點。他對妳來說似乎太年輕了。對他這樣的男孩來說，妳太成熟了，他沒辦法讓妳快樂的。

對。我回答。你讓我快樂，但你不在這裡。我們從沒見過面。而寇特尼總是在我身邊。

我對自己這一擊感到很驕傲，因為我成功讓這一切看起來像是他的錯。

我們應該見面。

他的話實在太讓我震驚，導致有一瞬間我看著螢幕的視線微微地模糊了。我的掌心出汗，伴隨著腎上腺素湧動。

什麼時候？

這樣聽起來會太強勢嗎？但我想要知道什麼時候。我想要現在就見到他。我可以現在立刻下床，立刻去任何一個他要求的地點跟他見面，和他聊天，或做其他任何事情。

等妳考試全部結束之後。大概十天？我會確定一個時間地點再跟妳說。但必須是晚上。可以嗎？

可以嗎？我咧嘴笑了，笑得我想我的臉都要裂開了。

可以、可以、可以！親親親親親……

我太開心了，不想玩任何把戲。而且讓他知道我為此有多開心也是件好事。

但要保密，好嗎？只有我們兩個知道。一定會很好玩的，不要有壓力。

我的心臟快要爆炸了。

我發誓絕對不會告訴任何人。

我是認真的，我不會說出去。也許事後我會告訴女孩們，如果有值得一提之處的話。但我不會在事前告訴她們，她們很可能會想要跟來，絕對不能讓這種事發生。

有一陣子他什麼也沒有回，接著：

抱歉，我得走了。想念妳，美人兒。很快再見。親親

我打了一連串親吻的符號，然後趴回枕頭上。我們要見面了，我們真的要見面了。

這真是有史以來最棒的事。

15 麗莎

已經過了一個星期，而即便我總在極度焦慮之中展開每一天，擔憂著是否又會發生些什麼事，但已經沒有法蘭奇．韋恩，沒有溼漉漉的絨毛兔被扔在街上，也沒有再遺失任何照片了。有幾個晚上，我吞下安眠藥，讓自己淹沒在黑暗之中，然後早晨在昏沉之中醒來，但現在，在我胃部裡的那種凝結感已經慢慢鬆動了。天氣也變好了，大雨過後，是明亮、溫暖的陽光。在這樣明媚和喜悅的夏日，我也比較容易說服自己一切都是巧合。

和新同事們一起在 **PK** 人力仲介工作的日子也逐漸穩定下來。一群不熟悉的人能迅速地形成目前的狀態，是一件很奇怪的事。那些去新分部工作的前同事們，現在在我的記憶中就好像鬼魂一樣模糊，而這讓我悄悄地感到安心，因為人們是如此容易被遺忘。

一陣笑聲從辦公室另一頭傳來，很快又被掩蓋下去。我本來暗自認為史黛西太聰明了，不會喜歡托比的油腔滑調，現在看來我錯了，他們的打情罵俏可以說是越來越明目張膽。熱情流淌在兩人之間，如果你正好經過他們身邊，都像是走過一道溫暖的洋流。不過我沒有資格評論什麼，因為我今晚也要和賽門吃晚餐。

和賽門．曼寧共進晚餐，這讓我緊張得反胃。也不只是緊張，還有興奮。在我的不安、恐懼裡，還存有這種興奮的感覺吸引了我的注意力。但即便如此，我還是很害怕，害怕這一切。這一切感受。我不習慣。我一直過著鬱鬱寡歡的生活，因為這對我來說比較容易。

我還沒有告訴瑪麗蓮，我應該告訴她。我會的。但我知道她會為此多麼激動，這會讓整件事情變得很有壓力，彷彿應該要發生什麼事，雖然我告訴自己這只是一頓顯示友好的晚餐而已。更何況，我最不想要的就是這間辦公室裡的每個人都對這件事議論紛紛。我並沒有真的把這件事當成秘密，但我也沒有打算告訴別人。我想他也沒有。

我看了看時鐘，已經快兩點了。艾娃現在正要期末考，這是她中等教育證書考試中的最後一個。我仍很難相信我的孩子已經要念第六級了。我想著她前幾天迫不及待地希望這兩年趕快過去。過去這一週我們不是很愉快。我太咄咄逼人了，那首歌不斷不斷地在我腦中徘徊，彷彿某種病變讓我的神經被緊緊地束起，每當她離開我的視線，我就會感到無比的恐懼。我試著在她睡著的時候查看她的手機和 **iPad**，但兩者都被她以密碼鎖上。對於我的每次試探，她都回以勃然大怒。我也不能責怪她。

我拿出手機，快速傳了一封訊息給她。

希望最後一個考試很順利！我會給妳一些零用錢，讓妳可以跟女孩們出去慶祝一下。我回家時記得提醒我。啾！

我會給她五十鎊。我知道這是一個很愚蠢的數目，但我還是不理會腦海中警告我的聲音。在她這個年紀，這個數目被拿去買一堆伏特加的可能性極大。但至少這筆錢能讓她們先拿去買些便宜的披薩填飽肚子再喝。不管怎麼說，她們都是有在運動的女孩，她們不會做任何愚蠢而不健康的事來危害游泳運動。我是這麼告訴自己的，我女兒充滿活力的生活如同無法控制的洪流，這個想法是我僅能攀附的一根浮木。

而且明天就是嘉年華了，她可能會把很多錢留下來去嘉年華。我會和瑪麗蓮和理查一起去，那些艾娃牽著我的日子已經過去了，但我仍然很期待去參加。那裡有現場演奏的音樂、露天遊樂場、陽光、熱狗和棉花糖球，有一切能驅散我不安的事物。

「要來一塊布朗尼蛋糕嗎？」

我抬起頭，有點被嚇到。茱莉亞拿著一個特百惠的保鮮盒，裝著粗略切成方塊的巧克力蛋糕。「妳做的嗎？」我的語氣聽起來不可置信，我說得太快了，來不及掩飾自己對她的驚訝，因為我知道她是那樣的人。

「做甜點很放鬆。」她說。

我別無選擇，只能拿起一塊。「謝謝，我等一下倒杯咖啡再吃。」蛋糕看起來潮濕又濃稠，正是這種甜點該有的樣子，她烤得很棒。當然了。她拿著盒子走向瑪麗蓮，我看著她精緻的水晶指甲，一邊試圖想像她在廚房裡攪弄麵粉的樣子。

她今天早上還帶來了鮮花，為了「讓接待區看起來明亮一些」。她帶的是百合花，美麗而昂貴，但聞起來有一股悲傷的臭味。潘妮很喜歡那些花，這讓我對自己那天所看到的事情感覺更糟。我無法證明什麼，所以我試圖遺忘。但茱莉亞是個奇怪的人。即使她表現出友善的模樣，明明非常想要受到認可，她仍散發出一種冷漠感，彷彿她的內核是一片冰冷。

「如果我吃掉自己烤的所有東西，我一定會變得很胖。」她繃緊了臉，嘴巴周圍有一道我之前沒注意到的皺紋。細節、細節，我就是會注意到所有細節的人。她的肉毒桿菌、玻尿酸，或所有她用來讓自己看起來更年輕的東西，一定是失效了。

「我會去泡一壺茶，」瑪麗蓮說。「謝了，茱莉亞。」

「我來幫忙。」我說。「幫大家都倒一杯吧。」我需要告訴瑪麗蓮晚餐的事，那個約會。沒有必要的話，我不想瞞著她任何事。如果有任何人是我能信任的，那一定就是她了。

16 艾娃

「謝天謝地，終於結束了！」我們用力關上置物櫃門時，安琪拉說。考試一結束，我們就直衝體育館，其他人都還聚在一起，激烈討論著哪些考得好、哪些考得差。

安琪拉愉快的嘆息聲伴隨著她急促的小便沖刷在馬桶上的聲音。她沒有任何禁忌。游泳之後，她還會全裸在更衣室裡走動，而我們其他人則試圖蓋著濕毛巾快速把衣服穿上。

「對啊，」我說。「真他媽的謝天謝地。」我其實沒有仔細聽她說什麼，而是盯著我乾淨的內褲看。我很肯定，非常肯定，一個小時前我有感覺到第一陣經痛。現在已經差不多晚了一週吧？我真希望有更仔細地做紀錄，但誰會？月經就是那樣，就是會出現。這是這週以來我第一次覺得沒那麼擔心了，但如果經期趕快來的話我會覺得好一點。我勉強擠出一點尿，擦拭的時候又確認了一次，希望看到衛生紙上沾著鮮血。但卻沒有。

外面，門被碰地一聲打開，更多女生進來了，於是我沖了水，然後逃到洗手槽旁去。安琪拉已經在那裡了，用充滿光澤的唇膏填滿她豐滿的嘴唇，當我把手機重新打開時，提示音一連響了好幾次。是寇特尼和媽媽。我回覆寇特尼說我們今晚可以碰面，接著打開了媽媽的訊息。

「提款機要吐錢了。」我一邊掃過訊息一邊說。我其實覺得這樣稱呼我媽很刻薄，但安琪拉在十年級的時候就給她取了這個綽號，現在已經有點成為固定稱呼了。「我就說她會給錢的，今晚和明天的嘉年華都夠用。」

「今晚寇特尼會在嗎？」安琪拉沒有用她那愚蠢的偽美式口音說話，但這問題依然聽得出她很無聊，也就是說她很好奇。我不知道安琪拉是不是其實有點喜歡寇特尼。她是最常問起寇特尼的人。

「會吧，我想說大家可以見個面，也許吧。」我不介意見到寇特尼，我們可以一起慶祝，而如果他又想試著更進一步，我可以用經期來搪塞，即使我的經期根本沒有來。我確實有點想念他，很奇怪。不是那種想念，但一開始我們大家都混在一起的時候，總是挺開心的。有男孩們在，就可稍微打斷我們幾個女孩之間的緊密程度。我們驚奇四人組。我的壞女孩。

況且，寇特尼現在已經算不上一個麻煩了。在我見到他之前，寇特尼只是個填補剩餘日子的傢伙，讓我轉移一下注意力。還有一個星期又多一點點。一個星期。真不敢相信。

我的月經最好在那之前來。

17 瑪麗蓮

「妳今天過得如何？」理查問，一邊切換著電視頻道，毫無疑問是要找體育或某種居家裝修的節目，在睡前殺殺時間。我不在乎他要看什麼，老實說。我只想吃晚餐，或許泡個久一點的熱水澡，快速問候一下麗莎晚上過得如何，然後睡覺。

「你知道的，就跟平常一樣。還在幫忙新人們上軌道。」我們靠在沙發上，前面擺著幾盤冷凍千層麵，和一些上面灑著豌豆的烤薯片，試圖讓晚餐看起來像是一頓均衡的飲食。我連午休時間都在工作，好讓我和麗莎可以提早離開辦公室，去幫她買件新衣服，沒吃午餐讓我餓極了。對於麗莎的晚餐之約，我突然感到一陣嫉妒。一間美輪美奐的餐廳和一位極有魅力的男伴，一件新衣，一個嶄新的開始。只是一種溫和的嫉妒。我不可能真的嫉妒這種事。我從她的喜悅中也得到快樂。是她該約會的時候了，雖然我有一點擔心賽門會揮揮衣袖就把她甩開，那我該怎麼做？人不可能在四十多歲的時候約會只是為了結交新朋友。至少我就認為自己不行。尤其是現在。

我舀了一匙千層麵，味道出乎意料地好，而且我也不必盛裝打扮。像這樣窩在沙發中，就能找到生活中小小的幸福。

「妳本來說要做咖哩的。」理查看著他的盤子，彷彿我在盤中黏了一塊熱氣騰騰的狗屎似的。有一瞬間我很想大喊：「你他媽的給我吃下去就是了。」但我沒有。我累壞了，不值得做這種事，我做的一切都是為了讓生活容易一些。

「你比較喜歡千層麵。而且我想明天河畔嘉年華之後，如果你願意的話，我們可以去餐廳吃咖哩？找麗莎一起去？貝克什那邊的大街上有舉辦聯合晚宴，超級便宜。」我對他微笑。「在新鮮的空氣中喝了一堆啤酒之後，我們可能會需要省一點。」

他沒有對我笑，只是挑起一塊薯片。「我今天下午開車經過城裡。我去買一些格蘭奇夫婦戶外辦公室要用的建材。」他說。「我看到妳和麗莎。我挺確定是妳的。妳們走進了內衣店。」

我的心往下沉。首先，我知道格蘭奇夫婦的案子已經取消了。他們決定取消是因為負擔不起。他忘記自己告訴過我這件事。

「喔，對啊。」這張沙發上只有一個說謊的人。我盯著電視，飢餓感正在消失。我今晚累得無力應對，應對他的情緒。「她今晚要跟那個客戶去吃晚餐。你知道的，就是我跟你說過喜歡她的那個。」

「妳沒有說他們要去約會。」

「我也是今天才知道的。」

他不相信我，我看得出來。「妳認為她需要為今晚買套新的內衣褲？」

「只是有趣而已，好讓她覺得自己比較性感。」

他笑出聲。「是怎樣，只要她穿得像個蕩婦，就會表現得像個蕩婦嗎？」

我臉紅了，無法控制。「麗莎不是蕩婦，你清楚得很。她更像個尼姑。」

「我沒有說她是蕩婦。我敢打賭穿得花枝招展不是她自己的主意。」

我的飢餓感完全消失了。「所以你是在說我嗎？」

他的眼睛掃視著我。「妳需要的可不只是新內衣。妳變胖了，喝太多酒，吃太多垃圾食物，八成都是你工作上那些混蛋餵給妳的。把妳變成一頭肥母牛。不過，至少我就不必擔心會有哪個有錢的客戶想要上妳。」

所以這又會是其中一個夜晚。又一個這樣的夜晚。又有更多他生意上的問題會莫名其妙地變成是我的錯。我們以前曾經一起窩在這張沙發上開心地笑著。現在想起來，恍如隔世。

我的千層麵冷了，沒有再被動過，也沒有人想吃了。我知道那是什麼感覺。

18 麗莎

我一定無法吃下任何東西。我的胃彷彿摺疊成了一個小方塊，雖然不再像上星期那樣可怕地抽筋，但現在是一種完全不同的焦慮感。我一定看起來很可笑。當我悄悄地告訴瑪麗蓮有關這場晚餐之約的事時，她看起來非常震驚，那副表情彷彿是她身上有地方受傷流血了，但接著她突然變得非常有活力，堅持我們應該早點下班，去買些新衣服穿。

至少她沒有瘋狂購物，我走下計程車時想著，並朝著餐廳門口走去，雙腿因為緊張而微微搖晃。這件黑色連身裙有點太緊，不符合我的風格，但也比她原來挑的短裙和黑色名牌高跟鞋好多了，我不相信自己能撐起那一身行頭。她還要我買一套新的內衣褲。「不是為他而穿，」她說。「是為了妳自己，有點像是把自己偽裝成另一種樣子。」這讓我當下有些氣餒，為什麼我總是需要躲躲藏藏？內衣肩帶很刺眼，但我還是穿了。也許她說的對，緊貼著皮膚的蕾絲花邊似乎真的讓我稍微多了一些信心。我彷彿成為了另一個人。

「現在就是最美好的階段。」她略帶惆悵地說，勾著我的手臂，好像我們是青少女。「曖昧、對後續發展滿懷期待，在你們真正了解對方之前，都覺得對方是完美的。」我無法理解這為什麼是最美好的階段。因為我正被神經兮兮的焦慮和興奮感受占據著，想到要讓別人了解我就感到害怕，一直考慮著現在取消赴約是否還來得及。

但當我來到這裡，看見他從那座高雅的吧台起身朝我走來時，感覺似乎約會就應該是這個樣子。我的手微微發抖，這讓我覺得自己很可笑。我是如此笨拙、長得如此不起眼，又如此容易被看穿。但他似乎沒有注意到這一切。

「我還擔心妳會取消赴約。」他俯下身來親吻我的臉頰，我聞到那陣混合著柑橘味道的溫暖香味，這樣的香氣是如此愚蠢地影響著我。我小聲地打招呼，仍舊很緊張。

「妳真美。」他說，稍微往後站了一些。我想要蜷縮起來。我一點也不漂亮。我的大腿很粗，皮膚的色澤也看得出是個上了年紀的女人，頭髮更是該染了，這一切都讓我看起來一點也不漂亮。他的話讓我想起我出門時艾娃瞪著我的眼神。她說我很「漂亮」，聽得出她有多麼震驚，而我則感到溫暖、快樂，卻又哀傷，頓時五味雜陳。「漂亮」只是某種先天或花心思打扮得來的外在效果，但卻可以對人們有如此大的影響。人不該相信「漂亮」，真的，至少不能只看表面。

他沒有繫領帶，而在他合身的襯衫上，最上面的鈕扣是解開的。他的西裝外套看起來昂貴又有設計感，我想應該是保羅·史密斯這類的品牌。事實上，我確定就是保羅·史密斯。這種西裝不是工作場合穿的。艾娃一定會覺得很驚訝，她以為我對時尚沒有興趣。她錯了，我在她這個年紀時對時尚十分著迷，總將雜誌捧在手裡反覆翻閱，直到常看的那幾頁泛黃，紙張上的光澤也逐漸黯淡。在她出生之前有一段時間，我會走進高級品牌的店面，只為了觸摸不同的衣料，感受設計質感的美好。但即使我負擔得起，我也不會買任何一件，因為那些衣服不適合我這樣的人。

服務生帶我們來到餐桌前，賽門點了些麵包、橄欖和氣泡水。我坐著，暗自慶幸著不必再仰賴顫抖的雙腿站著，也慶幸餐廳裡的燈光是柔和陰暗的。

「艾娃的考試如何？」服務生遞給我一大份菜單時，他問我。菜單上燙金的字樣閃閃發亮，好像隨時會像星塵一樣灑落下來。

「噢，我想應該還不錯。」我啜了一口水。我的喉嚨乾得像砂紙。「她十六歲了，想要徹底搞懂她是不可能的，但從她回家時沒有摔門看來，她心情應該不錯。」

「她出門慶祝了嗎？」

我點點頭。「明天是河畔嘉年華，我應該很難見到她。她有一群很好的朋友，所以我也不太擔心。」說謊很容易，我其實隨時都很擔心，我只會窮擔心。「很難拿捏究竟要給她多大的自由，」我繼續說。「十六歲已經很大了，卻也還沒真正長大。」

他低頭看著菜單，我突然發覺這個話題對他來說有多麼無趣。「抱歉，我忘了你沒有小孩。」

「我的確沒有，但我很喜歡聽妳聊妳的孩子。」

「為什麼？」我試著讓語氣聽起來不要太過冒犯。

他笑了。「因為我喜歡妳，麗莎。我想要更了解妳，但妳挺難了解的。」

「真的沒有什麼可以了解的，我是一個無趣的人。」我試著聽起來風趣、俏皮一些，但很快就失敗了。我想起丹尼爾。我的心因為他而疼痛起來。

「我一點也不相信。就算妳總是沈默寡言。」

「我是真的無趣。」

還好服務生又回到桌旁，我隨意點了些干貝、鯛魚和一杯夏布利白酒。

「我不是很會喝酒。」我說。「如果點一整瓶的話，你可能得一個人喝完。」

他笑了。「我今晚得開車去肯特，明早在格藍傑飯店有會議。一刻也沒得休息。所以我也只點一杯就好。老實說，我也不是很喜歡喝醉。我太老又太忙了，無法忍受隔天早上宿醉。」他的一番話讓我緊張的神經頓時加倍緩解。他不是個愛喝酒的人，以及，他今晚不會想把我弄上床。雖然認為他想跟我上床是個荒唐的想法，但我還是會害怕。我好幾年沒有裸體面對男人了，也好幾年沒有跟任何男人約會。

「所以，」他說，從他的語氣中，我知道該來的問題還是會來。就是那些聊聊你自己吧之類的問題。「妳之前說妳在 **PK** 人力仲介工作十年了，那十年前呢？」

「照顧艾娃。」我回答得十分簡單。天啊，我該從何說起？在那之前發生過太多事，太多了，千言萬語也無法道盡。如果我的生活能濃縮成一段輕快簡短的台詞，或者把迄今為止的所有歲月變成一件有趣的軼事，那該有多好。但我不能。

「啊。」他的眼神充滿了無聲的疑問。關於結婚、離婚、艾娃的父親、其他男朋友，這些男人都感興趣的問題，他們想知道女人和其他男人之間有關的事，而不是女人本身的事情。但真面目總是最後才出現。在夜半時分裡，倚靠著枕頭，在黑暗中看不清彼此輪廓的時候。那時人們已經卸下武裝，並盼望未來不會被對方刺傷。

我們的酒來了，我喝了一口。而他還在等待著，期待我會多說些什麼。「有人曾經告訴我，」我開口。「人體的細胞每七年會完整代謝一輪。所以本質上，我們都和七年前的自己是完全不同的人。這讓我覺得，大家之所以對別人的過去如此著迷，是因為我們都已經不同於當年。」

他啜飲了一口他自己的酒。「我沒有聽過這種說法，妳覺得那是真的嗎？」

我聳聳肩膀。「我不知道，我應該上網查一下，但如果不是真的，我也就沒把戲可變了。我比較想要認為那是真的。」

「我也是。這是一個非常開放的想法。」他說完定睛看著我。我們現在只是兩個成年人，而不是打情罵俏的男人和女人。「我年輕時做過一些自己並不引以為傲的事情。」他繼續說。「所以很高興能聽到這種說法，也許我也能把過去的自己都拋諸腦後。」

「只要你不問起過去的我，我不會去過問從前的你。就這麼說定了？」

「成交。」

生活就是一連串的交易，這是我學到的。但大部分的交易最後總是會被打破。我現在只需要維繫這個簡單的交易，幾個小時就好。之後，我就會恢復理智，我們不會再進行任何約會。我們舉杯相敬。天啊，但他真的很性感，令人動心。他到底為什麼會約我吃晚餐呢？

到了十一點半的時候，我們結束了晚餐，而我幾乎完全放鬆了，也自然而然地露出笑容。事實上，我很享受，我還真不確定自己能不能停止微笑。我們聊了好多，但沒有越過界聊起過去，我開始想著，也許我們可以關注當下就好，然後發現我們真的完全沈浸於此刻。我們聊到彼此都很喜歡和討厭的電影和電視劇，我告訴他艾娃參加游泳隊的事，還說她是多麼聰明，以及我對於她的期望。他則聊到旗下的那些飯店，以及他夢想五年內要從英國的事業中退出，到加勒比海開辦一個度假村，一個小型的度假村，專門經營潛水、水上運動和當地美食。這個休閒度假的場所會自行運作，而他則可以花些時間游泳、畫畫。甚至可能寫一本書。他說這些話時表情看起來有點尷尬，但我聽起來覺得很美好。

他說要送我一程，但我告訴他我會自己叫輛計程車。畢竟他等一下就要開長途車了。餐廳替我叫了車，我們走到外頭，站在微冷的夏夜裡等待。

他一直陪我等到車來了，然後問：「這還會有下次吧？」

「站在冷天裡等車嗎？」我笑了。「當然。」

「很幽默。我是說像今晚這樣，吃個晚餐，喝點小酒。」

這是約會的另一種說法，但沒有說出來。我發現自己點了點頭：「我很樂意。」

他彎腰向前，而我則在最後一刻側過頭，讓他的嘴唇落在我的臉頰上。他的唇柔軟而溫暖。「晚安，」我說，我的心彷彿長了一雙不停鼓譟的翅膀，但這種感覺真好。「小心開車。」

「祝你和艾娃明天在河畔嘉年華玩得愉快。」

「哈，」我上了車。「我真懷疑明天能見到她。」

「那就和瑪麗蓮好好玩吧。真可惜我明天不能參加。」

車門關上，我向後坐進皮沙發裡。

「美好的一夜？」當車子駛入主要道路上時，司機問道。

「是的，」我回答，察覺自己無法停止微笑。「的確很美好。」

19 艾娃

河畔嘉年華是鎮上每年度的一大亮點。

學校裡的每個人總會表面上抱怨說嘉年華有多無聊，但私底下還是很喜歡。就像我們一樣，嘉年華這幾年也變了很多。以前只是幾個攤位和一些遊戲，有時候可能有獨木舟比賽，但現在它的規模大到占據了河道兩岸的空地，而中間兩座老舊的天橋將兩側的河畔連接起來，兩座都是單行道，一往一返。現在嘉年華有完整的遊樂場、幾個音樂舞台、小丑表演，還有算命師、藝術展覽、販售攤位，還有由WI經營的大型咖啡帳篷，只有老人才會聚集在那裡，加上幾個啤酒帳篷，還有許多餐車，有各式各樣讓人食指大動的快餐。

我很喜歡這個嘉年華，我們都很喜歡，即使我們死也不承認。我們昂首闊步地穿過人群，臀部翹得高高的，潤澤的雙唇微微分開，眼睛緊緊盯著自己在鏡子裡的倒影。四周都是小孩和媽媽們的尖叫聲。過去幾年，我大概都在四點過後才會來這裡，通常這個時間小孩們都已經被拖回家了。但昨晚我們喝了太多便宜的酒，我需要在陽光下走走，才能像拂去蜘蛛網一樣驅散宿醉，我們都需要。昨天男孩們帶了酒來，幾杯黃湯下肚後，我甚至不介意和寇特尼親吻。我告訴他我的經期來了，但其實還沒有，然後幫他打完手槍後就把他打發走了。

莉茲跟著傑克走了，但我覺得那只是因為喝多了，因為傑克根本就不是她喜歡的類型。總之他們都太幼稚了。想到這個，我感到下腹部一陣發熱。我一星期後就能見到他了。

「我們去河邊找個地方坐著吧，」裘蒂嘟嚷著說。「可以懶懶地曬個太陽，你們覺得如何？」

我們全都同意。所有人的胃都還在翻攪，不適合搭上任何一種遊樂設施。我們都需要先吃點東西和喝點可樂。

男孩們稍晚才會過來，我很慶幸現在只有女孩們在身邊，我們也不確定他們是不是真的會過來會合。昨晚過後莉茲就不怎麼高興，我發現學校的男孩們，那種純樸的魅力正在逐漸降低。我們很不一樣。也許私下我們其實沒有多大的不同，但在我們這種年紀，表面就是一切。我們都早起游泳，而他們則睡得很晚，成天抽大麻。他們愛看足球，而我們則看《歡樂合唱團》的重播。也許只有性會讓我們的生活有重疊之處，我們走近河邊時我這麼想著。也許跟他也會這樣吧。一旦慾望消失，我就會感到無聊，變得十分地抽離。女孩讓男孩們顯得很不成熟，而他則讓我的壞女孩顯得很不成熟。再一個星期，再一個星期我就能見到他了。

我很難控制自己的笑容。我和我媽今天幾乎恢復正常。她上禮拜怪異的情緒似乎已經消退。早上她顯得神采奕奕，想必她昨晚跟工作有關的晚餐進行得很順利。她還多給了我二十鎊，我一度說不需要這麼多，但她堅持要我收下，以防今年嘉年華的所有東西都漲價。能再次與她親近，我心中感到很溫暖。我們兩人一起對抗全世界，即便這個世界曾將我帶離她身邊。但她依然是我媽媽。我依然愛她，就算她總是如此小心翼翼。

河邊到處都能看見野餐墊，讓河岸看起來彷彿一條充滿補丁的棉被。雖然嘉年華要下午一點才正式開始，但現場已經熱鬧起來了。人們大概都會在十一點左右就陸續抵達，就算遊樂設施還沒開放，但已經有食物和飲料，以及一些攤位可以先逛逛。今年的現場嘉賓是那位演出《聖橡鎮少年》的帥哥，他去年獲得了實境節目《舞動奇蹟》的第一名，那段時間幾乎所有的雜誌封面都是他。官方公告說他會幫大家在節目單上簽名，也可以和他拍照。莉茲很想要簽名和合照，但我們都叫她自己去排隊。

我們在稍微遠一點的地方找到了一小塊空地，離闔家出遊的家庭們有段距離，這塊傾斜的空地離水邊只有一步之遙，小孩也不會來這裡玩水。我往地上一躺，草地又涼又讓人發癢，緊貼著我赤裸的雙腿。

「我餓了。」裘蒂說。

「餓死了，」莉茲附議。「我們剛才應該去買個麥當勞的，而且我好想尿尿。」

「我動都不想動。」我說。這是真的。我只想坐下來，讓我的思緒飄忽在陽光裡一陣子。「但如果你們要去買點吃的，幫我買一點。」我從很緊的牛仔短褲口袋裡撈出二十塊。

「隨便你們要買什麼，要一瓶可樂。我留在這裡占位子。」

「我有帶錢。」裘蒂說，先是看看四周確認方向之後，才起身朝著餐車走去，她嬌小的身影很快就消失在陽光之下。莉茲慢吞吞地找流動廁所去了，而安琪拉盤腿坐在我旁邊，我則躺著閉起了眼睛。

「我一定會睡著。」我說。

「真的。」

「等裘蒂買吃的回來時再叫醒我。」

我沒有閉上眼睛，只是躺在原地往上望著頭頂的樹枝，然後想著他。人有可能會愛上一個從未謀面的人嗎？這樣是否太瘋狂了？我知道大家總是說不要在網路上跟陌生人說話，但這不一樣。首先，我不是小孩子了，我也不是網路白痴。再者，他也不是個怪人。他很美好，他也讓我感覺很美好。

我往旁邊瞄了一眼。安琪拉蜷著身體，埋首於手機螢幕，手指飛快地敲打著鍵盤。我沒有聽到任何訊息提示音，所以她一定是調成了靜音模式。她也有秘密嗎？我想她是否在和寇特尼傳訊息。我不介意他們兩個聯繫，畢竟我們都是朋友，但如果她什麼也不提，是感覺有點奇怪。她以往明明很愛聊這些的，但最近都沒有提起任何對象。也許她真的喜歡他。也許我應該撮合他們，如果他們在一起，以後我和他公開見面時，我就不會顯得像個壞女人了。

我深吸一口氣，閉起眼睛，釋放脖子和肩膀上的緊繃。我還有些頭痛，所以在這晴朗的天氣裡，我要讓自己的思緒像雲朵一樣飄盪。太陽的溫度逐漸升高，甚至風也不再刺骨。天氣很好，是完美的一天。

起初我以為這陣刺耳的噪音是我的鬧鐘。我睡著了，半夢半醒間，夢見了考試、上課、遲到，突然間，這可怕的聲音打斷了我追趕公車的步伐，當我睜開眼坐起身來時，我花了一點時間才意識到自己身在何處。嘉年華、星期六，沒有考試。但那聲音不是鬧鐘，而是尖叫，而即使我戴著墨鏡還昏昏欲睡、口乾舌燥，我發現自己還是站起身，而我加速的心跳讓我清醒了。

「天啊，來人啊！我的孩子！班！班！誰快來幫幫忙，拜託！快幫幫忙！」

我環顧四周想找安琪拉，但她不見了。我看到人群在河堤聚集，有個肥胖的男人正在脫鞋子。我接著看向河面，一隻小手、狂亂的小水花、一簇頭髮、一點點皮膚、靠近對面的河岸。那個肥胖的人一定游不到那裡去的，水流很強，而且水中有雜草，他的腳會垂得太低，等到他游到孩子身邊時，他可能會把孩子跟他一起拖到水裡去，根本救不了他。

這些想法在我的腦海中飛馳而過，該死的安琪拉又在哪裡?當我跑到岸邊並且一躍而下的時候，我的雙腿立刻離開河床，以防河底太淺。喊叫和尖叫聲隔著水聽起來像是被悶住了。河水又冷又臭，我可以嚐到嘴裡的砂石，但我強壯的雙腿伸直，往外踢，划過水流把孩子拖到河堰邊，然後衝破水面奮力往前游。

20 麗莎

我仍止不住笑意。陽光明媚，天氣晴朗，今天早上艾娃的心情也很好，彷彿讓我看見未來的希望，我女兒長大後會和我像朋友一樣一起聊天，一起歡笑。一切都很美好。

賽門早餐時傳來訊息，說他非常享受昨天的晚餐時光，還說他真不想待在室內度過這美好的一天，如果能和我一起出來玩該有多好。我讀到訊息時感到自己一貫的焦慮，但接著是一陣激動。也許是因為天氣，也許是因為艾娃的考試都結束了，我感覺一切都好多了。我仍會害怕，一直都會，也尚未擺脫上星期的恐慌，我仍在不斷地說服自己那不是彼得兔，那首歌只是個巧合，但我同時也感覺自己更堅強、更堅定了。我能學會活在當下，也許也能允許自己再次感到快樂。

「給你，」理查說著，遞給我一枝冰淇淋，上頭還有兩片威化餅乾。「我沒有灑彩虹巧克力碎片，因為我們都是成年人了。」他對我眨眨眼，而我笑了。冰淇淋已經開始融化，從側面滴了下來，於是我沿著甜筒邊緣舔了舔。

「天啊，我不該吃。」瑪麗蓮說。「我這個月莫名其妙地已經胖了兩磅。」

「胡說，」理查將一隻強壯的手臂環上他的腰。「妳很美。」

猶豫了一陣子，她拿了一枝冰淇淋。「那就吃吧。」

她笑得燦爛，而我發現自己正想像著賽門、我和他們倆一起約會。他是否也會像那樣充滿保護與關愛地把手臂環在我的腰上？瑪麗蓮沒有問起昨天的晚餐，她一定是為我保密，沒有向理查提起。她最希望的就是我能快樂，而她足夠了解我，知道我很容易就升起防禦心。在這麼多年的單身生活之後，任何刻意把這變成大事的額外壓力，都會讓我逃跑。

但事實上，我很想跟她聊這件事。也許等一下我們可以偷偷溜走，然後我就可以告訴她了。雖然其實沒有太多可說的，但我就是很想要說出來，聽聽她的看法，對他、對我，還有這對這一切的看法。天啊，我簡直像個青少女，對一個男孩如此緊張不安又如此興奮。

「那邊是出了什麼事？」理查的微笑變成了皺眉，他越過我的肩膀看著後方，「和那邊。」

我轉過身去，其他圍在冰淇淋車四周的人群也轉了過去，彷彿水中的漣漪，意識到不對勁之後，這氛圍就在人群之間傳遞開來。我瞇了瞇眼，陽光太亮了，遠處的河岸一片嘈雜，本來躺或坐在野餐墊上的人們，現在全都站起來，面向河的對岸，母親們都緊緊抱著自己的孩子。我從這裡都能夠感覺得到，四周有一股鬆了一口氣，卻又充滿罪惡感的緊繃氣氛，彷佛他們都在內心吶喊著，感謝上帝，不是我的孩子。

小孩……河裡……有個女孩跳進去……有人叫了救護車……天啊，他媽媽人呢……這些人是怎麼回事……

我們後方傳來一陣議論，裡頭甚至夾雜著中文。一瞬間我知道了，我就是知道，艾娃就在河岸邊的人群中，她就是事件的中心人物。

我扔下冰淇淋開始拔腿狂奔。

「麗莎？」瑪麗蓮在我身後困惑地大喊。在我的恐慌之中，我幾乎聽不見她的聲音。這是我的錯，一切都是我的錯，我的洋洋得意、自甘墮落，我迷失在幸福之中。我不斷地往前跑，大力擠過人群，逼自己跑向事件的中心。求求你，老天，讓我的寶貝一切平安，求求你……我在腦中尖叫著向上蒼祈禱，我知道上帝沒有在聽，我的雙眼因為恐懼而充滿眼淚。

當我衝過最後一排人群時，我首先看到的是聖約翰醫院的救護車，穿著綠色制服的彪形大漢擋住了我的視線。陽光折射著野餐墊上的銀色餐具，一瞬間所有的東西都閃閃發亮，分散了我的注意力，然後她站起身來，我看見了她。我的寶貝。全身溼透了，但她還活著。

我朝她跑了過去，緊緊環抱住她，把臉埋在她充滿髒水味的頭髮裡。天啊，她還活著，她平安無事。

我的寶貝平安無事。

「沒事了，媽，我沒事。」

她給了我半個微笑，我也虛弱地微笑回應，但幾乎是啜泣。突然她的朋友也回來了，所有人都充滿關切地圍成一團，她們年輕而尖銳的嗓音充斥在我的耳裡：怎麼回事，搞什麼，天啊，真不敢相信，艾娃，妳救了他，太誇張了……我緊抓著她，也抓著她們，不敢相信自己能開口說話，鬆一口氣的感覺讓我四肢發抖。

一個女人的手臂伸過來，抓住艾娃，原本圍成一團的我們於是往兩旁分開。我能從她年輕的臉上看見自己的恐懼和安心。她大概只有二十五歲。

她會因為今天的事而多一分成熟，我想著。以前從未有過的成熟。

「謝謝妳，」她流著淚說。「謝謝妳，我不知道他怎麼會跑去那邊，他應該要跟其他人待在一起的……」

她緊緊抱著他。那個小男孩，被緊緊包裹在銀色的毛毯裡，和我的女兒一樣。他的大眼睛往上看著我們。他沒有哭。他的小腦袋還在消化這一切，這一切危險。有一瞬間我的心跳幾乎停止。他幾歲？兩歲或三歲？和丹尼爾一樣年紀。和丹尼爾當時一樣。我周遭的世界再次崩解，我失而復得的快樂再次煙消雲散。妳一放鬆就會發生這種事。我內心的聲音告訴我。妳讓自己感到快樂時就會發生這種事。

「麻煩看這邊！」一個命令式的聲音傳來，我迷失在艾娃平安無事的寬慰還有丹尼爾的往事之中，於是便聽從了指示。所有人都聽從了指示。

照相機的閃光燈讓我看不清前方。

21 當地青少女在激流中救出溺水的幼兒……

艾斯頓鎮一年一度的嘉年華逃過一場悲劇，十六歲的艾娃．巴克里奇勇敢地從斯督爾河中救出了兩歲的班．斯塔林。下圖中的艾娃，原本正享受著陽光，一陣尖叫讓她發覺兩歲的班正在水中害怕地掙扎。這位敏捷的少女毫不猶豫地跳進水裡，將小男孩拖至安全的地方。

這位幼兒原本與他的表哥和其他年紀稍長的孩子們一起玩耍，隨後走失而他年輕的母親並未察覺。他朝著前往對岸的橋走去，卻在陡峭的河岸邊滑倒。幸而艾娃正好在附近，她是拉克萊斯縣級游泳隊的成員，經常在艾斯頓泳池練習，班因此才能安全地回到母親身邊。

這位美麗的十六歲女孩既謙虛又勇敢，她表示：「我看見小男孩落水，一個男人正脫鞋打算跳進去。我每天都游泳，知道逆流而下會有更大的機會能救人，因此便下水了。老實說我也沒有做什麼了不起的事，只是有點冷！」

22 麗莎

我告訴自己不要去看那些東西，但是每當我經過辦公室櫃台，目光就會不由自主的飄過去。瑪麗蓮將其中一張報紙護貝保存起來，而潘妮竟將另一份表框放在櫃台上。她說這有助於公司的正面形象。瑪麗蓮接著又將其他報紙上的報導都剪下來收在信封中。艾娃也這麼做。我甚至不想去碰那些報紙，我覺得自己的臉在報上的照片中顯得非常突兀，即便事實上拍照的時候我的臉是半朝向另外一側的。

我回到辦公桌時，馬克杯燙到了我的手，但這幾乎有一種紓壓的感覺，疼痛感讓我能一直將心神集中在當下。

「妳一定感到很驕傲，」我將她的熱飲放到桌上時，瑪麗蓮對我說。這大概已經是這週的第一千次了。她的電腦螢幕上正開啟了一個新網頁，照片中正是拉克萊斯游泳隊和艾娃的教練，教練大大地吹捧艾娃，並且強調所有的孩子都該學習游泳。我因為緊張而緊咬牙關。為什麼這些人就是不能閉嘴然後走開？

「那當然，我還要說多少次呢？」我緊握住手裡的馬克杯。「說真的，我很高興那位小男孩平安無事。」他的名字叫班恩，但當我在報紙上看到他時，我倒抽了一口氣，彷彿看見了丹尼爾。他不是丹尼爾。班恩安然無恙，但丹尼爾不在了。報紙上盡是艾娃的照片，較少刊登班恩和他的母親。我不意外。艾娃在人群中看起來就像個美國巨星，牛仔短褲和濕透的上衣緊貼著她的皮膚。她喜歡置身人群，而我總是因為畏縮而試圖帶她遠離一切。但那天我沒有機會這麼做，她和朋友們很樂意擺好姿勢讓人群拍照。現在，到處都是照片，而每一張都有我站在人群後面。

我一遍又一遍地對自己說，這只是當地新聞而已，沒有人會注意到，久了便會逐漸銷聲匿跡。我的諮商師艾莉森就是這麼告訴我的，週日我打電話給她時，驚慌失措，上氣不接下氣，並為打擾她的週末向她致歉，但她的聲音令人安心。我聽著她冷靜和專業的語調，她說，妳會沒事的，這一切會過去，並說當我感到過度焦慮時可以再打給她，還要我做呼吸練習。我聽見後面有小孩的聲音，很難想像她的個人生活是什麼樣子，她總是只給我專業的印象。我們對他人總有先入為主的想法，這其實挺可笑的。

掛下電話後，我的平靜只持續了大約五分鐘，恐懼和焦慮又悄悄蔓延，我無法驅散它們，只能日復一日地與之共存。一旦出現異狀，我的緊張情緒便會愈演愈烈。甚至，昨天開始有一些大型的當地媒體取得我的手機號碼，打電話來想要採訪我們母女倆，於是情況又更嚴重了。後來我將手機關機，再也沒有打開過。

我的手被裝著熱飲的馬克杯燙得通紅，正試著專注於我在寫的工作合約信件上，但桌旁花瓶裡的百合花香卻不斷讓我分心。平時我覺得這些花兒很美好，可是正因為是賽門送的，當我想起他，我就想起自己多麼愚蠢，竟以為自己可以放鬆下來並且獲得幸福。他買了這束花送給我，也送了一小束給艾娃，色彩鮮豔又十分獨特，但不知道是什麼品種。那一小束花被我放在茶水間的另外一個花瓶裡沒有帶回家，已經發生夠多事了，我不想向艾娃解釋關於他的事。連潘妮都沒有送她花了，一個陌生人又為什麼要送呢？艾娃一定會認為這並非單純的工作夥伴關係。

我想自己買點東西給她，讓她知道我為她感到驕傲。我想試著告訴她，她是我的一切，而當我看到她是如此善良、溫柔和無私時，「驕傲」兩字並不足以表達我對她的感受。然而，這一切卻與我隱藏在心底的真相緊緊地束縛在一起，無論我多麼想告訴她，我都不能說出來。

「你們兩人有誰從小錢箱裡面拿過錢嗎？」

我一直盯著電腦螢幕，思緒一邊在腦中飛馳，完全沒有注意到潘妮從她的辦公間裡走出來。她的聲音低沈，背對著辦公室裡其他的人。

「沒有。」瑪麗蓮說。

「我也沒有。」我回答，喉嚨發乾。突然間，我今天早上看到的情況變得更有跡可循了。

「應該少了二十鎊，」潘妮說。「已經發生好幾次了。」

「跟妳說了多少次，要記得把錢箱鎖上？」瑪麗蓮應該要去當媽媽的，她的語氣完全像個母親。「有可能是清潔人員拿的。」

「我有鎖上抽屜。」即使潘妮這麼說，她臉上的表情也彷彿承認自己說謊一般。「呃，我記得的話就會鎖。」

「從現在開始要確保妳每次都有鎖上。」我說。

「有可能是我自己拿的，」潘妮咕噥著。「最近腦袋都像有漏洞一樣。該死的荷爾蒙。」

她轉身回到辦公間時，我看見茱莉亞朝著影印機走去。潘妮對她微笑，是一個溫暖的笑容，大方地表示對她的喜愛。茱莉亞顯然是這間辦公室的新寵兒。我應該說出來。應該要說。

「妳還好吧？」瑪麗蓮問。

「哦，沒事。」我回答。「只是在想今晚要煮什麼。」

「妳真的很能幹，麗莎。」她笑著對我說。「我們簡直是兩個女強人。」

我盯著眼前的電腦螢幕看，強迫自己深呼吸。這一切實在太紛擾了，所有的事情都讓我感到窒息，彷彿有一雙手扼住了我的喉嚨。

23 艾娃

從河畔事件之後，一切開始變得很奇怪，但我不得不承認，被關注的感覺很好。更棒的是，那些報章上的照片中，我看起來都滿漂亮的，這是最主要的效果。我的Facebook更誇張，多了好多交友邀請，似乎學校裡的每個人都想認識我，還有很多描述我有多厲害的貼文。偏偏考試已經結束，現在不用去學校，害我無法接受人群的包圍，這讓我有一點不高興，雖然我知道這種感覺很膚淺。

唯一沒有來討好我的人是寇特尼。他現在有點冷淡，我想他應該已經發現我想要甩掉他，或者是他嫉妒我所受到的關注。

也許這也是我媽變得喜怒無常的原因。但她需要嫉妒我嗎？他跟我說，我媽就是我的負擔。因為她很自私，想讓我像個小嬰兒一樣一直待在她身邊。他說她會耽誤我，而我不該迎合她。也許他說的是對的，他一直對我很好。他還說，他對我勇敢救人的事一點都不驚訝，因為他早就知道我是那種女人，勇敢、堅強、美麗，他是如此有幸能擁有我。他說我是個女人。

光是想起這點就讓我顫抖。我再也不是女孩了，是個女人，是他的女人。當他說我很美，我能感覺到他的真心。通常有人稱讚我時，總會造成反效果，我會覺得很蠢又很尷尬，而且還會想起自己所有的缺陷。但他這麼做時，我卻不會這樣。也許這才是愛吧。再過幾天我就能見到他了！我簡直等不及，感到很激動。在那之前，只剩下一件事情該解決。

我盯著放在床上的藥局提袋。我應該這麼做，或許吃完晚餐之後。結果一定不會是陽性，那樣就太誇張了，但我仍然因為害怕而感到胃十分沈重。檢查完之後我就會感覺比較好了吧，更何況我本來就知道結果。就像裘蒂說的，就算結果是陽性，還是有辦法解決，有辦法處理。拜託老天，千萬不要是那樣。不過至少現在是暑假，如果我需要墮胎，我可以在媽媽上班時去醫院，她永遠不會發現。

24 麗莎

「我聯絡不上妳，妳的電話一直轉接語音信箱。理查出去報價了，要一個小時才回來，所以我想應該要過來看看。」

我實在不確定自己見到她是否高興。我和艾娃吃了一份不怎麼樣的雞肉沙拉之後，正在洗碗盤。吃飯時艾娃一直心不在焉地回話，現在又把自己鎖在房間裡了，她的朋友大概等一下會過來吧，然後會躡手躡腳的上樓去。我不確定自己還有沒有精力應付瑪麗蓮，我感到無力。我需要用盡全力才能在這種高度焦慮狀態中保持鎮定。

「怎麼了嗎？」我問，一邊煮了一壺熱水。

「我沒什麼事。」她把包包扔在椅子上，然後一股腦地坐下。「倒是妳今天下午有點出神，有什麼心事嗎？」

當我忙著拿馬克杯、茶包和牛奶時，我能感覺她在身後盯著我看。我得告訴她一些什麼，她太了解我了，即使她其實一點也不了解真相。我一點點不對勁她都能察覺。我需要說些什麼，但又不能跟她說實情，我只能選擇一件比較輕微的事情說出來。

「我想我知道是誰拿了錢箱裡的錢。」

她瞪大眼睛：「誰？」

我倒了熱水，然後坐到她旁邊。

「茱莉亞。」我說。「是茱莉亞。」

瑪麗蓮沈默了好一陣子，然後大聲地吐氣。「我早該發現的。她每次都那樣送潘妮小禮物或拿蛋糕請大家吃。妳是怎麼發現的？」

「我今天很早就到公司了。」這週我每天都很早進辦公室。一切都遠比夜裡因為焦慮而失眠來得好，而且艾娃的考試已經結束了，我不需要叫艾娃起床去上學。「我在處理賽門．曼寧的合約細節。我到公司時，她正好從潘妮的辦公間走出來，我嚇到她了。」

「她有說她進去做什麼嗎？」

「她說她要放發票在潘妮桌上。」

「也有可能是真的吧？」

「她去買咖啡時我有進去確認，她也的確有放幾張紙在潘妮桌上。但那可是茱莉亞，她不會笨到沒有藉口就走進去。」

我看到瑪麗蓮臉上露出一絲質疑的表情。

「還有，」我繼續說。「那晚在騷莎俱樂部有發生一些事。就是公司派對那次，我有看到。」

「繼續說。」於是我就說出當時發生的事。瑪麗蓮在我說話時身體向前傾，彷彿要把我的句子吞進去似的，然後咀嚼並消化它們。直到我說完，我們兩個才又坐直。

「那妳之前為什麼都沒有說？」

「我能說什麼？」我聳聳肩膀。「我沒有足夠的證據，又不是說我當場在旁邊逮到她。我在房間的另一頭，而且當我意識到她在做什麼時，她已經快走到吧台邊了。如果我說出來，會很像在抹黑她，妳也知道潘妮的個性，她可能根本不確定自己的皮夾裡放了多少錢，也不會知道裡頭少了二十鎊。」

「我們得告訴潘妮。」她果斷地說。她一向很果斷。

「但還是沒有證據。」

「那就來找證據。我們可以設一個陷阱。在錢箱裡作一些記號什麼的，然後再看看位置有沒有被動過。」

「我們又不是警察，」我笑了笑。「就算那樣做了，我們也不能在辦公室要求每個人給我們看他們的皮夾。」我才剛因為說出所見而獲得一點放鬆感，現在又因為瑪麗蓮可能採取行動，再次開始感到焦慮了。

「我們一定得做點什麼。潘妮現在喜歡她到彷彿這個女孩會發光似的。」

「她才不是女孩。仔細看就知道了，我打賭她跟我們年紀差不多。」

「妳這麼想？」

我聳肩。

「感謝老天，我結婚了，對吧？不用再顧慮外表問題。」

我幾乎笑了。瑪麗蓮從來不會無視自己的外表。我才是吧。但我打從一開始就沒有重視過。

「妳好得很。」我說。「以老鳥來說。」

「妳這蠢女人。」

我們都笑了，感覺真好，儘管我的胃裡一直有種噁心和疼痛感。

「我們要喝一杯。」她又再次果斷地說。「我等一下要開車，但可以喝一杯，管他的。快拿包包，我們去酒吧。」

「但是艾娃……」我咕噥。

「艾娃十六歲了。」她做出結論。「我一直告訴妳，要給她個人空間。趁我去上廁所時趕快打理一下，然後就出門吧。」

我爬上床的時候已經十一點多了，但我的感覺比這週以來都還要好。那間酒吧很棒，裝潢很復古又十分舒適，而且根本沒有人注意我們，這提醒了我，艾娃和河畔事件也僅僅是我們自己生活圈中的一點波瀾而已，沒有人在乎，他們都各自過著自己複雜的生活。我們在酒吧裡聊著茱莉亞的各種不是，瑪麗蓮也問我艾娃暑假和下個學年度要做些什麼，接著我們聊到賽門，我們在酒吧時他正好傳來訊息，希望能再一起吃晚餐，而瑪麗蓮鼓吹我答應。逃避的感覺很好，我一放鬆下來，就感到精疲力盡，不停地打呵欠。那是一種鬆懈和放下的感覺，而這種精疲力盡，則是來自於這段時間緊緊纏住我的傷痛感，以及暫時脫離了每天戰戰兢兢的情緒。我很久沒有這樣了。

我沒有向艾娃道晚安，我已經累得無法再跟任何人正面接觸。我彷佛緊緊攀住這條短暫平靜的細繩，因為若我能在焦慮感恢復之前入睡，就有機會能好好休息一夜，而明天早上一切就會好起來。休息能讓一切好起來，陽光也是。我會讓瑪麗蓮去處理茱莉亞的事，而且她也說，除非罪證確鑿，否則我們都不會做出任何真正的指控。我現在不想考慮證據的事，那讓我又開始憂慮。

即便天氣暖和，我依舊關上窗戶，並將身子蜷縮起來，棉被拉到下巴。我讓自己變得很小，閉上眼睛深深呼吸。我想像自己是世界上最後一個人，這讓我感到安心。最後一個人，只有我一人，獨自一人。我飄忽了起來。

「媽？」

當艾娃搖我的肩膀時，我已經沉沉睡去。我驟然驚醒，不知自己身在何處，也不知道自己是誰。我跳下床，彷彿這張床要了我的命，然後在刺眼的燈光下瞇起眼睛。現在是白天嗎？不，我的窗簾是拉上的，是她把燈打開了，然而泛白的光線從窗簾布後頭透了出來，所以現在已經是早晨了。

「太誇張了，媽。」她神采奕奕，仍舊穿著睡覺時的短褲和上衣。我不知道她在說些什麼，但我心跳加速。不會的。心臟猛烈狂跳，彷彿敲打著我的肋骨。拜託不要。

「我是說，這真的太瘋狂了。」她靠近窗邊，我想把她拉回來，拉進眠被裡，將我們兩人都藏起來。她笑了。「誰會想到大家都對我做的事這麼感興趣？明明沒什麼大不了的。妳快來看，媽！」她將窗簾拉起來。「看到沒？」

隔著玻璃我都能聽到人群的聲音。有人在大喊大叫，還有快門聲，人群宛如豺狼一般喧鬧著。我一動也不動。

艾娃轉過來看著我時，她的臉龐是如此容光煥發。「快看。」

我仍然沒有移動，靜止在原地。而樓下門鈴響起。

是一道長而猛烈的門鈴聲響。接著電話也響起。四下突然充斥的噪音，彷彿流沙一樣將我埋沒窒息。我開始呼吸急促。

「媽？」艾娃皺眉，她彷彿和我身處在兩個世界。「妳沒事吧？」

「離窗戶遠一點。」我發出嚴厲的斥喝，不是平常的我。

「怎麼回事？」她朝我走過來，我想抱著她，我想告訴她我有多愛她，但我沒有。我不能，現在不能。取而代之，我只是告訴她事實。我聽見門外的叫喊。

「他們不是來找妳的。」我艱難地嚥了一口氣，世界彷彿黯淡了，周圍的聲音將我吞噬，而我完全投降了。

「夏綠蒂！夏綠蒂！妳住在這裡多久了？艾娃是妳唯一的孩子嗎？」

我的世界崩塌了，如同從來不曾存在。

「他們不是來找妳的。」我重複。「是來找我的。」

第二部

25

在那之後

一九九八年釋放夏綠蒂・內維爾之生活許可條件：

1. 她應不時受到此案所提名之督導人員監督。
2. 她應向此案所提名之督導人員回報，並應依照該督導員指示，與之保持聯繫。
3. 若其督導員提出要求，她應於所居之地接受其探訪。
4. 她應先聽從最高管理人員指示之任何條件，而後服從其督導員指示。
5. 她僅可於其督導員批准之情況下從事工作，包含志願工作。若該工作有任何變動或離職，均應告知該督導員。
6. 未經其督導員事先許可，她不得在英國境外旅行。

7. 她應該遵守規範，不可從事任何可能破壞監督之行為，監督之目的乃確保此釋放條件之實施，且保護公眾，確保其安全不會受到威脅，並確保她能重回社會。

8. 她應繼續受到（　　）博士或任何其他法醫精神科醫師之臨床監督，後者隨後將受指派提供此類監督。

9. 未經其督導員事先書面同意，她不得進入南約克郡之都會區。

10. 她不得與（　　）聯繫或嘗試與之聯繫。

11. 未經其督導員事先書面許可，她不得與任何未滿十六歲的兒童在同一家庭中居住或過夜。

12. 未經其督導員事先書面許可，不可在無人監督之情形下，與十二歲以下兒童接觸或從事任何事項及參與組織活動。

26
現在
麗莎

這一切遲早會發生。

這比我想像的還要更糟，比上一次更糟。太可怕了，而我罪有應得。對我而言，沒有什麼與我的罪刑、我的夢想以及我該獲得的懲罰同樣糟糕。我應該承受這種痛苦，我可以用自己的方式來應對。我活該汲取自己得來的痛苦，但不該是艾娃，她不應該承受這一切。她的世界也崩塌了，她曾經擁有的、唯一的、還不錯的生活。

我從來不認為艾娃遺傳到我。她和我，夏綠蒂是如此不同，這是她的美好之處。她從一開始就喜歡上學，穿上制服時是多麼自豪。她十分專注，總是獲得成功。她從來不是個麻煩的孩子，從不是。聽到她第一次的笑聲，就知道她是如此美好。她是如此甜美，總是帶著微笑，她的負面情緒如同一陣輕盈的風，而不是黑暗中的暴風雨。她像丹尼爾。

現在，在這股憤怒中，她知道了，她是我的一切，但也再次讓我心碎了。

一開始，事情接踵而來，我們沒有時間說話。當艾莉森和其他人闖進來，把我們當成兩個人形模特兒一樣帶走——怎麼回事，媽？為什麼他們叫你夏綠蒂？夏綠蒂是誰？——我們被分開，分別坐進兩輛車裡，並被毯子蓋住頭，我們如同蒸發在黑暗之中。然後，終於來到了這間小而潮濕的公寓，讓我想起了那第一間公寓，而過去的一切，就像尖銳的刀鋒從四面八方刺進了我的身體裡。

她朝著我尖叫，我真希望自己會哭。她們告訴艾娃我做過什麼。我都無法向自己解釋了，又如何能告訴艾娃？我想起自己編織的童話故事，七年代謝的細胞，那個全新的我，然後我幾乎要歇斯底里地笑了起來。那些汙穢、那些罪孽，夏綠蒂永遠不可能消失殆盡。她總是在那裡，在我層層掩蓋表象之下。

「妳讓我覺得噁心！」艾娃在哭，淚眼中是兇猛和狂烈，她的臉頰因憤怒而脹紅，而她的頭髮，如同剛起床一般凌亂，像荊棘纏繞著她美麗的臉龐。「妳怎麼敢說妳愛我？妳有辦法愛任何人嗎？妳讓我噁心！妳讓我也覺得自己噁心！妳為什麼不墮胎讓我消失？」

我向前邁了一小步，走進她狂怒的暴風圈之中。我想要抱著她，我希望她打我，我想做點什麼，讓她輕鬆一些。

「不准靠近我！」她的尖叫讓我退縮。艾莉森在門口徘徊，他們知道艾娃需要發洩，我也知道她需要。「離我遠一點！我恨妳！」然後她奪門而出，宛如暴風雨過境。

我沒有移動，我動不了。這是我最終的判決嗎？我的寶貝，我的生命中唯一一件美好的東西，她恨我。因為我的關係，她希望自己沒有被生下來。我毀了她的人生，毀了一切。我要如何告訴她我有多希望自己能解開這一切、收回這一切？我應該停止一切的，我早就應該殺了自己。我該怎麼告訴她，我總是夢見他，而每一次都讓我宛如死去？我該怎麼告訴她事實，但聽起來不會像是在找藉口？我曾想請求原諒，但我知道自己永遠不該被原諒。甚至，我根本從來都不想被寬恕。

我不介意她恨我，因為我知道遲早會有這一天。因為深知真相隨時都會被發現，所有的恐懼和憂慮糾纏著我。以為艾娃能無憂無慮地過完一生，只是一個不切實際的幻想而已。她長大了，該擁有自己的生活，不能為了保護我而改變或失去幸福。我不希望她恨自己、不能忍受她自己。我生下孩子錯了嗎？我想要有人可以愛，也想要被愛。多麼自私，夏綠蒂，總是索求著。

「她會平靜下來的。」艾莉森走進來說，一邊打開電視，彷彿那能讓我分心，並營造出一種再正常不過的狀態。「我們會幫助她，幫助妳們兩個。」她憐憫地看著我，但我幾乎沒有看她。我已經深陷在自己的思維、自己的地獄之中。「我幫妳泡杯茶。」她說。

我不認為艾娃會平靜下來。我了解這種憤怒，讓我想起夏綠蒂。畢竟艾娃是我的女兒，而這比什麼都讓我害怕。我知道憤怒會導致可怕的事發生，會讓人做出後悔的事，那些事則像墓碑一樣永遠矗立在那裡，永遠被銘記著，成為一輩子沉重的負荷和懲罰。

這一切遲早會發生。

27 瑪麗蓮

辦公室明亮的燈光讓我頭痛，眼皮也因為失眠而不停抽動。這不是偏頭痛，我從年輕開始就不曾偏頭痛過。每次我向潘妮請假一兩天，都只是因為情緒上徹底的疲倦，感到麻木，彷彿大腦中的神經元突觸連結得不太緊密，而我的胃部深處總是有一股噁心感湧上。

我關掉收音機，安靜地開車。在壅塞的交通中坐在駕駛座上，是我最接近真正平靜和安寧的時刻，能夠獨自一人呼吸的時刻，並嘗試理解這一切。工作時，即使辦公室裡沒有人在說話，我仍能感覺到腦袋裡嗡嗡作響的嘈雜聲。他們在工作文件旁打開那些不相關的網頁，那些連自己的過去都記不清的年輕人們，如今卻奮力想要挖出每一個細節，他們竊竊私語著，一副不可置信的模樣，還有每當他們發現一些新線索時，便開始相互眉來眼去，這段可怕的事件，現在已經成為他們生活的一部分了。

沒有人傳連結給我，那是當然的了。我認為是潘妮叫她們不要這麼做。她或許是好意，但卻讓事情變得更糟了，讓我被排除在群體之外。並不是說我沒有在家裡上網搜尋，翻遍網頁資料直到兩眼發痛。但他們跟我不同，史黛西、茱莉亞和其他新同事，就連托比，只是把這當成一件緊張刺激的懸案。這對他們來說一點都不真實，麗莎對他們來說一點也不真實。

我應該停止稱呼她麗莎。

我依然沒有讓任何人知道我有多痛苦。這是多年來學習隱藏真相的結果，我總是因時制宜，總是不慌不忙，彷彿沒有事情能難倒我，彷彿披著一襲鐵甲。這就是我。

但我這身鐵甲上唯一的缺陷，就是我今天早上遲到了。他們根本沒想到我會進公司。那件事讓所有人都感到震驚，而我震驚到無法動彈，然後我開始嘔吐。我依稀記得早上理查一發現我正在做的事，便立刻將手機從我手中奪走，那時我幾乎哭得歇斯底里，並試圖打電話給艾娃。天啊，可憐的艾娃。電話還是接通了，在理查掛斷之前，我聽見另一頭電話接起來的聲音。我和理查結束討論後，已經遲到了一個多小時，也沒有接到潘妮的留言，她並沒有對我說可以請假。而當來到辦公室時，她已經非常明白地告訴全公司，媒體打來探問時不要回應，且若客戶有疑慮，就轉接給她，並要所有人如常地工作。我進門時，正好聽見她的最後一句話，她不會容忍任何人讓公司的名譽掃地。

你不得不讚賞潘妮，她在巨大的壓力下表現得完美無缺，但當我走進來時，她仍然用可笑的表情看著我，儘管和其他人的眼神相比起來，她的反應已經算不好的了。她透露出一種幾乎為我感到遺憾的神情，但又彷彿正看著一個可能被感染的病毒帶原者。每個人的笑容都太假了，關切也太膚淺了。真可怕，妳一定感覺很糟。而在這種關切之下，是揮之不去而且不言而喻的探問。妳知道真相嗎？嗯，如果他們非問不可的話，最好給我滾遠一點。我怒火中燒，但這種感覺很好，不管怎麼說，都比其他的感受要來得好。

最後，潘妮讓所有人休半天假，而她自己則一一致電給麗莎的客戶，並全力安撫其他客戶。我沒有問她賽門．曼寧的事，而她也沒有提到，彷彿只要我們默不作聲，他就會忙到沒空發現這件事。但潘妮不知道麗莎——夏綠蒂，是夏綠蒂，不是麗莎——曾經和他共進晚餐。曾經和他約會。

我問潘妮是否需要幫忙打電話，她拒絕了，她說最好由她來打。或許她說的是真的，但當她尷尬地別過眼，我想要對她尖叫：「我不是夏綠蒂・內維爾！我和你們一樣被騙了！我被更嚴重地愚弄了！」直到我開始收拾外套和包包時，她才再次從辦公間裡走出來。

「我得檢查妳的無犯罪紀錄證明。」她在辦公間門口徘徊，顯然很不自在。「妳和麗莎剛來這裡時，我從沒做過刑事紀錄檢查，當時我忙著安置這一切，而且也沒有理由這麼做……嗯，畢竟她是單親媽媽，說話得體，又有很好的資歷。」她聳聳肩膀，我明白她為什麼那麼迫切想要讓這一切在公司中平息下來。她本可以阻止這種事情發生的，我為她感到難過。她剛開了第二家分公司，是一個財務上的賭注，而只因為她沒有進行刑事紀錄檢查，她打造的一切有可能因此面臨巨大損害。

「當然。」我回答。「我明天早上會填好表格。」我說話的語氣，就好像我明天鐵定會如常來上班一樣，我就是那個又可靠又有效率的資深好員工，她會給我貼上一個金色星星作為嘉獎。

「妳還好嗎？」她問我。我能回答什麼？我點點頭，告訴她我和其他人一樣震驚。

綠燈，車流往前進，但有人氣憤地在我後頭按喇叭，直到我把車往前開。我的震驚與其他人不同，因為其他人不是麗莎最好的朋友。我又想起了那個被疏忽的刑事紀錄檢查。一張小小的表格就能改變這一切，麗莎可能永遠不會獲得這份工作——雖然假身分也有可能連同犯罪紀律一起偽造。我可能永遠不會見到她，而十年的友誼也可能永遠不會發生，現在這一切也不會發生。當我將車開進車道時，我也試著拆解過去，並將麗莎從往事中抹除。但我做不到。她就像我人生的一部分，不可能消失的。

謝天謝地，媒體還沒有包圍我家。他們可能還聚集在學校和艾娃的朋友們那裡。可憐的艾娃。他們還沒有挖掘麗莎的生活到如此深的地步，所以還沒有找上我，但他們會的。即便我心中試圖拉開與麗莎的距離，但過去的時光還是如潮水一般湧上，艾娃的生日，吃著外帶的中國菜，一邊看著《舞動奇蹟》一邊大笑。如此平凡的時光，但我喜歡，也需要那些時光。

滾燙的眼淚灼傷了我的眼眶。有多少部分是謊言？夏綠蒂是在哪裡結束，而麗莎又是從哪裡開始的？我無法想像她們兩個是同一個人。那個罪惡的女孩做了一件如此可怕又令人震驚的事，而這個害羞的女人，悄悄地變得對我的生活如此重要。夏綠蒂和麗莎。麗莎從未從存在過，我再次告訴自己，並又重新感到悲傷席捲而來。不，她確實存在過，但她卻也不是真的。現在她走了，我再也見不到她了。無論我多麼努力地假裝我很好，我仍然忍不住為此哀悼。麗莎也許是假的，但愛是真的。

麗莎是我最好的朋友，而我愛她。但我該怎麼辦？這讓我成了什麼人？

我不該感到驚訝的，當我疲憊地走出駕駛座時，如此想著，並看見理查的那台奧迪車仍停在車庫前面。我已經養成了愛幻想的習慣。我的肋骨疼痛著，這次沒有斷裂，只是皮肉傷，經驗讓你知道各種疼痛有什麼不同。我的背也痛著，深紫色的瘀青正在身體左側成形，像一隻蝴蝶。

妳也對麗莎說謊。我腦海中一個小小的聲音說著。這段令她羨慕的美好婚姻。

我要這個聲音安靜。這不一樣，這是私事。打開門之前，我痛苦地深吸了一口氣。

唯有當理查完全沉睡時，我才悄悄地下樓。他把手機還給我了，廚房也一塵不染，他做完飯後清得很乾淨。我極度緊張，有些地方不對勁。他不會這麼快就平靜下來。狂怒之後，他通常需要二十四小時的冷靜期，事後，自責和後悔才會出現，但同時也會曲解事實，不知怎麼地又變成像是我的問題，因為妳應該要知道我會這樣。但現在，他冷靜得太快了。

這種狀況應該讓我擔心，但我太累了，以至於沒有想起我若泡茶他也會想喝一杯。我滿腦子都想著麗莎的事，我為自己沒有認清最好的朋友而感到羞愧。當我凝視著刀架，想到樓上的理查，我不禁想著，到底要被逼到什麼地步才會去殺人？天知道我應該快要被逼到極限了，但無論他如何用暴力將我的愛打得粉碎，我也下不了手。把茶包丟掉時，我發現垃圾桶裡還有很多未繳帳單。不，他不應該這麼快就冷靜的。

我一邊留意樓上的動靜，一邊試著再打給艾娃一次。我對艾娃視如己出，就像愛著我自己的孩子，一個我永遠不可能擁有的孩子。我或許不能再愛麗莎，但艾娃可以留在我心裡。我需要一些東西能放在心裡。

但這次依然沒有任何回覆。無人接聽，彷彿她從來不曾存在。

28 艾娃

那一刻不斷在我的腦海中打轉。媽媽盯著我看，而我也緊盯著她。他們為什麼叫你夏綠蒂？夏綠蒂是誰？她睜大眼睛，神情像一隻受驚嚇的兔子。

接著是磚頭砸破了窗戶，我們被綑綁著坐進後車廂並送往警察局，然後被掩護著從警察局出來，再開車來到這間破舊的公寓，我仍舊不明白這一切究竟意味著什麼。現在，我將這一切都隔絕在外，把自己藏在憤怒、受傷、恐懼和千百種情緒的背後。

我討厭這間公寓，氣味不對，不像家。我想念我的房間。這間小小的房間裡沒有躺椅。這是一個陌生的地方，到處都是陌生人，而她是最陌生的那一個。一切都變了，我的整個人生好像都蒸發了。這不公平，而且這一切又不是我的錯，我什麼都沒做。我恨這一切，我恨他們，我恨她。我想念我媽，即使我覺得她有一點情緒化又太黏人，但她是我媽，我們有時候會一起大笑，而且我知道她愛我。但不是這個女人，這個陌生人，我不要自己身上流著她的血。我不要自己的一部分是個怪物。

大多數時候，當我把門關上，都還能聽見他們的說話聲，還有他們走動時，鞋底下地板的吱吱作響。屋裡大概只有四五個人，但是卻感覺好像更多人。有兩個是警察，其中還有一個是主治醫師，我知道她試著跟我說話，但我拒絕了。這間屋裡發瘋的人可不是我。她花了很多時間和媽……夏綠蒂一起坐在房間裡。除了回答是或不是之外，她並沒有說很多話。她就像僵屍一樣，坐在那裡盯著那台發出噪音的電視看。她看起來很可悲，好像只是一個有著我媽外表的可悲女人。我不會再接受她不斷重複的說詞了。怎麼會有人可憐她呢？就是她做的。她是兇手。她就是做了那件事的人，我甚至無法在腦海中直接想像。我為什麼要為此付出代價？

我想要回我的手機和 **iPad**，但艾莉森說除非他們確認了如何處置她的身分，否則我不能拿回來。還有我的身分。她們已經要求報紙不要再刊登我的照片，但從我房間外面的對話聽起來，整件事情似乎一團糟。他們根本不知道要拿我們怎麼辦。

我不想要新的身分。我只想當我自己。

艾莉森是夏綠蒂的緩刑觀護人。我討厭他們所有人，這些陌生人，但如果我不恨他們的話，我可能會挺喜歡艾莉森的。當我對她發怒，要求要見我的朋友，她用一種混和著溫柔和憐憫的奇怪神情看著我。她一直告訴我要有耐心，說得可真容易。

我有點想吐。最近我一直都感到有點想吐，這件事我還沒有勇氣告訴任何人。現在被關在這裡，我要怎麼去解決那一條淺藍色線後續帶來的麻煩？

我知道是因為我做的事讓這一切變糟的。基本上，這都是因為我做的事才會變成這樣。不知道為什麼，有一個匿名的人打電話來，說從河畔事件的一張照片上認出了夏綠蒂的臉。艾莉森說這只是運氣不好。百萬分之一的機率。但這並沒有讓我感覺好一點。我在河畔救人，卻提供了報紙更多可以報導的角度。魔鬼母親、天使女兒。殺童者、護童者。他們把我們的生活挖得千瘡百孔。我總是想和那些人一樣，透過《X音素》之類的選秀節目出名，從來沒有想過會是這樣。我的朋友們會怎麼想？她們想念我嗎？她們一定想念我，我敢打賭她們一定想見我，就像我想見她們一樣。我想起裘蒂，她可能會說，嗯，怪媽俱樂部真是怪到了一個全新的境界！想到這裡，我幾乎要大笑出聲，也幾乎要哭了起來。但我用憤怒將自己包裹住，讓自己不要笑，也不要哭。

我的Facebook帳號被刪除了，Instagram帳號應該也是。當艾莉森告訴我時，她的表情讓我知道，我大概也沒有機會留著其他社群軟體帳號了。幾乎不可能了，對吧？有人可能會透過社群軟體找到我，然後就會找到她，而這會讓政府輔導資金彷彿被沖到馬桶裡一樣浪費掉。

沒有社交軟體，就像眼前一片無盡的黑暗。為什麼要懲罰我？懲罰她不就好了。她除了瑪麗蓮之外沒有任何朋友，瑪麗蓮現在大概也很恨她。她幾乎不使用電話，更不用說上網了。不像我，我靠社交軟體活著。我們都以此為生。現在，再也沒有「我的壞女孩」了，沒有「驚奇四人組」。我有可能再也見不到她們，直到我十八歲或其他年齡之後才會被允許跟她們見面，但到時我們大家都變了。我不太能理解這一點，但我幾乎，幾乎可以接受這個事實了，我必須習慣的事實。

再也沒有他了。我不想要這樣。不能和他聯繫，讓我痛苦得想要大肆破壞並摧毀這個地方。他會怎麼看待這一切？他還會愛我嗎？會以為我是個怪胎嗎？還是會發狂似的擔心我？我們要見面的事情怎麼辦？我們都安排好了，現在呢？我一定要去。一定要。我會不計一切代價，我得開始用更聰明的方式思考這件事情了。要像個大人，像個女人，而不是女孩。

我可以聽見廚房裡傳來的說話聲，然後是有人快速地敲了敲我的房門。艾莉森將頭探進來。「要來喝點茶嗎？」她問。

我點頭，笑了笑。「謝謝。」

看見我不再鬱鬱寡歡她有點驚訝，然後也對我微笑。

「我等一下就過去。」我說。

她關上門後，我向後靠在枕頭上，凝視著天花板上那些大理石迴旋狀的可怕紋路。我需要的是讓他們都走開，一下下就好，事實上，一個晚上就好。

另一個房間裡，二十四小時電視新聞的播報聲很大聲，好像夏綠蒂能淹死在那些聲響裡一樣。我嚥下憤怒和受傷的感覺，因為那會讓我想再進去那間房裡對她大吼大叫。但大吼大叫無濟於事。我需要表現好一點。如果這意味著我能見到他，我願意那樣做。我願意為他做任何事，因為我只剩下他了。

我愛他。

29
在那之後
二〇〇〇年

他總在星期二來這裡，所以每到這一天，她走路去上班的速度便比平時更快，似乎早一點到辦公室，就能早一點見到他。她知道這樣很愚蠢，但無論如何，她都還是這麼做了。其實她也沒有和他說過話，至少不是真正的聊天。她不知道該說些什麼，通常只是咕噥著回答他那些禮貌的問題，紅著臉又笨拙地打理好他要印出來的東西。不過，星期二依然是她最喜歡的日子，星期二就像她的星期六。

在某些日子裡，像今天這樣冬陽明媚、天空晴朗，她便幾乎可以相信過去的那些事都不曾發生。她思索著自己重生後的生活，就像刻印在她皮膚上無形的刺青，顏料慢慢滲透，成為她的一部分。「重生」，她的緩刑觀護人喬安娜是這麼說的。她在字典裡查找「重生」的意思。就像一份禮物。這份禮物給了她新的人生，她喜歡這麼想，這讓她覺得很特別。她從小就受到照顧，還有好幾對養父母。她不喜歡談論她的親生父母，也和他們沒有聯繫。這些都非常接近事實，連她自己都幾乎相信了。

也在某些時刻裡，當從前的衝動短暫地回到她身上，她就用自己的照片編織故事，來美化她的新生活。這些照片是她如此喜歡這份工作的部分原因，能看著那些快樂的回憶從機器中被傳遞出來。那些照片裡有她從來不曾知道的生活點滴。海邊的假期、孩子們的生活聚會、年輕人們在酒吧和俱樂部裡開心地玩樂。她有時候會細細研究那些照片。那些彩妝、衣服和笑容，還有互相緊抓的手臂和明亮的眼睛。她會在家裡的鏡子前面練習那些拍照的動作和神情，即使那讓她覺得自己很傻。

她也曾看到一些「其他」的照片，非常不同的照片。伯頓先生告訴她，無論這些照片的內容有多麼令人反感，都並不涉及違法，只需要跟其他照片一樣包裝起來就好。不過，他會在這些包裝信封上面做記號，確保他能親自服務那些客人。她聽出他「話中有話」，那就是他不喜歡他的年輕助理看到這樣的東西，也許還會買一台數位相機，自己在家將這些照片印出來。伯頓先生是個好人。

她重複著每天的例行公事，她很喜歡這樣。最初幾個月裡，為了試圖趕上她錯過的生活，恐懼感曾讓她不知所錯，至今那種感覺甚至已經消失了，而她也已經在DVD出租店面樓上的小公寓住滿一年。她自己付房租，管理自己的收入和支出，不必尋求任何經濟上的幫助。顯然，每個人都「對她的進步很滿意」。就連內政部都是，他們就像一朵烏雲，而她不喜歡他們關注她的進度。這會提醒她，自己骨子裡是個什麼樣的人，彷佛皮膚底下充斥著黏糊的、鮮紅的血肉。在重生後的生活中，她一直都像是穿著《哈利波特》裡的隱形斗篷一樣地生活著。

她喜歡讓自己沉浸在例行公事之中，喜歡平淡無奇的生活。起床、工作、回家、泡茶、睡覺，日復一日。每個月付清房租之後，她微薄的薪水便所剩無幾，但她仍喜歡編列預算。

她能在食物上花多少錢，又能從架上買走哪一種罐頭，把花費加起來，再數數看剩下多少錢。這之中有一種強烈的滿足感。

雖然她依然會在床上鋪塑膠墊，但她已經有整整九個月沒有半夜弄濕床單了。只是她現在不太確定，少了那種熟悉的塑膠沙沙聲，她還能不能睡著。她快二十三歲，終於不再尿床了。在所有的事情中，工作和大學畢業證書是她最引以為豪的，這些東西標示著她新的自我。喬安娜說，這是她融入新生活一個很好的跡象。「融入」，就像整個世界都為她騰出空間來一樣，卻也像是四周有一座無形的牆壁將她關在其中。

她很喜歡喬安娜。她們是朋友嗎？她很像她的朋友。自從她被釋放以來，她與她一起經歷了所有的起起伏伏。喬安娜找到新工作並搬走，是她害怕會發生的事的其中一。

開始做夢之後，恐懼感最為嚴重。在吃藥的日子裡，她不會常常做夢，但那些讓她保持鎮定、幫助她入睡的藥，也讓她半夢半醒地恍惚度日。雖然試著不吃他們給的藥之後，她會多夢，總是從充滿恐懼的夢中醒來，但她認為這是她應得的。她無法想像沒有夢境，那比不做夢更糟。那些夢是對她過去的提醒，像一疊不存在的照片，讓她能從報紙以外的地方再看看丹尼爾，再握握他的小手。

不過，這一切也帶給她無數恐懼，像層無形的薄膜一樣蒙在她的臉上。總是有這麼多恐懼，害怕喬安娜會離開、害怕被認出來、害怕錯過些什麼，更害怕她再度成為夏綠蒂，再做出可怕的事情。即便她很確定她不會、也不能再去做。

一開始，走出庇護所的每一步都讓她嚇得渾身發抖，每一次她想要打開門，就會陷入猶豫。喬安娜後來告訴她的一些事減輕了她的恐懼，並且彷彿成了她的護身符一般。喬安娜說，人體的細胞會不斷再生，七年後，整個人的細胞就會與過去完全不同。所以基本上，當她被釋放時，她已經完全不同於事件發生那時的她了。在那些最黑暗的時刻裡，她緊緊攀附著這個想法——她已經不是當年的那個人了。

不過今天是星期二，不是個該陰鬱思考的日子。今天，她的胃裡也一樣像是打了一個結，不過是個不同的結，不是那種充滿憂慮的絞痛，而是像喝了「小鹿梨子汽酒」一樣，胃裡彷彿冒著泡泡。星期二是他的日子，是她平淡而灰暗的生活中，僅僅十分鐘的明亮色彩。

這次，當他來拿他印好的傳單時，在桌子旁逗留了一下子。他試圖禮貌地和她交談，而她卻沒辦法直視他，只是點點頭，小聲地答話，同時擔心著自己發紅的耳朵後面，頭髮是不是太過凌亂。她能看到伯頓先生在他的辦公間裡看著他們，但並不擔心，也不生氣，反而像是縱容一般地笑了笑，彷彿他早就知道會這樣，這讓她很驚訝，因為她完全沒有察覺。然後他問她了，就在他們之間的關係緊張到她幾乎無法再忍受的時候。其實也沒有什麼大不了的，他只是問她是否願意找時間去喝一杯，那瞬間彷彿有煙火在她的頭頂上被點亮。她很慶幸他沒有問願不願意一起吃飯，那樣對她來說就太多了，因為她不確定自己知不知道晚餐約會該怎麼進行。喝一杯就好。她以前有和安妮一起喝一杯過，那時安妮每週六都會過來幫忙。她向他點頭，整個人像是被燈塔照亮一樣，她泛紅的臉頰融入了這個繽紛的世界，而他笑了，眼睛亮了起來，他們決定將時間訂在星期五。

接下來的一整天她都無法控制地微笑著。她告訴自己，這些都是新的細胞，是全新的開始，她要接受新生活帶給她的禮物。一切都是新的。在這麼長一段時間裡，她第一次感覺到快樂。

30
現在
瑪麗蓮

賽門．曼寧一直都是個迷人的男人。他並不是托比想要仿效的那種形象，而是始終保持著微笑的那種迷人態度，因為他下意識地明白如何讓別人如沐春風。他總是沉穩放鬆，那是一種很罕見的技巧。但是今天，當他從潘妮的辦公間裡走出來，他臉上的每道皺紋都清晰可見。他沒有看任何人，雖然他必定知道我們所有人都全神貫注地看著他。這顯然不是個事先約好的會議，因為潘妮向來會先安排好會議室，盡可能地不要讓任何人探聽到會議的內容。他是在她沒有準備的狀態下突然來找她的。

當我突然衝出去追他的時候，他已經踏進其中一台電梯裡了，但旁邊第二台電梯是空的，而且正好停在我們的樓層。我衝進那台空的電梯，按下一樓，關門需要一點時間，我的心緊張地狂地，因為我可能會錯過他。就算我趕上他了，我也不知道我要說什麼，但我必須說點什麼。電梯到達聲響起，我又衝了出去，穿過被擦得閃閃發亮的磁磚地板，來到旋轉門前。

「等等！」

他正要坐進他的車裡，而我及時攔住了他。那是一台時髦的捷豹，理查會喜歡的那種車。理查一定會討厭賽門・曼寧，因為他如此迷人、能幹又成功。拜託，今天千萬別讓理查監視我，絕對不能讓他看到這個。

「等一下！」我又大喊了一次，這次他轉過身來。我覺得自己彷彿要淚流滿面了。追趕他使我的肋骨疼痛。我厭倦了一直保持冷靜，假裝一切都沒事。我想如果有人能理解我的感受，那大概就是賽門了。因為他也曾付諸一絲真心，即便除了他自己之外沒有人知道。如今，那卻像是一片骯髒的汙垢一樣淤積在內心深處。

「我得去開會了。」他說。

「鬼扯。」我脫口而出，但算了。如果他真要撤銷與 **PK** 人力仲介之間的合約，那他無論如何都會撤銷的，我的咒罵也不會改變他的任何決定。「我可以理解你不想在這裡逗留，我根本也不想。但別跟我鬼扯，你多少有時間可以講幾句話。」

「我真的有事。」

「你要撤銷跟我們公司的合約嗎？」我直接了當地問，兩眼直視著他。就算他看起來很不自在，但還是表現得很有風度。「如果你真的要撤銷，那就太不公平了。對潘妮不公平，對公司不公平，對那些跟我們簽約的人也不公平。他們都在等待著一份好工作，其中有些人在外面很難生存，是一些被社會邊緣化的人。而且，對麗莎也不公平，她……」

「對麗莎不公平？」他瞪大眼睛，而我不確定究竟是因為震驚還是憤怒，或兩者皆是。我對自己說的話也有些退縮了。

「我是說在這件事情上。這份合約將派遣的人力之中，有許多都是找不到其他工作的。

麗莎為他們挺身而出，說服他們去上所有免費的訓練課程，現在他們被訓練成我們手上最可靠的人力資源。」我停頓了一下，突然感到精疲力盡。「聽著，我知道你喜歡她。我知道你們兩個曖昧了一段時間，她也跟我說過你們的晚餐約會。」我看見他眼中閃過一到怒火，彷彿我要敲詐他似的，於是我抬起雙手，讓他知道我無意如此。「我沒有要告訴任何人，相信我，我一點也不想談論她。」淚水刺痛了我的眼睛，因為我再也不知道該怎麼做了。十年的好友就這樣消失在我身邊，我當作她已經死了。但是每個人都緊盯著我不放，好像我應該要知道什麼內幕，好像她曾把一切都告訴我。但老天啊，我怎麼會知道那種事呢？有誰會做出那種事？

我擦去奪眶而出的眼淚時，他向後靠在車座椅上。「我總是自豪從沒被人蒙騙過。」他平靜地說。「我總是能夠事先察覺，妳知道嗎？我自己也有段過去，所以我能分辨誰是騙子，這也是我事業有成的原因。因為我能讀懂人的心思。但這一次……我真沒想到。我覺得自己像個傻瓜。」他說得很苦澀，明顯的苦澀。顯然他的腦中飛快地閃過所有的可能。如果他們結婚後才發現這件事呢？這對他的事業會有什麼影響？他的努力會付之一炬嗎？她會告訴他真相嗎？如果他付出了真心，又會是什麼樣的感覺？千百萬種可能。

「我覺得我應該再也無法相信任何朋友了。」我說。這是一個痛苦的想法，既黑暗又孤獨，但我怎麼可能再與任何人親近？怎麼可能有人能夠填補麗莎在我的人生中留下的缺口？「最糟的是，」我說著，但沒有看著他，「有那麼一些時刻，我真的很想念她。」

我振作起來，挺直了背。我不是追過來為自己悲慘的命運哭泣的。「我們都有自己的事要處理。潘妮、我和你。但我們要記住的是，這不是我們的錯。這就是我一直在告訴自己的。當我覺得所有人都等著看我的好戲時，我就會告訴自己，這不是我的錯。」我直視他的眼睛。「而且，這也絕對不是那些人的錯，他們期待著一份長期工作合約，能夠每週給付工資。沒有察覺麗莎的秘密並不會讓你成了一個混帳或蠢材。這是百萬分之一的機率，甚至三千萬分之一的機率會發生的事情，這根本不是你能事先計畫的。我們只是運氣不好，才會走入麗莎的世界裡。」

「夏綠蒂的世界。」他說。

「不，」我堅定地說。「是麗莎的。麗莎或許不是真的，但對我們而言卻很真實。你喜歡她也不意味著你是個混蛋。但是讓那些無辜的勞工們承擔你對自己的感受，那你就是個混蛋。」而後我們沉默了一陣子。「無論如何，我想說的就是這些。」我累了，而且身上還帶著瘀青，我甚至不知道自己為什麼要站在這裡。「你想怎麼做，就怎麼做吧。」我轉過身朝著大樓走回去。

「瑪麗蓮？」

我回頭看他。

「我會想想，好嗎？」

我回到座位時，他們全都看著我，但我忽略他們的目光，好像我只是去上個廁所而已。我又把自己武裝起來，但和賽門談過後，我覺得輕鬆了一些，知道至少有個人能稍微理解我的感受。

午餐後，潘妮把我叫進她的辦公間。在辦公室明亮的燈光下近距離看她，我驚訝地發現她看起來真的很累，但我沒有對此多說一句話。因為我自己也沒有好到哪裡去。

「謝謝妳。」

我不需要問為什麼，她很明顯鬆了一口氣。

「沒什麼。」

潘妮朝外面點點頭。「他們怎麼樣了？」

「很八卦。」我說，「跟想像中差不多，但會平息的。」

有人帶了更多手工蛋糕。我們是一個團隊，大家要同心協力。儘管茱莉亞有可能真的才二十幾歲，但她現在可是扮演著辦公室裡的老鳥，因為我已經被排除在外了。史黛西現在坐得離托比更近了一些，托比很樂意照顧她。至少史黛西表現出一點悲傷。她是個可愛的女孩，以至於當她直接說出「但我喜歡麗莎」，也沒有人批判她。我想這就是年輕女孩吃香的地方。沒有人給我這種餘地。我太老了，已經過了那種階段。我早該知道的。

「我還是想不通。」潘妮說。她忙著在客戶間滅火，也許到現在都還沒有空思考。

「說說看。」我對她微笑。也許她現在能了解我和她的感受沒什麼不同。甚至，我的感受比她更加糟糕。我才是那個坐在空桌旁邊的人，當時我們在安排辦公室的新陳設時，我千方百計地安排讓麗莎坐在我旁邊。潘妮沒有看著我，只是盯著門外看，彷彿那樣她就能看穿所有人。

「我敢說一定是她偷了錢箱裡的錢。」她尖銳地說。

我張開嘴，又閉上，像一隻金魚。發生了這一切後，我便忘了麗莎在派對上看到的那件事。我最後一次見到她時，她告訴我的事。她告訴我她對茱莉亞的看法。她那樣說是為了掩飾嗎？是否真的是麗莎一直在偷錢？

「可能吧。」我說。但心中閃過一絲不認同，「不過為什麼是最近才開始遭竊？」

潘妮目光銳利地看了我一眼。「或許是我最近才注意到。前陣子我一刻也不得閒。」

「的確。」我很快地同意。「艾娃十六歲生日時，她也買了很貴的禮物。她一直都這樣。」可憐的艾娃。她把那件事告訴麗莎了嗎？不知道她會怎麼做，真希望我能和她談談。真希望那天晚上我能說點什麼，或許去她房間和她說話，而不是假裝沒看到。

潘妮的目光柔和下來，現在我和她同一陣線了。我不可能提起茱莉亞的嫌疑。我沒有精力應付更多衝突，何必替麗莎辯護呢？當她離開，用另一個名字展開另一種生活，把我一個人留在這裡。她無疑會在別處替她最好的新朋友泡一杯熱茶，而那人對於她是孩童殺手的身分毫不知情。

她殺的可不是隨便的一個孩子。我提醒自己。是她兩歲的親生弟弟。十一歲已經夠大了，知道自己在做什麼。我最好的朋友是一個怪物。憤怒再次席捲而來，這種感覺很好，憤怒會帶給我力量。

「晚點妳想不想去喝一杯？」我問。「去那間我們常去的老酒吧？」我很久沒有和潘妮一起喝一杯了，自從她決定拓展事業版圖後就再也沒去喝過。喝完半瓶白蘇維濃之後她說起話來會充滿尖酸刻薄的幽默感，而我正好需要大笑一場。

「噢，我沒辦法。」她別過眼，散發出一種不自在的態度。「我還有好多事要做。」

「沒關係。」我大大地微笑，顯得很假。「只是問問。」

「下次吧？」

「當然。隨時都可以。」

她似乎很感激我沒有太過堅持。我表面上若無其事地大步離開她的辦公間並回到座位，千百種情緒卻在心中沸騰著。我應該讓賽門・曼寧帶著他的合約去跟別人做生意。忘恩負義的臭女人。該死，麗莎，都是妳放下一切不管，卻讓我在這裡承擔妳的罪行。

我到家時，看見理查正好掛下電話，他掛得太快了，似乎不想讓我看見，而且沒聽到我進門。他的雙眼放光，還燦爛地笑著。笑得很好看。之前他露出這副表情時，我覺得像狼一樣狡猾，而現在，我覺得他笑得像豺狼虎豹一樣地貪婪。他現在展現出他貪婪的一面了。

「有新案子了？」我問。現在氣氛十分微妙。他的案子一直都不多，這麼說還是比較好聽的說法。房地產市場逐漸萎縮，也似乎沒有人需要信用良好的建商了。當然，我從沒注意過財務狀況良好時他拿錢去做了些什麼，而拮据時他也從來沒有提過，直到一切都失控了。真是一團糟。我們婚姻只剩下一堆被撕毀的帳單催繳通知。

「類似。事情也許會好轉！」他向我眨眼。「塗個口紅吧，我美麗的老婆。我們去新華天餐廳吃飯！」

我只想脫掉鞋子，喝點酒，然後倒在床上昏沉地入睡，但我看得出現在這已經不是其中一個選項，因為他已經穿上外套了。

「我們可以先去領航酒吧喝一杯，把今晚當成約會。」他傾身向前親吻我。我不信任他的好心情，一點也不信任。他一定在盤算什麼。跟著他走出去並關上門時，我寒毛直豎，瘀青正在抽痛。一定不會有什麼好事。

31
在那之後
二〇〇一年

黑暗中，她僅能看見他臉龐的輪廓。他們躲在夜色裡，只有棉被的窸窣聲和她的說話聲揭露了他們的存在。她愛他，她心知肚明。他說他們會永遠在一起。他照顧她，還想讓她搬進來住。

她交了男朋友，喬安娜為她感到開心，但也說應該要慢慢來。要想清楚。喬安娜說要繼續保留她的公寓一陣子，這樣才不會有壓力。她還說，同居是交往的一大進展。

她仍然很愛喬安娜，更無法想像沒有她支持的生活，但她也希望，喬安娜不要像對待小孩一樣對待她。她只和喬安娜相處了幾個月的時間就已經密不可分了，但她也已經是一個二十多歲的女人了。雖然這樣形容會讓她聽起來比二十三歲還要老，不過二十三歲畢竟不是小孩子了。

約翰總是逗她笑。但從那之後……對，從那時起，就再也不會逗她開心了。不過她的身體現在是由全然不同的細胞所組成的，她已經是另一個人了。她身下的床單是潮濕的，是成年人的汗水，而不再是可恥的尿床。這是她的新生活。

她靠在枕頭上，周遭的世界彷彿在漂浮。他們一直在喝酒，他總喝得比她多，多太多了。不過男人就是這個樣子，不是嗎？他們老是喝醉，對吧？她喜歡他喝得兩眼朦朧的時候，那時他會充滿憐愛地看著她，臉上還帶著孩子氣的笑容。那些時刻裡，她認為自己幸福得就要爆炸了。偶爾，真的只是偶爾，當他們一起坐在她的小沙發上看喜劇電影，一邊吃著糖醋里肌和雞絲炒麵的時候，他會向她道歉，說沒能帶給她更好的生活，但其實她早就覺得自己已經置身天堂了。那時，她幾乎可以忘記自己對他隱藏的秘密。這麼久以來，她一直害怕著真相被別人知道，但現在，她覺得若不能對他誠實，他可能會崩潰。她如何能說愛他卻又不對他坦誠以待呢？如果他不知道真相，又怎麼能確定他是愛她的？

黑暗中，他身軀向她靠近，並俯身拿起床邊的酒杯啜飲了一口紅酒。他把杯子拿給她，她也喝了一口。紅酒讓她口渴，但也讓她渾身溫暖起來，讓她的腦中彷彿響起音樂。腦袋裡的嗡嗡聲提醒了她自己的過去。那時她是另一個人。她想太多以前的事了，那段過往彷彿芒刺在背，讓她難以釋懷。但這段往事揮之不去，阻隔在他們兩人之間，甚至阻隔在他們做愛時發出的喘息之間。

「約翰，」她還來不及猶豫便開口說道。這時他正試著將她拉過來躺在他的胸口上，但她不想接受他沉穩的心跳聲帶來的安慰，除非她能確定這顆心真的屬於她。「我有事想要告訴你。」她麻木地說，聲音在黑暗中飄散開來。她看不清楚他的臉，但她現在很慶幸厚重的窗簾布遮住了外頭街燈的亮光。平日裡當她失眠的時候，黑暗總讓她感到更加窒息，但今晚，黑暗就像一張舒適的毯子，讓她能把自己藏在裡面。

「妳聽起來好嚴肅。」他笑了笑，但又有些收斂。他應該是認為她要說的事情與他們兩人有關，或許他認為她做了什麼，或是有第三者。原來他也會擔心失去她，她感到很吃驚。她會愛他直到她死去。

「是一件我需要你知道的事，但你永遠不能告訴別人。」他安靜下來，被她的嚴肅嚇到了。「你能保證嗎？」她問。

「誠心發誓，違者願死。」他說。他的話讓她寒毛直豎，掌心冒汗，彷彿一瞬間榨乾了她的生命，她頓住，久久無法反應。這是一個不好的預兆嗎？他說出了那句長久以來縈繞在她腦中的話。她是不是應該什麼也不要說？喬安娜說不要告訴任何人，她說揭露秘密是人的天性，因為人總會想要分享，所以有些事情，你真的必須要保留。她想著如果未來他們有了孩子，情況應該就會有所不同。到那時，也許他就有必要知道，而且也有理由保守秘密。

他在等著她繼續說下去，但她的嘴巴只是張開，又安靜地闔上，像在吐泡泡。他們總會有孩子的，那為什麼不現在就把事情說出來呢？當一個女孩和一個男孩墜入愛河，孩子就是必然會發生的事。他們並沒有很小心，其實她應該要確保他們小心一點的，但她發現自己根本不在意。她知道這意味著什麼。多年來，他們總是不斷地分析她，讓她漸漸看不清自己的動機了。但她想要一個孩子。這是一種讓她既興奮又害怕的想法，而且太脆弱又太珍貴了，經不起檢驗。

她再次張開嘴，仍在思考要從何說起。要說「很久以前」嗎？把一切說得像個黑暗的童話？試著用糖衣把整件事情包裝起來？這真是一個愚蠢的想法。無論她怎麼講，事實都是令人吃驚的。他可能再也不會和她說話了。他可能會把她勒死在他們的床上，就像那些陌生人想對她做的一樣。

她會告訴他的。但她不會說出實際經過。她從來沒有說過，因為她不能談論那件事。就是她做的，還有什麼好說？正因如此，她決定要從她的本名說起，一開始就直接切入重點。即使她身上的細胞都是新的，但也是不久之前的事而已，那時人們一聽到她的名字就會十分警惕。甚至會用她的名字來恐嚇小孩。下課就直接回家，否則夏綠蒂・內維爾會來抓你。

她用平板的語調描述著，用小聲而生硬的句子掩蓋事實的重量。雖然她清楚地知道他躺在她的身邊，而且因為她的話而身體不安地扭動著，但她仍沒有轉頭看他一眼，只是把故事講出來，直到黑暗一層又一層地遮蔽了他們，像一張多出來的毯子一樣覆蓋在他們身上。

她並沒有花多久就說完了，真相總是不需要花太多時間。他們之間只剩下沉默。他坐起身來伸手去拿酒杯。她聽見他猛灌著酒。一切都靜止了。她知道自己犯了一個嚴重的錯誤，她希望自己能哭出來。無止境的沉默，她知道他正在腦中消化著這一切。她望向他，不確定這黑暗中的輪廓是否會是她最後一次見到他的模樣。她重生後的生活突然顯得像一隻紙摺的馬，像柏頓先生總用剩下來的紙張摺的那些動物一樣。摺得很精美，卻也很容易被壓碎。

「我很抱歉，約翰。」她輕聲說。雖然她沒有流淚，但聲音卻哽咽了。「我真的很抱歉。」但接著，他對她說沒有關係。他說他愛她，並靠過來擁抱她。他們接吻。他愛她。他愛她。

在接下來的幾週裡，她發現想吐、疲倦和持續的飢餓感都不是件值得擔心的事，他們即將從兩個人的生活變成三個人了。她大概知道他們的孩子是什麼時候懷上的。就是在那個特別的、敞開的、誠實的夜晚裡。

這讓她覺得似乎，似乎，上帝已經原諒她了。

32

現在
艾娃

終於，我終於讓他們都離開了。我要他們「給我們一點時間」，這不太容易。他們表現得好像我們都是小孩子一樣，不相信我們獨處會是安全的。但在我表現得很貼心又很輕鬆一段時間之後，我的辦法成功了。和媽媽獨處的一點時間，一個晚上沒有任何人打擾。

他們都離開之後感覺有點奇怪。這間小公寓突然變得很大。艾莉森在冰箱上貼了一大堆連絡電話，看似正常，但當你知道那些號碼不是清潔工或保母的，而是警察、心理醫生和緩刑官的，就一點也不正常了。無論如何，我現在感到既興奮又緊張。過了今晚之後，我就再也不用過這種生活了。即使他沒有出現，我也不會回來，我已經決定了。他會出現的，當然會出現。

媽媽試圖表現得很正常，但我們沒有談論那件事，她當年做的那件事。艾莉森說她從不談論。我想他們大概是希望媽會對我敞開心胸，但根本沒有那回事。我一點也不想知道，也不想聽她用我媽的聲音說話。她已經不是我媽了，只是某個出現在報紙上的心智扭曲的怪胎。

我出生時，艾莉森並不是她的緩刑官。當時是一個叫做喬安娜的女人。我小的時候，我們搬到這邊來時，艾莉森才負責督導她。但那都過去了，不再是我的人生。我的人生將在未來展開，很快地媽媽就會變成一段記憶和歷史而已。在這一切之後，她就已經是一段記憶和歷史了。想著那些我出生之前發生過的事，我怎麼能試著愛她和了解她？她是一個陌生人，她是一則謊言。只要記得我們看起來是如此不同，一切會比較容易。

我不想剪頭髮，但我還是咬緊牙關讓他們剪了。其實我覺得鮑伯頭也很適合我，他們用剃刀削的，看起來很酷。安琪拉一定會超愛。我也染了紅頭髮，不是帶有薑黃色的那種紅髮，是深赤褐色的那種，他們還給了我棕色的隱形眼鏡。這些小小的改變就能讓我看起來像一個不同的人，真是奇怪。我也試著用不同的方法化妝，把眼線畫得更深。這些都是充滿自信的顏色。再穿一些稍微不同的衣服，我看起來就會完全像是另一個人了。當媽看見我時，她看起來好像快要哭了。但她最終沒有哭，她一直都不是一個愛哭的人。他們也是這麼說她的。她那時也沒有哭，無論是在法庭上，或其他任何地方。但我跟她說我很喜歡我的新造型，她就接受了。她老愛為一堆不同的事情向我道歉。我為此感到很抱歉，艾娃。這次她這麼說時，好像只是她把我的洋裝洗壞了，而不是我們的人生徹底毀了。

他們也幫她改變造型。她現在是金髮。不是真正的金髮或很好看的那種金色，而是一種乾枯又平淡無奇的顏色。她看起來比較年輕，但可能只是因為她整個人瘦了一圈。艾莉森和警察都不太擔心她的外表，因為她沒有什麼照片能讓別人認出她來。報紙都被禁止繼續刊登了，她一向注重隱私，也討厭拍照，但我的臉書上有一大堆照片又該怎麼辦？那些評論說的還真有道理。

在這個我為我們安排的夜晚裡，我和媽根本沒有說上什麼話。艾莉森在冰箱裡放了一份超市買的中國菜，我將菜加熱後，就在電視機前彎著膝蓋吃了起來。我說我喜歡她的髮色，她又開始道歉。我回答沒關係，我們會撐過去的。她看起來鬆了一口氣。她怎麼會以為這一切很容易？一副我們真能回到從前的樣子？無論如何，生活就是一堆謊言。

我虛情假意一段時間之後，媽走進我房間，坐在我的床上，一邊摳著自己的手指邊緣。她要我把對她的所有疑問都寫下來。這是艾莉森的主意。但她說不是關於那件事的問題，她沒辦法說出她當年做的事，而是關於她的人生、我們的人生和其他任何事。她說她會盡力回答我所有的問題。我答應了她，但根本無意去做。我現在一點也不想知道任何事。好吧，或許我想知道——跟我說說爸的事。但這又有什麼意義呢？不重要，已經不重要了。

我們看電視，又多喝了幾杯茶，就好像一個在家度過的尋常夜晚。我快速瞄了時鐘一眼，巴不得時間快點過去，一邊想著他是否也有一樣的感覺。

終於，媽媽吃了安眠藥，真不知道他們現在給她吃多少藥。我打了一個大呵欠，說我累了，進房間前我吻了她的額頭。這是今晚裡唯一反常的時刻。她頭皮的氣味讓我的胃部一陣抽痛，有一瞬間，我想要爬到她的膝蓋上，像小時候那樣靠著她。那時她是我的全世界。現在這是一種可笑又可怕的感覺，我用力地把這種感受壓下去，並永遠彌封起來。我不知道她是否真的有能力愛我，更不知道曾經做過那種事的她，是否有能力去愛。我甚至不能理解為什麼她要生下我。這些大概就是艾莉森要我寫下來的那種問題。但隨便，反正我不會再待在這裡了。她不會是我新生活的一部分。現在他才是我的世界，他在那裡等著我。一定會的。

我在黑暗中躺在床上，把棉被拉到下巴下面，而且已經穿好出門的衣服。不知道他會覺得我的新造型怎麼樣？反正我應該還得再換一次造型。至少要改變髮色，因為警察一定會來找我。但我已經十六歲了，不是小孩子。他們會認為我逃家，他們是對的。我會留一張紙條，寫著「不要來找我」。很簡短，但已經表明了我的意思，而且我也不會提到他。這一切鳥事根本不是他的錯。

艾莉森有發現她皮夾裡的錢少了嗎？她離開前跟媽說話的時候，我從裡面拿了三十鎊，我還從昨天來的那位心理醫生錢包裡又拿了二十鎊。她今天還沒過來，隨便她要怎麼懷疑。

無論如何，如果我能找到公共電話打去叫計程車，或如果路上還有公車的話，五十鎊差不多就夠了。我得趕去我們要見面的那條鄉間小路上。那裡沒有人會看見我們。現在這個地方離那裡更遠，但還是到得了。我們說好凌晨四點見面，我還有時間。如果他沒有赴約，我就去安琪拉或裘蒂家，但他會出現的。他愛我。等到我們安全離開時，我會留言給我的朋友們，告訴她們不要擔心我。我還得處理另外一件事，裘蒂本來要幫我解決那條藍線帶來的麻煩，但他會幫我處理的。我知道他會。他很清楚跟寇特尼有關的那些事，即使他會吃醋。墮胎會讓我變得更像大人嗎？對他來說我會更像個大人嗎？也許有一天我們會有自己的孩子，但現在，我只想要這個東西離開我的身體。或許它會自己排出來。我沒有想吐的時候，我幾乎覺得它不存在我的身體裡。

我一直等到公寓裡都安靜下來。我的心狂跳著。我口乾舌燥。他會赴約的，他會的，我不斷告訴自己。他不會讓我失望的。我把蓋在身上的棉被拉開，然後安靜地站起身來。我還沒有穿上鞋子。可以等到離開公寓，走到走廊上時再穿。

我拿了行李又再確認口袋裡的錢，便悄悄地離開房間朝門口走去。

就這樣了，我想著。然後，我離開了。

33 瑪麗蓮

「看，就是這個。看到沒？」理查拿出一本雜誌擺在我面前。「她做了。」雜誌封面上，高德曼太太正盯著我看。她是住在——之前住在麗莎隔壁的老女人。她看起來很虛弱，是因為有人欺負她才這樣的嗎？這是一本駭人聽聞的雜誌，牙醫和診所的候診室裡都會擺的那種八卦雜誌，比起《內幕》和《火熱》雜誌，這本八卦雜誌專門吸引一些比較「保守」的女性讀者。我瞥了一眼印在高德曼太太照片上面的標題文字：夏綠蒂・內維爾的鄰居揭露真相——殺童犯的秘密生活。我拿起雜誌，將它放在一邊，並隨手翻到相關的頁面，其中一句引述吸引了我的注意。我一直都知道她很怪異。她獨來獨往。

「胡說八道。」我移開目光去攪拌我的咖啡。「她應該為自己感到羞恥。麗莎常常幫她買東西，還招待她很多點心。她比高德曼太太的家人更常去探望她。」

「那不是重點。」我聽見他聲音裡的強硬態度。他已經快要沒有耐心了，表現得很友善也起不了什麼作用。「如果連她都能把這些說詞賣給全國性的雜誌，我們也許能提高《每日郵報》開給我們的價碼。他們都想要妳的故事，妳最了解她。」

「據現在的情況來看，我會說我根本不了解她。」我現在沒有時間討論這個，我得去上班了，所以我起身去拿我的外套，動作當然是非常輕柔地，我能感覺到他渾身散發出的緊繃感，他正在試圖控制自己的憤怒。

「我不懂妳為什麼不願意。」他跟著我走到廊道上。「那是不勞而獲的橫財，還能徹底解決我們的財務困難。」

關我什麼事，我很想這樣說。是你的財務問題。「並不是不勞而獲。而是骯髒、齷齪的行為。每次看到有人出賣內情時，你自己也這樣說。」

「妳很像在保護她。」他咆哮。「妳一直在幫她說話。」

「別胡扯了。」

「妳剛剛就是在替她說話，關於那個老太婆的事。」

我在門口停下來。「我不想要讓艾娃看到我出賣她們的事來換取財富。她已經沒有人可以信任了。」

「妳又不會再見到她，有什麼差別！妳愚蠢的腦袋為什麼就是不能了解？」

我碰地一聲關上身後的門。還有幾個記者在車子後面徘徊，大概是想要更好的說詞，或想挖出一些骯髒的內幕，但我沒有看他們一眼，更不可能在他們發問時做出回應。我上了車，戴上太陽眼鏡，然後發動車子，遠遠超過二十英里的速限，直到擺脫他們。

要是能像開車一樣這麼容易逃離這一切就好了。我想到《每日郵報》開出四萬英鎊的價碼。理查說是他們找上他的，我根本不相信他說的話，他還沒有把我揍到失去理智。一定是他打電話給媒體，告訴他們關於麗莎和我的事，還有我們之間的友誼，以及我對她的日常生活有多麼了解。我拒絕的時候，他的表情還真是經典，他完全不敢相信，尤其是他藉此意識到自己在這件事情上是多麼沒有影響力的時候。沒有人要聽他講故事，他說的所有事情都比不上我的隻字片語。我過去怎麼會以為這個男人是我的真愛？即便是在早年，當我幫忙他的工作，和他一起研究房屋和空間的型態，並幫他想一些可以提供給客戶的點子時，我也該要知道這一切終究會發生。妳為什麼要擦紅色口紅？妳打扮給誰看？多年前那些小小的指控，本該是我的第一條線索才對。

我的電話響了起來。是他打來的。我任憑電話響著直到他掛斷，然後在紅燈時傳了一則簡短的訊息：我會考慮。

我的確應該考慮。我沒有虧欠麗莎，而艾娃大概也不會看報紙。就所有情況看來，我甚至認為她根本不在乎這些。但我在乎。我很氣高德曼太太，因為她應該要知道事實的。她很孤單，我彷彿可以聽見麗莎對我說。她也許只是喜歡被關注，至少從今以後她就可以自己買蛋糕吃了。我關掉腦海裡的聲音，麗莎不能繼續在我腦中扮演泰瑞莎修女的角色了。她完全是個大麻煩，現在她不在這裡，而我卻要替她承擔這一切。

辦公室裡的氣氛變了，我在走到座位之前就感覺得到。他們全都有點亢奮，就像小狗剛被鬆開牽繩一樣。顯然他們是一夥的，而我已經不再是其中一分子。史黛西朝我的方向瞥了一眼，托比也是，當我進到辦公室後，嘈雜的交談聲就靜止下來。

「怎麼了？」我問。「我錯過什麼了嗎？愛蜜莉，如果妳要煮咖啡的話，我也要一杯咖啡。謝謝。」我將包包扔到座位下，並露出一個燦爛的笑容。我仍是那個堅不可摧的瑪麗蓮，準備面對接下來的任何事情。

「是麗莎的事，或夏綠蒂，隨便。」在人們互相對視了好一陣子之後，茱莉亞說。

「是喔？」我感到一陣怒火。又怎麼了？

她坐到我的桌緣，彷彿她是老闆。「大家昨晚一起去喝了一杯，潘妮說……」

「潘妮？」我來不及阻止自己便打斷了她的話。

「我們覺得潘妮需要休個假，遠離這一切。」她說的是「我們」，但其實是指她自己。畢竟她現在是老闆的寵兒。

「妳真貼心。」我用和她一樣體貼、開朗的語氣說，儘管我的心跳得很快。他們一起去酒吧，沒有找我。比那更糟的是，潘妮拒絕我，卻答應了他們。

當然也可能只是她後來又改變主意了，但應該不是那樣。她對我再也不放心了。我和麗莎走得太近。

「總之，潘妮說錢箱裡的錢一直有少，她覺得是麗莎偷的。」

「真的嗎？」我彷彿能看見昨晚的情景。茱莉亞請客，而潘妮喝得太快，因為她需要放鬆，然後就開始大放厥詞。

「妳不知道錢被偷的事嗎？」

她很厲害。她很清楚我知道錢的事。「哦，我知道啊。」現在劍拔弩張，我的語氣裡帶有一絲指控意味，接著我不知道是否只是我的錯覺，但我很確定有看到她眼中閃過一絲異樣的神情。小心一點，我對自己說。妳有多在乎真相？「潘妮告訴我的。」

「妳有看到麗莎有什麼可疑的舉動嗎？」

他們全神貫注地聽我們對話，頭都微微地轉向我們的方向。

昨晚他們還討論了什麼事？顯然還討論了我，但討論到什麼樣的地步？又做出了什麼樣的結論？茱莉亞把話題導向了什麼樣的方向？她可真是個狡猾的賊。這個咒罵使我意識到自己竟相信麗莎說的話，茱莉亞是隱身在羊群中的一頭狼。

「沒有。如果我有看到早就講了。」

「的確是。」她笑著回答。她耀眼的紅唇正好襯托了她完美潔白的牙齒。絕對做過牙齒漂白，又是一種讓她看起來更年輕的花招。這件事麗莎說的也是對的。

潘妮辦公間的百葉窗是拉上的。不知道是因為她想躲著他們，還是想躲著我，或我們所有人。也可能是她宿醉了。無論是哪一個，我都不敢相信她真的已經定了麗莎的罪。她是個殺童犯，我想衝進去告訴她。不是該死的小偷。

「如果她真的有財務問題，我們應該很快就會知道。」茱莉亞愉快地說。「新聞都會報導。」

我的胃裡一陣絞痛。萬一他們發現理查害我面臨財務缺口，而且我們靠著信用卡過活，該怎麼辦？會讓我因此變成頭號嫌疑犯嗎？「有沒有可能她偷錢只是因為她有辦法偷？」我說。茱莉亞露出勝利的笑容，她知道我在做什麼，我試圖靠著同意他們的觀點來重新融入這個團體。如果我按照理查的要求去做，把我的故事兜售給媒體，他們會作何反應？我可能就無法在這裡工作了。有誰會雇用我呢？我豈不成了一個年過四十、面臨職涯危機的老女人，還為了錢什麼鬼話都說得出來？

「瑪麗蓮．赫西？」

我聽到有人喊我的名字，接著注意到一個男人和一個女人站在距離我座位幾呎處。整間辦公室安靜下來，所有人都提高警覺並看著。

「有事嗎？」我表現得很專業，但內心備感痛苦。又怎麼了？

「櫃檯的人說我們可以來這裡找妳。方便借一步說話嗎？」

那名女人亮出警徽，自稱是馬盧警長，穿著深色套裝和笨重的鞋子，她的表情十分嚴肅，在我看來沒必要如此正式地自我介紹，因為他們很明顯就是警察。

「當然。」我說。「到會議室吧。」我根本不需要問是什麼事情，一定是和麗莎有關。還會有什麼？麗莎、麗莎、麗莎。我已經厭倦跟她有關的事了。

結果不是關於麗莎的事。總之不是與她直接相關的事，是關於艾娃，我對此毫無防備。他們問了一堆問題。她母親身分曝光後，妳是否還有見過她？妳昨晚或今天是否曾與她聯繫過？一股不好的預感升起，但當我指出他們應該要比我更清楚艾娃身在何處時，他們卻沒有任何回應。她一定是和麗莎在一起，不是嗎？

我擔憂地看著他們制式的微笑和毫無表情的眼神。我問艾娃是否逃跑了，他們沒有回答，而是繼續問著他們的問題。除了學校裡的師長之外，她是否還有與其他成年人比較親近？她有可能跟什麼人聯絡嗎？我絞盡腦汁，但所能想到的只有她的游泳隊。也許是她們的教練？除了我之外，麗莎也沒有其他親近的朋友，剩下的就只有理查。但艾娃除了會向他問好之外，根本不太認識理查。

他們向我道謝，儘管我很明顯地沒有提供他們任何資訊。直到他們要離開時，我才猛然想起一件跟艾娃有關的事，除了我之外沒有任何人知道。那天我整晚都想著是否要把那件事告訴麗莎。

「如果她失蹤了，」我說，希望能從他們的反應中得知一些蛛絲馬跡。「你們或許可以找找當地有在墮胎的診所。我在他們家廁所的垃圾桶裡看到包裝外盒露出來。我只看到角落，但那是驗孕棒的包裝，我很確定。」我當然很確定，我過去驗得夠多了。「我想艾娃可能懷孕了。」

他們再次向我道謝，這次更加真誠，畢竟他們的來訪終於不再只是浪費時間，馬盧警長還給了我她的名片。有這樣的姓氏運氣還真是不好，我想著。她用沉重的腳步踩著笨重鞋子離去，沒有一絲優雅。她的確像一頭驢子。

這是一個惡毒的想法，而我發現巨大的壓力讓我變成了一個惡毒的壞女人。如果麗莎在這裡，事後我們可能會為我的壞心眼一起大笑，而現在我卻只有苦澀和惡毒。但如果麗莎在這裡，這一切也都不會發生。

艾娃逃跑了。當我回到辦公室，面對一群好奇飢渴的目光時，我才赫然理解這個事實。接著我想到小小的艾娃孤身一人在某個不知名的地方，憤怒而無援，巨大的擔憂襲捲而來。我希望她不是一個人，我希望她其中一個朋友會知道她身在何處，然後在警察的脅迫下全盤托出。她十六歲了，我告訴自己。她也不是個笨蛋，她一定會在某個安全的地方。然而這個想法簡直是無稽之談，世界上到處都有聰明又憤怒的十六歲孩子，他們逃家，最後流落街頭，或著下場更糟糕，也許屍首被從河裡拖出來，或從此消失。艾娃很固執，她一直都是如此。無論情況多糟糕，她可能都不會回去。

也許她已經跑去墮胎了，之後就會回來。我當然不認為艾娃未成年懷孕是件好事，但現在這個想法卻像是船錨一樣，拴住了我漫無邊際的擔憂。她一定是去某個地方墮胎了，警察會找到她的。

我直接走到茶水間去煮咖啡，艾蜜莉剛剛放在我桌上的咖啡冷了，我不喜歡喝冷掉的咖啡。接著史黛西像隻貓一樣怯生生地來到我旁邊打轉，想知道警察們說了些什麼。她看起來有點不好意思，但至少態度還不錯，不知道是誰推她到這裡來的，也許是茱莉亞或托比，或兩個人都有。

都是妳，麗莎。自從她離開之後，我在腦中這麼想了幾百萬次。一切都是妳的錯。

34
在那之後
二〇〇三年

童話故事從不是真的，也沒有所謂「從此過著幸福快樂的生活」，無論她在那些午後時光裡播放了多少次廉價的迪士尼影片，她都不相信童話故事會成真。那些影片只是她為了能專心打掃而播放來安撫女兒的，她努力讓他們的生活看起來很正常，讓一切看起來在她的掌握之中。但她無論如何都不會再相信世界上有童話，過去是她太傻了，才會以為幸福可以成真。

她一邊把空啤酒罐和便宜的伏特加酒瓶撿起來扔掉，一邊感到身體發疼。有什麼意義？她想著。反正接下來還會有更多空瓶要扔。接下來。她無法再面對更多的「接下來」了。

樓上，克莉絲朵在她的小床上哭了起來。克莉絲朵。她討厭他們女兒的名字。他們發生爭執的眾多理由之一就是這個名字。她想要幫她取名為艾娃，一個象徵著優雅、魅力和美好事物的名字。克莉絲朵聽起來很脆弱，像是一個會被打碎的水晶娃娃。想到她的孩子可能受到任何傷害就讓她非常害怕，這是她每天早晨醒來的第一個念頭，彷彿在她渾身的血液裡嗡嗡作響，她害怕有人會瘋狂地找她報仇。她應該永遠不要告訴約翰她的身分，或許她根本不應該和他有任何牽連，不應該去奢望有任何一份愛能在真相中倖存下來，但若沒有遇見約翰，她就不會有自己的女兒了，她也不希望這樣。

小克莉絲朵現在已經兩歲，很快就要三歲了。三歲意味著她已經渡過了丹尼爾當時的年紀。或許夢裡的他會慢慢消失，這種可怕的恐懼感也會隨之散去。但她其實並不相信。她知道夢魘和恐懼將會永遠永遠伴隨她，甚至自從克莉絲朵誕生以來，情況就越演越烈。起初她以為那些夢魘是丹尼爾的鬼魂，離開墳墓來這裡懲罰她，但她內心深處知道這不是真的，因為丹尼爾一直是個好孩子，而且才兩歲半而已。

她上樓把克莉絲朵抱在她瘦弱的胸前，安撫著她。小朋友的衣服和尿布巾都該換洗了，他們的小房子中充斥著一股糞便和熱牛奶的味道。但約翰沒有留任何錢給她，洗衣粉已經用完了。不能再這樣下去了。她需要打電話給喬安娜，她必須打電話。她也許罪有應得，必須忍受這種糟糕的生活，和一個酗酒又稱她為殺人魔的男人住在一起，甚至每當她想討好他時，他總說她令他作嘔，但她的克莉絲朵，她的艾娃，她的女兒不應該承受這一切。如果她們一直留在這裡，誰知道會發生什麼事？誰知道他會做出什麼事來？

昨晚發生的事是給予她的最後一擊，她知道自己必須有所回應，應該要強硬起來。過去每當她閉上眼睛，她都彷彿能預見這樣的情景。酒瓶砸在她頭頂的牆上。小克莉絲朵看見她的父母大聲爭執，震驚地停止了哭泣，而身上滿是破碎的玻璃和灑出來的酒精。

小克莉絲朵讓他瞬間從怒火中冷靜下來。他愛他們的女兒，她深知這一點，但她也深知暴力的可怕，他的暴力已經足以澆熄她的愛，更讓她意識到他在酗酒的陰霾中，是如何將一切都怪罪在她身上。在過去的三年裡，她已經成長了許多，自從她在那個美好的夜晚向他傾吐秘密之後，這些年是她人生中最漫長的時光。她對人更加了解了。她知道他愛她，她也知道他為此憎恨自己。他大部分的時間都無法正眼看她，甚至在他們上床的時候，她更能感覺到他的厭惡。自從生下克莉絲朵後，他們的關係更加惡化，小克莉絲朵的天真美好時時刻刻地提醒著夏綠蒂當年曾做過什麼。

妳是一個怪物。他昨晚就是這麼說的。我怎麼能愛上一個怪物？他的言語比肢體暴力更可怕，但肢體暴力也已經不遠了，她老早就在衡量著何時會發生。這一切都將導向更令人害怕的結論，她害怕他會將氣出在克莉絲朵身上，無論他說他多麼愛克莉絲朵。她知道事情有多容易出錯。

她緊緊抱著女兒白胖而幼小的身體，直到她又重新哭了起來。小克莉絲朵沒有尖叫也沒有嚎啕大哭，只是輕輕地抽泣，彷彿能體會母親的痛苦。她當然可以那樣哭，但也許她現在已經會害怕大聲哭出來了，即使爸爸出門，她都還是沒有放聲大哭。

約翰幾小時內都不會回家的。他並不是去工作，而是去酒吧或賭場，也可能是去朋友家。他現在每週只工作幾個小時，而且都不是長期的工作。他酗酒太嚴重，總是保不住工作。過去，她仍可以在他身上看見她愛上的那個男人，但現在已經看不見了。一切都變得一團糟，比一團糟還要更糟糕。他渾身散發出一種可怕的、對她的厭惡。

她必須打電話給喬安娜。一切要到此為止了。她必須面對失敗。也許她會沒事的，也許她可以保留現在的身分，然後搬進這座鎮上的另一間公寓裡，甚至可能是她以前住過的公寓。在克莉絲朵可以上學之前，她沒辦法做正式的工作，但她可以去打工，像她遇見他之前做的那種。那時她日復一日地過著相同的日子，但那時她很快樂。

但當然不可能那樣。喬安娜已經對於她的現況很不滿了，她認為他們是「不穩定的」，而約翰現在是「非常不可預測的」。她說的對。當她和約翰坦承，當他已經知道真相時，就應該接受喬安娜他們提供的諮詢。但他沒有。他說他很好，他愛她。那時，他還沒有承擔過身為人父的壓力，也沒有承受過每天背負著秘密的壓力。

這也是她這些年來學到的另一件事。秘密只屬於她自己，是她的負擔。即便說出秘密也無法減輕這份重荷，反而會增加。如果她離開約翰，她就無法留在這裡了，留下的想法只是一廂情願。喬安娜和警察，還有所有有決定權的人，都不會讓她留下的。約翰經常恐嚇她說，如果她把克莉絲朵帶走，他會摧毀一切，他會把真相告訴所有人，讓她從此毀滅。但當他酒醒後，他又會向她道歉。只不過，他又有多常清醒呢？不能相信酒鬼，這連她都知道。

克莉絲朵在哭，她必須去做對她最好的事。當她最後終於打電話給她的緩刑官時，她羞愧得渾身發燙。但喬安娜表現得非常專業，接下來，一切就不在她的掌控中了。計畫開始實行，他們似乎比她還要更早就準備好這一切。她所能做的只剩下留一封信給他。她試著寫下自己的感受，也試著對他冷淡。他需要如此，他們都一樣需要重新開始。寫字時她的手發著抖。她不再愛他了，這是真的。她害怕他，這也是真的。她寫完了最後一行字，然後將紙摺起來放在餐桌上。

別來找我。別試圖找到我，別試圖找到我們。

她現在感到平靜。別人替她安排一切的時候，她總是很冷靜。她打包好所需的物品，也帶上身分證、健保卡，在她重生後的生活中，這些是能證明她新身分的東西。但這些東西很快就要沒有用了，這個身分很快又要被去除了，喬安娜應該會想要將證件收回去，就算她不收，也不該留著讓約翰拿到。

她在屋裡站了一段時間，這裡對她而言，就像是用紙牌堆起的城堡那樣虛華而脆弱。然後當車來時，她便已經準備好離開了。她不會哭的，她從來不哭。但門關上後，她的心就被掏空了。

再見，約翰。她呢喃。對不起。車子開走時，她沒有回頭看，她已經厭倦了不斷回首。她只是緊緊地抱著流淚的女兒，並指著窗外路過的公共汽車。「別哭，艾娃。」她將臉埋進女兒的頭髮中，呼吸她的氣味。「不要哭。」

35

現在

瑪麗蓮

我恍惚地移動著，好像我的靈魂正由內向外觀察著我的一舉一動，並且對我的身體能自動完成一切我所需要的事情，感到無比敬佩。儘管疼痛難忍，我還是站起身，穿戴整齊，並開始工作。這次肯定又有一兩根肋骨骨折了。我走到大街上的銀行前停下來，並在門外等著他們營業。我始終是他們的第一個客人。我聽到自己開始說話。「我想把這些帳戶中的款項都領出來，謝謝。」我微笑著，毫不扭捏。其中一個帳戶裡只有五百鎊，另一個只有一千鎊。我把錢存起來作為應急使用，沒想過我真的會用到。我只是幻想著有一天我會勇敢地離開。

第一次發現理查負債時，我曾想告訴他我有這筆錢，但我的一千元對他龐大的財務漏洞根本無濟於事，而且一旦他的感激之情消退之後，他就會質問我為什麼一直向他隱瞞這筆錢的存在。那我該怎麼回答呢？因為當年我發誓會至死不渝地愛你時，怎麼也沒想過你會把我打得遍體鱗傷……

我並未關閉帳戶，因為往後我會需要潘妮直接把薪資匯到這裡，好讓理查沒辦法動用它。

到辦公室後，我直接走到潘妮的辦公室，告訴她我和理查「有問題」，我需要幾天的時間來解決。她什麼都沒有問，只說這幾天不會從我的年假中扣除。她大概認為一切都要歸咎於麗莎，某方面來說的確是這樣，但麗莎和夏綠蒂的問題在我們之間火上加油以前，烈火早就已經在熊熊燃燒了。我說我要去住在一個朋友家，也警告她說理查可能會打電話來找我，所以我不能讓她知道我要住在哪裡。我給了她新的薪資帳戶。我看到她流露出同情。這麼嚴重嗎？要是她知道多嚴重就好了，但我不想讓她知道。我成了個被家暴的女人，這讓我感到羞愧。因為那不是我。是他為人有問題，與我無關，但如果連我自己有時候都難以分辨出兩者的差異，那麼更遑論其他人能夠理解了。我不確定自己會說出什麼，所以只是點點頭，而她衝動地給了我一個擁抱，讓我痛得想要尖叫。

我告訴她如果他們有任何需要，可以打手機聯絡我。我很想把手機留在家裡，因為我真的很想要一些平和寧靜的片刻，但想到警察有艾娃的消息卻無法聯繫上我，我又覺得無法忍受。我封鎖了理查的號碼，不想接到他的任何電話，我不是個笨蛋，也把「尋找我的iPhone」功能關閉了。就讓他自己著急吧。

離開前，我還設定好電子信箱的休假通知，並且快速從麗莎的資料夾中找到我所需要的電話號碼。現在還不到早上十點，但我完全沒有睡，而且渾身疼痛。我只想要開車去大賣場買瓶酒，在車裡開始痛飲。但這可以等等再做。我嚥下了所剩無幾的自尊，然後撥了那個號碼。我說得很小聲，聽起來像個無能為力的孩子，這也的確是我的感受。實際而論，這是我恢復的第一步，但這一刻情況看起來更像是直接了當的逃家。

電話的另一頭，他聽起來很尷尬，也沒有馬上答應。但接著，我突然開始哭泣，尖銳的呼吸讓我斷裂的骨頭糾結在一起，於是他說他會著手安排，房間也會用他的名字登記入住。直到他掛下電話，我仍不斷地向他道謝。

我什麼都沒有帶，連牙刷都沒有，只有手提包裡的化妝品和一條護手霜。逃家期間我不能冒著任何風險回去拿東西，但我可以買一套便宜的備用衣服，飯店也會有盥洗用品。我一直在看後照鏡，但沒看到理查跟蹤我的跡象。一直到登記入住後，我才開始放鬆。我走進房間，那是一間小套房，他真是個好人，沒有安排一間無窗的單人房給我。他在那裡等著我。賽門．曼寧。

「到底是怎麼回事？」他問。理查問同樣的問題時，總帶著一股尖銳或咆哮著，但他沒有，只有擔憂和好奇，想知道為什麼一個他幾乎不認識的女人，會需要他協助匿名住進他旗下的一家飯店裡。「婚姻問題。」我說，眼框再度充滿淚水。我又累又疼痛。他的神情緊繃，我也不怪他感到自己被騙了，夾在針鋒相對的夫妻之間本來就沒有什麼好處。「他想要我把故事賣給媒體，賣給《每日郵報》。我當然拒絕了。」

「喔。」

看得出他的腦袋正飛快地轉動著。一定是吵架了吧。我把手提包扔在床上。這間房間多少錢？他為什麼願意讓我住這一間？他什麼時候會打電話給潘妮撤銷合約？因為我們全都瘋了，他簽約時也沒想到這一點。我得向他解釋，但卻不知道該從何說起。所以，我只是拉起上衣和毛衣，讓他看我的上腹部。我不在意讓他看見那裡的贅肉，因為在一片斑斕的瘀青之下，他絕對不會注意到的。我看見他瞪大眼睛。

「老天。」

「就是這樣。」

「妳得報警，還要看醫生。」

我搖搖頭。「是挺糟的，但沒有糟到那種地步，之前也有過。而且我實在不想再面對警察了。」

接著是一陣長長的沉默，我小心地重新紮好上衣。

「妳還需要些什麼嗎？」他問。「一套換洗衣物？或牙刷那類的東西？」

「我還有一點錢。」我說。我不想離開飯店，這裡感覺很安全。

「別傻了，我會請人去買，如果妳餓了，就叫客房服務。」

我感激涕零，一把鼻涕一把眼淚的。「我沒有別的地方可去。」徹底理解這一點後，我更加自憐。因為這讓我意識到，我和麗莎有多麼依賴對方。我的其他朋友都是和理查的共同朋友，而潘妮現在一直用尷尬的態度對待我，我更不可能對史黛西或茱莉亞吐露心事。沒有了麗莎，我就是獨自一人了。

「請不要告訴潘妮。」我央求。「我知道我這樣打電話給你很過分。但我只是想暫住在這裡，之後一定會還你錢，我也會解決其他事情……」我開始胡言亂語，不斷重複。我在電話裡就已經講過這些了。

「我不會告訴任何人的，別擔心。」他看了一下手錶。「但抱歉，我得走了。我會找人送一些衣服和睡衣上來，還有一些止痛藥。妳穿幾號的衣服？」

「十二號。謝謝你。」

直到他快要離開房間了，我才告訴他艾娃失蹤了。他停頓了好一陣子，什麼都沒有說，最後才簡短地回答：「希望她會出現。」

他僵硬地挺直了背走出去，當他身後的門輕輕地關上，我感到一陣涼意。我凝視著窗外的樹叢。我真愚蠢，真不該提起任何和麗莎有關的事。我只是個他善意施捨的人而已，雖然我討厭這樣，而他一定比我更加不想提起她。

36 麗莎

即使床單已經換洗過了，整個公寓仍瀰漫著一股尿騷味，床墊也仍是濕透的。一旦曾經尿床，永遠都會繼續尿床。

就算改名也不能解決這個問題，完全沒辦法解決。我應該在床上鋪一塊塑膠布。他們應該要給夏綠蒂一塊塑膠布的。但事實上，沒有人在乎屋裡的氣味，也沒有人在意我像個小孩一樣尿床。人們在公寓裡忙亂地出入，讓這裡彷彿變成了一個蜂巢。到處都是噪音，我必須用盡全力才能聽見電視機的聲音。

艾娃不見了。這個事實彷彿一把刀插在我的心口，我咬住自己的臉頰保持專注。已經二十四個小時了，但對我來說卻像是一輩子那麼久，還有一張濕透的床單。我被淹沒在失去女兒的痛苦中，而他們擔心我會溺死在其中。就差那麼一點，這是當然的，但現在我看到了一絲希望，一個可以攀住的浮木。我盯著電視螢幕看了很久，久得兩眼疼痛。他們想把電視關掉好跟我說話，但我不會讓他們如願，否則我可能會錯過下一次新聞報導中的細節。我要不斷重複看那些報導來理解內容，並且把細節拼湊起來。這讓我渾身發燙。

「麗莎，我們得……」

「噓！」我生氣又尖銳地喝止他們。「看完這個再說。」

報導片段又開始重播了。班恩，那個被艾娃所救的男孩，他的母親說，兒子是被推落水裡的。

被推入水裡。被推入。

「我們知道不是妳做的，麗莎。」艾莉森聽起來很疲憊，他們認為我正逐漸崩潰，逐漸被內心的瘋狂吞噬。「班恩掉進河裡時，我們知道你跟瑪麗蓮．赫西和她的丈夫在一起。」

瑪麗蓮。哦，瑪麗蓮。

「我得聽廣播。」我說，我腦中萬馬奔騰，我太急著想要把一切都連結在一起了。遠走高飛吧，寶貝。小男孩說他是被推下水的。彼得兔。

「我們需要和你談談。」一個尖銳又充滿鼻音的聲音說。是那個像驢子一樣的女人，體態笨重的馬盧警長。我不該這樣批評別人的外表，因為我自己頂著一頭油膩的頭髮，大腿鬆弛，晨衣底下的皮膚蒼白乾枯。

「是跟艾娃有關的事。」

她的話打斷了我大腦的高速運轉，即便我認為無論他們說了什麼，都在我意料之中。

「她沒有和任何朋友在一起，」女警長繼續說。「他們都表示沒有收到她的消息。」

隔壁房間傳來摔東西和咒罵的聲音。我不喜歡他們粗魯地亂動我女兒的個人物品。他們應該要記得，這是受害者安置處，而不是拘留嫌犯的地方。但我想他們如我所擔心地很容易搞混，因為沒有人認為我是個受害者。

「我們檢查了她的手機和 iPad。」我的眼睛一直盯著無聲的收音機。我想要同時開著廣播和電視。跟我走吧，寶貝，今晚就走。

「麗莎，妳有在聽嗎？」這個女警說話又緩慢又大聲，一副覺得我很蠢的樣子，試圖讓我聽進去。

「她一直在線上和一個男人聊天，用Facebook的私人訊息功能。聊了很多。她失蹤的那天晚上，就是他們安排見面的時間。」我本該全神貫注地聽她所說的話，但我卻當成了耳邊風。我的心思完全在另一處。我的身體在這裡，但心思卻飛馳到過去的時光。那時，我們曾立下誓約。

誠心發誓，違者願死。

違背那樣的承諾終會招來報復。我早該知道的。我確實知道，一直都知道。那就是我長久以來被恐懼吞噬的原因。

艾莉森將身子向前傾，一定是知道那位像驢子一樣的女警長對我有多生氣。「是約翰，」她說。「他就是在網路上和艾娃聊天的人。但他說的話……呃，不是一個父親該對女兒說的話。你看。」她朝馬盧點了點頭，馬盧的手裡拿著一疊列印的紙張。我皺眉接過那疊紙，然後看向艾莉森。「妳在說什麼？」我終於融入他們的對話。

「約翰在Facebook上找到艾娃，和她傳了好幾個月的訊息，但沒有說出他是她的父親。後來他們越聊越熱絡……」她猶豫了一陣。「極具性意味。他引誘她跟他私奔。」她握著我的手，好像我們是朋友，但我們兩人都很尷尬。我的手掌突然開始冒汗，潮濕的汗水滲出皮膚，像是替代了哭不出來的眼淚。「妳有他的消息嗎？」她問。「他不在家裡。差不多一年前他跟鄰居說他要去旅行。警方正盡力尋找他……尋找他們兩個。但他們需要妳的幫助。他可能會帶她去哪裡呢？一個對你們兩個或是對他很重要的地方？像是你們以前一起去度假的地方？我們是可以查看文件，但不是所有細節都有被記錄在文件裡。」

遠走高飛吧，寶貝。絨毛兔。掛在樓梯口被打碎的相框。一切全部都令人害怕地拼湊起來了。

我想要打開收音機，我可能會錯過一些重要的線索。艾莉森和那個像驢子一樣的女人還在跟我說話，我隔絕了她們的聲音，手裡緊抓著列印出來的對話紀錄。我晚點再來研究這上面的內容。如果我要去救我女兒的話，我需要試著把這一切都安排好。

「她沒有在聽，」馬盧說。「我們需要找可以和她溝通的人。她現在還需要吃一些放鬆的藥。」她站起來，俯身看著我。「麗莎。」我沒有理她。「夏綠蒂！」她大吼那個名字，而我忍不住抬頭看她。「有沒有可能他知道妳住在哪裡？」她問。「有沒有任何線索？」

「不，」我說，即便是我，都知道這是個謊言。「不，不可能。」

最後一片拼圖也拼湊起來了。我當時太年輕、太愚蠢，而那是唯一合理的推測。聰明，真是太聰明了。

多希望我能哭出來。

37
在那之後
二〇〇六年

她舔著信封上的膠水，心碰碰直跳。她不應該寄信。她知道自己不該這麼做，全世界都認為她是罪惡的，但如果她不能原諒他所做的事，那又怎麼能奢望自己被原諒呢？她不能一直被仇恨占滿。太累了。更何況他覺得很抱歉，他已經盡力證明自己的歉意。

他們可以繼續給她新的名字。麗莎，她現在叫做麗莎。但卻無法輕易抹除以前每一個版本的她。那些版本的她就像鬼魂一樣住在她的皮膚裡，而其中一個鬼魂曾經深愛過他。即使他最終是那個樣子，加上他們離開後他做出的那些事，但她依然懷念著當年的感受。他給了她艾娃，這次克莉絲朵也有了新的名字。既然他已經盡力彌補這一切，她怎麼能不原諒他呢？

她回憶起報紙上那些新聞頭條，不由自主地有點退縮。他是如何捏造他們的故事，把他們在一起的時光說得那般恐怖，又是如何將他酗酒的問題歸咎於她，說她毀了他的人生。所有他們曾經珍視的微小細節，都被他那樣公開地踐踏和玷汙了。

至少他們沒刊登她的照片。但她還是需要被重新安置並且創造另外一個身分，更多納稅人的錢被花在她身上，大多數人聽聞她所做的事都寧願她接受絞刑而死。她很肯定她周圍的人都在抱怨著為什麼要為她付出如此高昂的開銷，並且責怪她是個患上相思病的傻子，只能自欺欺人。

但一年多過去了，生活也安定了下來，而現在約翰還做了件好事，讓她和艾娃能過上更好的生活。現在督導她的是艾莉森，喬安娜不在了，來到新的城鎮便要換一個新的緩刑官。艾莉森說無論如何她和他都不能有任何聯繫。他們會替她轉達她的謝意，還有任何她想寫給他的紙條和訊息。她請他們幫忙這麼做，但她也很厭倦所有人都知道她的一舉一動，生活像是被放在顯微鏡下檢視著。如果她請他們轉交一封信，他們會讀每一個字詞，但事實上，就算只是我原諒你，祝你幸福，都應該是很私人的事。

她注視著信封，仔細地用正黑色墨水將地址印在白色的信封紙上。他住在他母親家裡，報紙上是這麼說的。他搬回去是因為他母親病了，而照顧她有助於他戒酒。報紙上還說，他想放下對她的記憶，展開新的生活。也有可能他現在已經不住在那裡了，但要是他母親還在，也許會幫忙把信交到他手中。他母親名叫派翠西雅，跟那款甜膩的香水同名。也許他母親根本不會幫忙轉交，她會讀完然後燒掉，並且詛咒她兒子遇見夏綠蒂．內維爾的那一天。但無論如何，她都還是想寄出看看。

她沒有寫上寄件人地址。她重新把信又讀了一遍，確定信中沒有任何線索顯示出她現在身在何處。她並不擔心他會做出些什麼事，現在已經不擔心了。她只是想做對的事。她虧欠他們的愛，還有他帶給她這樣活生生的小女兒。這是私人的時刻，她需要向他說謝謝，而且這必須寫在紙上，不能被別人的眼睛或任何干涉玷汙。

她下定決心，把信封塞進口袋，微笑地推著艾娃的嬰兒車走到當地商店裡的小郵局。她貼上郵票，享受信封落進信箱裡的輕微聲響。完成了。信寄出了。感覺很好，她笑著走向小公園，那裡有艾娃喜歡的鞦韆和旋轉輪。她關上了一扇過去的門。

她沒有想到，在她仔細填寫的信封上，會蓋上一個郵戳。她一點也沒有想到。

38

現在

瑪麗蓮

我為什麼要答應？為什麼？我只是為了艾娃才這麼做，想讓她安全地回來。我為她的事倍感焦慮，對自己面對的一切則感到精疲力盡。我真的不想面對這些鳥事。我往玻璃窗上呼出更多霧氣，這是一個陰暗悶熱的日子，雨下個不停，萬物彷彿都浸泡在了無生氣的潮濕空氣之中。即便坐在車裡，我的皮膚都微微發癢。

窗外的樹因為雨水而變得模糊。至少警察沒有去我家，但他們去了辦公室，之後才打給我。我們在飯店外頭碰面時，從馬盧警長的表情看來，潘妮一定是告訴了她理查的事。我從不認為潘妮是個八卦的人，但警察總有這種能耐，只要他們一出現，大部分的人就會招供一些他們知道或根本不知道的事。潘妮不只說了我的個人情況，顯然也提到了錢被偷的事。「她認為是夏綠蒂偷的。」我們前往秘密會面點的途中，馬盧說。「妳覺得呢？」她問。

我聳聳肩，凝視著外頭的鄉村景象。「我又能知道些什麼？我以為她的名字是麗莎，我以為她連一隻蒼蠅都不敢傷害。」

直到我們彎進下一條狹窄的小路之前，她都沒有再說話，車子在崎嶇不平的路面上顛簸著，每個坑洞都讓我斷裂的肋骨尖銳的疼痛，我緊咬住牙關。「她已經在這裡了，」她說。「我必須提醒妳，妳不能向任何人提起此次會面，否則將視同妨礙警方調查，並遭起訴。」

我發出一陣哼笑。她說得好像我會告訴其他人似的，我會告訴誰？我沒有任何人可以說出來。我的自憐是如此苦澀，儘管我痛恨自憐。我實在看不出這意義何在。「我是為了艾娃的事而來。」我說。「就這樣。」馬盧滿意地點點頭，我們都是為了艾娃的事而來。

「試著讓夏綠蒂講重點，」她說。「她一直……好吧，妳等一下就知道了。總之試著讓她討論跟約翰有關的事。」她側過身來看著我，而車子慢慢停了下來。我看到她銳利而幹練的眼神，不是我認為的那頭驢子。「她一定知道一些有助於調查的事。他可能帶艾娃去了某個地方，某個他們以前一起去過，或對他來說很重要的地方。我們會再搜索一次她家，看是否有任何線索，但最終還是要仰賴她說出來的細節，妳能從她口中套出來的細節。」

「為什麼她不願意跟妳說話？」我問，小心地從那輛沒有車牌的車上下來，以免又碰撞到我受傷的身體。我們停在一間鄉間小屋的外面，小屋的外觀很美，但卻有一股淒涼感。矮牆後面的小前院被鋪上了柏油路，並且光是站在這裡，我就能看見油漆從龜裂的窗台上剝落，腐朽的木窗格也已經失色。即使在陽光明媚的天氣裡，這座屋子也會顯得無比淒涼，更遑論在此刻灰暗的天空下，它幾乎散發一種死亡的氣息。

「哦，她有說話，」馬盧回答。「但語無倫次。跟她聊聊，試著讓她鬆懈，我們會仔細過濾她說的話，看是否有幫助。我們還沒有告訴她艾娃可能懷孕了，她現在很脆弱，所以不要提起，也不要試圖談論她的過去。」

我忽然感到一陣噁心。我就要再次見到麗莎了，但她不是麗莎，是夏綠蒂・內維爾，藏在麗莎的外表之下。「我對她的過去不感興趣。」我低聲說。我們踏過碎石走向大門。談論她的過去？我要如何跟她談論過去？嘿，麗莎，我今天上班過得很糟，要不要去酒吧喝一杯？跟我說說殺了妳弟是什麼感覺，讓我笑一笑。老天，這到底是在搞什麼？

屋裡更加陰暗，並且有一股閒置過久的老屋會有的寒意，一種空虛的寒冷，彷彿屋瓦早已放棄等待，不再有任何人會來此賦予它們存在的意義。一個和我年紀差不多的女人開門讓我們進屋，她身穿毛衣和牛仔褲，頭髮隨興地梳成了馬尾。馬盧小聲地介紹她是艾莉森，是麗莎的緩刑官。

「有什麼異狀嗎？」馬盧問，艾莉森搖搖頭。

「我們同意給她一台攜帶式收音機之後，她就沒事了。她還是不太說話，但很溫順，也吃了藥。」

我跟著這兩個女人穿過走廊，沒有辦法再多想任何事。不平整的木地板在薄薄的地毯下吱呀作響，而左手邊的廚房裡，有兩個男人正在喝茶。他們一看見我們，其中一人便立刻去將水壺加滿水，刺耳的鍋具敲擊聲讓我將牙關咬得更緊。我的心狂跳著，但仍繼續往前走，直到走到了客廳門口，馬盧點頭示意我進去。

客廳裡有一座老舊的煤氣式壁爐，周遭冒出讓人頭痛的熱氣，而她就坐在壁爐旁，僵直地挺著背，收音機正播放著某一首八〇年代的老歌。她轉過頭來看著我，一邊摳弄著拇指指緣。她之前上班有壓力時就會這麼做，對手指邊緣的皮膚又摳又咬，直到流血和結痂。現在她的手指又在流血了，但她似乎沒有注意到。

「嗨，」我說。馬盧和艾莉森從走廊離開，製造出一種我和麗莎獨處的錯覺。我的喉嚨乾澀，而她眼睛下方的黑眼圈深得像黑洞，也變瘦了。她換了髮型也染了色，讓我有點驚訝。新的髮型很適合她，我想。如果她改變造型是為了讓人留下好印象的話，那的確很適合她。她看起來仍像麗莎，但我也能在她身上看見夏綠蒂．內維爾的模樣。當時有好長一段時間她的照片在報紙上隨處可見，那時她還是個孩子，現在，她還在那裡，在已經年長的皮膚下，在她的骨子裡。

「麗莎？」我又說了一遍。她看著我，什麼也沒說。我想著是否該稱呼她為夏綠蒂，但又做不到，即便我知道這才是她的本名，但在我腦中聽起來就是不太對勁。她看起來那麼無助，那麼可悲，而我恨自己同情她。她失去了艾娃。無論她是什麼樣的怪物，現在她只是個失去女兒的母親。

「我沒有偷錢，」她說。「是茱莉亞。我不是小偷，再也不是了。」她急忙說著這些，說得很艱難，好像這些事很重要，好像這一席話能夠補救這一切。好像我會回答，噢，那就沒事了。

「我知道。」我想起每一個同事都在責怪她，把她當成一個怪物，再看看眼前這個悲慘的陌生人，她披著我摯友的外皮。我斷裂的骨頭劇烈疼痛著，感覺到眼淚不由自主地流了下來。她的眼眶是乾的，但當我眨著眼，試圖把眼淚吞回去，我看見她瑟縮了一下，又忍不住一陣鼻酸。

「沒想到妳會來。」她輕聲說，我想馬盧應該無法在收音機的聲響中聽見她說話。

「我不恨妳。」我不知道這究竟是個謊言或真心話，現在我只覺得很不舒服。「我只是很困惑。但我們得找到艾娃，這是眼下最重要的事。」

她的表情微微地扭曲了一下，儘管她的眼裡仍然沒有淚水。「妳會幫我找到艾娃嗎？」她問，坐著向前傾身。

「當然，我愛她，妳知道的。」

「小男孩說他是被推下去的。」她又開始摳自己的皮膚，摳得再次流血，而當她情緒更加激動時，便彷彿有電流從她身上釋放出來。「在河邊。」她看著我，似乎這是個重點。

「也許是吧。」我實在無法勝任，又無法承受馬盧充滿期望的目光，因此我向她靠近了一些，坐在另一張椅子上，雖然它十分老舊、發霉，還有汙漬弄髒的椅墊。坐下讓我鬆了一口氣，我今天早上吃的止痛藥藥效已經退了，整個胸口都在抽痛。

「我就是這麼說的，」她身子向前傾，好像我們又再度成為摯友。「他就是被推下去的。因為我還找到那隻絨毛兔，在街上找到的，長得跟彼得兔一樣。」她瞪大佈滿血絲的眼睛，急躁地說著。不知道他們究竟給她吃了些什麼藥，她看起來完全沒有睡覺，精力異常旺盛。我很清楚這種狀態，理查狀態不好的時候，我也曾在他身上感受到過，那是一種為求生而散發的能量。

「什麼絨毛兔？是約翰買給艾娃的嗎？」這是我第一次提到他，我必須讓話題集中在重點上。我真的很想離開這裡回去飯店，讓她再次成為我生命中的一個鬼魂就好。

「彼得兔，」她又說了一次。「之前我還發現艾娃的一張照片被偷了，而另外一張我們的合照被摔碎。」

在音樂聲中我無法思考，瑞克・艾斯特利正唱著他永不放棄我們，於是我將手伸向音量調節鈕。

「不要關！」她大聲喝止，我的手頓在半空中。「歌曲裡會透露訊息。這個節目有播放過我們的歌。可能還會再播，我不能錯過。」

「我不會關掉。」我輕柔地說，但仍然將聲音調小了一些，好讓我能思考，馬盧也有機會能聽得見麗莎說的話。

「他們播放的是妳和約翰的定情歌嗎？妳在等待約翰的消息嗎？」

她的手指發瘋似地摳著皮膚，她皺起眉頭，猛然別過眼睛。「我太蠢了。」她說。「我早該知道會發生這種事，現在艾娃失蹤了。」

「我們必須找到她。」我掙扎地說。

「對，我們必須找到她。」她抬頭望向我。「你知道，以前我們有過約定。誠心發誓，違者願死。不能打破那樣的誓言，真的不能。我早該知道的。」

我皺眉並傾身向前，即便我的身體十分疼痛。「妳和約翰有過約定嗎？什麼樣的約定？這就是他帶走艾娃的原因？」

她盯著我，頭微微歪到一旁。「妳為什麼要問起約翰？約翰從不知道彼得免的事。」

「約翰帶走了艾娃，麗莎。」我對她說，彷彿她是個小孩。我不知道她是誰，眼前的這個如此支離破碎的女人不是我所認識的。「我們得找到他。」

「約翰？」而她往後坐並看著我，好像我很傻。「約翰沒有帶走艾娃。」她停頓了一下，而當她直視我，她的眼神忽然如此透徹。

「是凱蒂。」

我回頭看向門口，艾莉森面露絕望，而馬盧的表情則充滿挫敗。「凱蒂是誰？」我問。

39
在那之後
一九九〇年

《每日快報》一九九〇年三月十八日
監禁惡魔：恐怖姊姊入獄

十二歲的夏綠蒂·內維爾昨日已正式定罪，她於去年十月殘忍殺害自己同母異父的兩歲弟弟丹尼爾·格羅夫。內維爾犯行時年僅十一歲，後暫處以拘禁，等待進一步判決。丹尼爾的屍體在一間即將拆除的房屋內被發現，該房屋位於問題層出不窮的埃姆斯利社區。他的頭部受到磚頭擊中，並遭勒斃。

此案震驚社會，並引起全國恐慌，昨日由五名女性與七名男性所組成的陪審團，僅用六個半小時便為兩名被告作出裁定。夏綠蒂·內維爾在總結與判決過程中，始終保持消極態度，正如她在整個訴訟過程中呈現的態度。帕克韋法官告知她：「妳將遭到極長時間的居留，直到內政部判定妳已經足夠成熟且完全康復，並不再對他人構成威脅為止。」

本案第二名被告同為一名十二歲女孩，僅知被匿名為「白姓兒童」，遭判無罪釋放。

據目擊證人表示，夏綠蒂・內維爾在八、九歲時便已聲名狼藉，是同年齡孩子中的麻煩製造者和恐怖分子，在岌岌可危的埃姆斯利社區中為非作歹，母親已無法管束她。正如帕克韋法官在總結中所述，夏綠蒂「顯然對於白姓兒童的行為有極大影響力，白姓兒童是一個容易受到帶領、情感豐沛的女孩，來自穩定家庭，也許受到過度保護。」

夏綠蒂嫉妒她無辜的弟弟，也許是由於她被自己的父親拋棄，她的其他家人都深知這一點，卻無人預料到這名冷血的殺手盛怒之下，竟會釀成如此可怕的悲劇，她在過程中甚至並未表現出任何悔意。

完整報導請見第二、三、四頁及第六頁。

特稿——先天與後天：怪物的製造。

40
現在
麗莎

我說得太快了，她跟不上。她看起來很疲倦，困惑地回頭看了一眼。我知道艾莉森和馬盧就在門口。這些人像一群禿鷹，等著我吐出我腐爛的內臟，好讓她們狼吞虎嚥地吃下去。她們發現我看見她們了，獨處的謊言被戳破，她們只好走進客廳裡來。

「凱蒂死了。」艾莉森沒有看著瑪麗蓮，反而看著我緩慢地說，彷彿我單純又愚蠢。「她二〇〇四年溺死在伊維薩島，我們已經談過這些了。」

我搖頭。「不，她可是凱蒂，她沒有死。」我抓住瑪麗蓮的手，我需要她聽我說，即便她根本不相信我。我了解她，她會花時間思考。或許，只是或許而已，或許某些我說的話會深植進她聰明的腦袋裡。「不是約翰，是凱蒂做的。她發現我了，她現在發現我了。」瑪麗蓮皺起眉頭，抽開她的手，但我沒有停下來。「有人的身分是假的。是我認識的人。她找到我，然後帶走艾娃。」

瑪麗蓮看著我，像在看一個危險的陌生人，那樣的眼神撕碎了我早已殘破不堪的心。她是我最好的朋友，我也是她最好的朋友。但我既是她的朋友，也是她在媒體上讀到的那個殺人魔。夏綠蒂是我的影子，我的罪孽，是我的魔咒，始終是我的一部分。

「我還是聽不懂妳在說什麼。」瑪麗蓮問。「誰是凱蒂？」

「白姓兒童，」我柔和地說。「人們只知道她是白姓兒童。」

我在她眼裡看見一絲瞭然的跡象，模糊地想起最近一連串報導中，被簡要提及的另一個女孩。但白姓兒童當年被判無罪。沒有人在乎凱蒂的事，當時不在乎，現在也不在乎。因為凱蒂沒有殺人，她不是怪物。

「誠心發誓，違者願死。」我低語。

「說這些無濟於事，抱歉。」馬盧打斷了對話。「我送妳回飯店吧。」

「飯店？」我問，突然我清楚地看見了細節。她的黑眼圈、不再完美的妝容，這些都不像是平常的瑪麗蓮，就連衣服也不像是以往會穿的。「妳為什麼住在飯店？」

「沒什麼。」她回答，又停頓了一下。「和理查有點問題。」也許她認為我們之間長久以來已經有太多謊言，又或是，根本沒有必要坦誠地對待一個你不再認為是朋友的人。她沒辦法看著我的眼睛，這非常不像她的作風，她總是那個有自信，過著美好的人生。「是我的錯嗎？」我小聲地問。有一瞬間她彷彿要回答「是」，彷彿她想要這麼回答，但接著她搖搖頭。

「不是，全都是他的錯。」

「走吧。」馬盧說。她們三人一同起身離開，我尾隨她們到走廊上。馬盧說她們正在搜索約翰家和我們以前住過的房子，還說她們會找到艾娃的，但我沒有仔細聽。我想抓住瑪麗蓮讓她留下來。她的生活顯然出了大問題，她能向誰訴苦？是新的問題嗎？如果不是，我之前為什麼從沒注意到？或許我有。她偏頭痛、喝酒，是我太自溺於個人問題了。我是一個糟糕的朋友，甚至在她發現我曾是個怪物之前，我就如此糟糕地對待她。她走路的姿勢不太一樣，小心翼翼地走著，我總是看見細節。她受傷了嗎？噢，瑪麗蓮，我的瑪麗蓮，妳到底怎麼了？艾娃失蹤了，而妳陷入困境。理查做了什麼？

「這個叫凱蒂的白姓兒童又是什麼人？」他們走到門口時，我聽見瑪麗蓮問。

「她名叫凱蒂·白頓，據說是個好孩子。她是夏綠蒂最好的朋友。」

41
在那之前
一九八九年

「給我過來，夏綠蒂・內維爾！妳這該死的小偷！」

「滾回去吧，死老太婆！」夏綠蒂笑著回頭大喊，她充滿自信地在荒地上狂奔，腳邊盡是斷垣殘壁和磚頭。

「妳不准再來這裡！聽到沒有？不准再來！」

傑克森老太太一隻腳仍跨在店門外。她沒辦法追著夏綠蒂跑出去，因為牆後頭還有泰勒兄弟躲在那裡虎視眈眈。他們站在那裡等著她跑去拆除區抓賊，便會溜進去大肆搜刮一番。夏綠蒂停下來，享受著急促的呼吸，空氣彷彿在她的肺裡燃燒。

「妳以為我會在意嗎？我會燒了妳那間愚蠢的商店，把妳的窗戶全都封起來！」她毫不在乎地伸手抓起地上一把沙塵，隨意地扔出去，然後又笑了起來，轉身跑開。現在是三月的第三個星期，但二月的寒風似乎仍沒有離去的跡象。夏綠蒂不在意，她喜歡冷風刺入她的骨髓，凍得她眼淚鼻涕直流。感覺很瘋狂，也讓她覺得很自由。她等等就會有麻煩了，但現在她不在意。她拒絕在意，什麼都不重要。

凱蒂蹲在拆除到一半的牆壁後面等著夏綠蒂，她一過來，她們便牽起手，笑著跑過粗糙的地面，這裡房子大部分已經拆除，但地面還未重整。夏綠蒂希望她們搬離這個社區之後，能住在凱蒂家附近。但她知道這只是個白日夢。凱蒂住的地方才沒有這種破爛的房子。

她們經過公園，那裡有生鏽的溜滑梯、老舊的翹翹板和攀爬架，然後轉彎，那裡有一座候車亭，她們一起砰地倒臥在裡頭破舊的座位上，大口喘氣，並且笑個不停。

「永遠都這麼有趣，」凱蒂說。當她看著夏綠蒂的時候，她的雙眼閃閃發光，「真希望我能像妳一樣偷東西。」夏綠蒂心中充滿自豪。有時候她覺得凱蒂像個活生生會呼吸的洋娃娃，她比夏綠蒂矮了三英吋，看起來是個端端正正的好女孩，因為她媽媽老是把她打扮成那樣。但事實上，她們兩個很相像。她們都憎恨自己的人生，即便夏綠蒂其實不太了解凱蒂有什麼好恨的。凱蒂的出現就像一場夢，某一天就那樣出現在這片她常來的荒地裡，凱蒂的生活對她來說也像一場夢，住在很好的房子裡，搭高級轎車，有完整的家庭，還會去上音樂課。她現在本來應該去上音樂課的。她們家還會去度假。

夏綠蒂從其中一邊口袋裡拿出她從商店偷來的甜點，又從另一個口袋裡拿出她從家裡偷來的吸嘴杯，裡面裝滿了紅標的雷鳥牌加烈調味葡萄酒，她嚥下一大口，然後遞給凱蒂，凱蒂則喝了一小口。這種酒很難喝，但她卻喜歡酒精在她嘴裡發麻的熱度。她們吃著太妃糖棒和薯片，依偎著彼此。但今天，卻有件事成了她們兩人的隔閡。度假。

「妳剛才說你們要去哪裡玩？」夏綠蒂問，點燃一支被壓皺的菸，呼出一口氣。她不喜歡菸的味道，但她下定決心要習慣這股氣味。這是她老媽的菸，也是偷來的。但她老媽根本不會發現，或她會以為是東尼拿走的。

「妳清楚得很，」凱蒂用手肘撞了她一下。「海邊，我外公在斯凱格內斯的房子。我媽很快就會繼承那棟房子，他得癌症，快要死了。但也沒那麼快，他還會再活一陣子。生病很悶的。」她停了一下。「我有跟你說過他曾經幫知名魔術師設計表演嗎？那是他的工作。你會以為做那種工作的人一定很風趣，但沒有。他跟我媽一樣無聊。」夏綠蒂可以整天聽凱蒂說話，她說起話來像音樂一樣美妙，優雅又有禮貌。有時候她們會模仿對方的口吻，然後笑得東倒西歪。

「喔，對。」夏綠蒂說。「斯凱格內斯。」她從來沒有去過海邊。她老媽曾經去過甘士比港看過海，但不是像克里索普斯或斯凱格內斯的那種海灘，只看到一堆漁船。她說那裡很臭，她是為了某個男人去的。永遠都是為了男人。那是很久以前，在東尼之前，但夏綠蒂印象深刻，因為她被一個人丟在家。她媽把門反鎖起來，留了一些三明治、果汁和薯片，叫她好好待在屋裡，還說她只去一個晚上。結果一個晚上變成兩個晚上。第二天晚上她哭了又哭，但媽媽也沒有早一點回家。

「真希望妳可以跟我一起去。」凱蒂說，並把頭靠在夏綠蒂肩上。「到時一定會很無聊。而且我也不能去露天遊樂場。媽媽不允許我去任何有遊樂設施的地方，以免我受傷或弄髒。兩種對她來說都很糟糕。」她對夏綠蒂笑了笑，她們同時聳聳肩膀。凱蒂的媽媽老是小題大作，簡直快把她逼瘋了，讓她一口氣都不能鬆懈。凱蒂還說她媽媽「神經質」，但夏綠蒂不知道那是什麼意思。「復活節的時候她一定會為外公哭個不停，她真無聊。他老了，總有一天會過世。那又如何？」

「說不定有個海盜會來救你，就像老電影裡演的一樣。」夏綠蒂跳起來，假裝從她破舊的廉價牛仔褲腰際拔出一把彎刀。「我來當妳的海盜。」

「沒錯！」凱蒂也站了起來。「他們會把我鎖在一間小木屋裡，妳得來救我出來。我從上校那裡偷了一把刀，等她沒看到的時候，我就殺了她！」她們在一起時總是充滿活力，常常玩角色扮演，身體在這個世界裡，心卻奔向幻想的世界，那裡有電影明星、黑幫分子，她們總是一起自由地冒險。

「接著我會殺光剩下的人，然後就搭船離開！」

她們繞著候車亭跑了好一陣子，現在這座候車亭成了海盜船，而社區化為海洋，滿是怪物和敵船。然後她們倒向彼此，快樂地上氣不接下氣，直到慢慢地安靜下來，想起自己身處現實世界。

「我馬上就得走了。」凱蒂說。她的音樂課只有一個半小時，夏綠蒂不太確定她是如何在不被發現的情況下翹課的。但無論如何，她都成功跑出來了，而這並不會讓夏綠蒂感到太驚訝，因為凱蒂幾乎什麼都做得到。

「我也是。」她喝了更多葡萄酒，空腹裡的胃酸足以腐蝕掉凱蒂即將離開兩星期的悲傷。「今天是丹尼爾的兩歲生日派對，我應該要過去了。」她的神色黯了下來，凱蒂也是。凱蒂厭惡她老媽，而夏綠蒂厭惡丹尼爾。那個完美的丹尼爾，讓一切變得更糟的小混蛋，今天兩歲了。「真希望妳不用離開。」夏綠蒂脫口而出，雖然她沒有哭，但表情因憤怒和悲傷而扭曲，她狠狠捶了候車亭的牆壁三下。和凱蒂相處總讓她覺得自己充滿力量，只要凱蒂在她身邊，其他事情都不重要。當她和凱蒂在一起的時候，她認為自己可以像個男人一樣，衝進一間無人的屋裡洗劫一空，或許還能偷到一根鐵棍之類的東西，然後用它痛擊東尼、媽媽和愚蠢的丹尼爾。有時候她能在腦中看見自己做這些事情的景象，而凱蒂會在一旁看著，並且笑著鼓掌。

「我也是，我也是。」凱蒂一邊說，一邊用雙臂環抱住她。「我討厭見不到妳。」她鬆開手在包裡翻攪。「雖然只有兩週，但十四天感覺起來像永遠那麼久。」

「一張失業救濟支票的時間。」夏綠蒂說。

「沒錯。」夏綠蒂知道凱蒂根本不了解失業救濟支票，就像她根本不了解音樂課。但她很高興凱蒂假裝認同。

「噢！」凱蒂大喊了一聲。「我剛剛差點忘了，我帶了東西給妳。」她從包包裡把東西拉出來，並塞進夏綠蒂手裡。是一台卡帶隨身聽，很高級的那種，體積很小，還有金屬外殼，不是那種塑膠殼的仿冒品。真是太棒了。

「海盜的寶藏。」夏綠蒂說。她總是無法說出真實的感受，因為她總是不知道如何表達。但現在，她感覺自己頭頂上的烏雲散去了，陽光照耀在她身上，比任何廉價的酒精都更加讓她溫暖。

「給我的嗎？」

凱蒂點點頭。「我會說我弄丟了，他們就會再買一台給我。」她們緊挨著彼此坐得很靠近，冷空氣讓她們流鼻水，凱蒂一邊教她怎麼使用。「裡面有一卷錄音帶，是一張合輯，我做給妳的。有十四首歌，我不在的時候，一天一首。我家裡也有一卷一模一樣的。這樣我們就不算真的分開了，對吧？」

「妳來了！終於決定出現了，是嗎？可真是準時啊。」

夏綠蒂到家的時候，派對正在如火如荼地進行著，她媽媽喝醉了，還吞了止痛藥，顯得昏昏沉沉。那些藥是醫生開給她壓制背痛的，或者某些她胡謅的病痛。媽媽怒目瞪著她從門口走到客廳，她一句話也沒有回應，逕自走了過去。屋裡沒有其他小孩，但每個空位都被其他社區裡的人占走了。有住在五號的傑克，整天都在餵那些愚蠢的鴿子；還有瑪莉，她已經一年沒有工作了，也沒有朋友，很快就會走上她老媽的路，去待在那地方的其中一間房間裡，像個蕩婦一樣打開她的兩腿。屋裡還有一些其他人，手裡全都拿著啤酒罐或用紙杯裝酒來喝。沒有茶可以喝。夏綠蒂想，如果是凱蒂的媽媽辦生日派對，一定準備茶，還有果凍和冰淇淋。她沒有看東尼一眼，他坐在扶手椅上，身子向前傾。他自稱是她爸爸，但他不是。他是籠罩在她腦裡其中一朵憤怒的烏雲。

丹尼爾坐在地毯中間，顯然剛才吃了蛋糕，因為他面前有一個盤子，盤中還有一些糖霜和薯片，當他抬起頭來看她，她看到他的嘴邊有一些巧克力碎屑。

他對她笑，手裡舉起某個東西。「夏囉！」他說，沒辦法準確地唸出她的名字。「一隻兔子！夏囉、夏囉！」

「這是彼得兔，對不對？」小琴蹲在他旁邊的地板上，她是東尼的妹妹。「就像書裡面的那隻兔子。」那隻絨毛兔穿著工作褲，夏綠蒂馬上就知道那是小琴自己縫製的。她就是會做那些。如果她不是身處在這個社區裡，她可能會過著像凱蒂一樣的生活。不過，她的丈夫至少是工廠的領班，他們過得也算是還不錯。小琴不喜歡夏綠蒂的媽媽，她表現得挺明顯的，她也沒那麼喜歡東尼，但她很愛丹尼爾，就像其他人一樣。

切齒。

「夏囉！」丹尼爾又說，他的聲音又細又尖，聽起來甜蜜又天真，讓夏綠蒂忍不住咬牙切齒。

「妳手裡拿的是什麼東西？」東尼問，又再靠近夏綠蒂一些。「妳又去偷東西了？」他瞇起眼睛。東尼不是個聰明的人，不是念過書的那種聰明，也不像凱蒂一樣能幹，但他有種侵略性，像豺狼虎豹一樣狡猾，能從妳身上嗅出異狀。她仍抓著卡帶隨身聽，抓得更緊了一些。

「撿到的。」她含混地說。

「那你可以送給妳弟，當生日禮物。」

「他才兩歲，要隨身聽做什麼？」她憤怒地大吼出聲，滿屋的人本該瞬間安靜下來，但夏綠蒂早已經不是第一次如此暴怒了。學校曾經寄信來家裡，社工也曾前來關切，媽媽咒罵著說，他們已經受夠夏綠蒂了，更受夠她動不動就發脾氣。

「拿過來，」她媽媽也說話了，神色恍惚。「之後妳可以再拿回去。」她有氣無力地補充了一句。夏綠蒂知道，除非東尼喝醉然後忘了這回事，否則她要運氣夠好才有可能再拿回來。或者當他們發現丹尼爾太小，根本用不上隨身聽，就會拿到社區的某個地方去賣了。她抽出卡帶，然後把隨身聽扔給她媽媽。「拿去啊，臭女人！」她轉身衝進自己的房間，丹尼爾仍在身後喊著她。「夏囉？」

他的發音簡直像個中國佬，她一邊用力關上門一邊想著，然後倒臥在床墊上。房間外面，她所能聽見的聲音是一片糜爛陳腐。就像她的人生一樣，早在開始之前就已經腐爛了。她肚子餓得咕嚕嚕地響，除了太妃糖棒和薯片以外，她今天什麼都沒有吃。但她絕對不會回去客廳裡吃那些該死的三明治和蛋糕。她喝光剩下的廉價葡萄酒，用丹尼爾印著恐龍圖案的吸嘴杯一飲而盡，直到頭暈目眩，感到一陣噁心。接著她睡了一會兒，漂浮在汗醉醺醺的感覺之中。等到當她再度清醒時，她媽媽正站在門邊。

「我要去工作了，」她說，眼中充滿蔑視。「東尼要去商店。看好丹尼爾。」她沒等夏綠蒂回答，便轉身朝樓梯下大喊：「來了！該死，你就不能等一下嗎！」接著大力關上身後門，夏綠蒂鬆了一口氣。她等待了一下，確認他們已經走了，便衝下樓去拿隨身聽。

「那是我的。」隨身聽原封不動地被放在丹尼爾的床尾，她搶了過來，而儘管丹尼爾全部注意力都集中在手裡緊抓著的那隻柔軟絨毛兔上，她還是讓他嚇了一大跳，他的微笑變成了震驚的皺眉和淚水，並且開始發出一陣低嗚。

「給我閉嘴。」她抱怨。房間裡瀰漫著髒尿布的臭味，她還看到一塊用過的尿布被擺在房間的角落，顯然是媽媽扔在那裡的，忘記丟進垃圾桶。至少他現在穿的是乾淨的尿布。他一邊抽泣，一邊朝她伸出一隻手。

「我叫你閉嘴！」她轉身離開，留他一個人抱著那隻愚蠢的兔子，等到她回到自己的房間時，哭聲漸漸地弱了下去。他也在學習，如果沒有人理他的話，哭泣就沒有意義。或許媽說的對，或許丹尼爾就是比夏綠蒂好。他是一個快樂的小嬰兒，不像夏綠蒂從前那樣總是那麼麻煩，天啊，她真的很難搞，成天只會找麻煩。丹尼爾總是笑瞇瞇的。她知道媽媽的意思，畢竟丹尼爾的爸爸沒有離他們而去。

她把錄音帶放進隨身聽裡，小心地瞥了門口一眼，然後按下播放鍵，沉浸在凱蒂的歌曲裡。即使她不像凱蒂那樣熱衷音樂，她媽媽也從來沒有買給她任何錄音帶或唱片，她還是從

《流行金曲》這個節目裡聽過這卷合輯裡大部分的歌。她哼著旋律，一邊想像著她跟凱蒂一起去海邊，他們的家人在一陣陣濃煙之中全都消失了。接著，法蘭奇・韋恩唱起了〈遠走高飛吧，寶貝〉。她仔細地聽著每一句歌詞，然後又倒帶重播了一次。這首歌是關於逃離，逃到別的地方去，將一切鳥事都拋諸腦後。這是她們的歌，她馬上就知道了。她們所有的夢想和幻想，還有她們是如何希望家人某天會在睡夢中被陌生人謀殺，所有讓她們不滿的人全都消失，包含凱蒂那個令人窒息的媽媽，和成天臭氣薰天的丹尼爾，全都像春天街上那些老屋一樣灰飛煙滅，這一切都被唱進了這首歌裡。這就是凱蒂收錄這首歌的原因。她也有一樣的感覺，她們總是有相同的感受。這一定就是愛。

播放，倒帶，再重播。時光飛逝。東尼過了一個多小時才回來，酒吧離商店很近，肯定讓他難以抗拒，但不管怎麼說今天都是丹尼爾生日。她運氣很好，在歌曲唱畢時正好聽見他走上樓來，便迅速將隨身聽藏到枕頭底下。

他沒有敲門，而是直接將門打開，喝醉又盛怒地站在門口。這是一間充斥怒氣的房子。

「妳應該要顧著小孩的！他從床上掉下來，還撞到頭了。」

夏綠蒂沒有回話，沒必要回答。走廊對面，丹尼爾正哭喊著媽媽。他的聲音聽起來累壞了，真不知道他哭了多久？

「妳是想讓社工來找我們嗎？來找妳媽媽？」

他面紅耳赤地一邊說一邊脫下皮帶。她知道當他表現出最壞的一面時，就會是現在這個樣子。都是丹尼爾的錯。當皮帶揮落在她身上時，這是她僅能想到的。自從那個完美的孩子出生之後，一切就變得更糟了。從來沒有人打過丹尼爾，為什麼他們就不能像愛丹尼爾那樣愛她？他到底有什麼特別的？她專注於憤怒的感覺，緊緊咬住臉頰，這可以讓她不要哭出來。要是她哭了，東尼會變本加厲，她的眼淚會餵養他體內的怪物，因為他是如此怨恨這另一個男人的孩子跟他們同住於一個屋簷下。

她在夜裡醒來，渾身痠痛瘀傷，床單在她身下濕透了，熟悉的尿騷味瀰漫了整個房間。她又尿床了。她安靜地將床單拆下來揉成一團，並塞在床墊底下。等到每個人都出門或是等到媽媽和東尼睡著了，她必須把床單洗乾淨。媽媽說如果她一直尿床，就要在床上墊一張塑膠布，她不想那樣。如果被別人知道了，所有人都會嘲笑她。而人們一定都會知道，因為東尼是一個大嘴巴，整天在酒吧裡說三道四，而社區裡的父母親又都經常聚在那裡喝酒。接著所有的小孩也都會知道。等到他們知道夏綠蒂．內維爾是個尿床鬼，就沒有人會害怕她了，讓人害怕是她唯一過人之處。而且，要是凱蒂發現她會尿床又會說什麼？她會怎麼想？

她後腿上的傷痕刺痛著，這是一個寒冷的夜晚，但她依然蹣跚地走到窗邊打開窗戶，希望氣味會在天亮之前被吹散。她脫下溼透的內衣，把自己包裹在一件對她來說太大件的長版防風大衣裡，她很喜歡這件衣服。然後她躺在地板上，盯著天花板，一直想著凱蒂直到再次入睡。

在她的夢裡，她們駕著一輛粉紅色敞篷車，在疾駛中遠行，邊開邊笑著。在她的夢裡，她們的雙手都沾滿鮮血。

42

現在

瑪麗蓮

已經快要午夜了，但我仍然十分清醒。我盯著天花板，努力地想要整理思緒和感受。每當我閉上眼睛，我所想到的就是當我告訴麗莎我和理查出了問題時，她臉上閃過的憂慮神情。那就像是她真的關心我，像是我們依舊是最好的朋友。艾娃失蹤了，而她卻還在為我的事擔心。這我該怎麼想？

有人的身分是假的。是我認識的人。

麗莎發瘋的程度有多嚴重？她是否仍愛著約翰，所以才會想出一些瘋狂的劇情，來否認他帶走艾娃的事實？約翰究竟是什麼樣的人？誰會傳那種訊息給自己的女兒？

花太多時間思考了，這是我的問題。想太多讓整個世界變得更陰沉，而只要一個不小心，我就會認為所有事情都是陰謀。我不能再想這些了。我得回去工作。潘妮稍早傳了訊息，說理查打了幾次電話到公司，但沒有做出其他會造成嚴重後果的舉動，而沃頓的案子還有一些細節需要處理，如果我沒辦法做的話，她就會找其他人來執行。想到這個，我就咬牙切齒。沒有任何人可以偷走我的客戶。

不管怎樣，我還有哪裡可以去？我不能永遠躲躲藏藏。現在只是在逃避那些無可避免的狀況而已。如果理查跑來公司，我可以報警，我不想再活在偽裝之中了。這個想法讓我又想起了麗莎／夏綠蒂。她是否曾經厭倦活在謊言之下？她是否曾經試圖告訴我她的過去？我很慶幸她沒有說，我一點也不想背負那一切，即便我曾是她最好的朋友。

她名叫凱蒂・白頓，是夏綠蒂最好的朋友。

我放棄入睡，決定起床。腦中徘徊著太多疑問讓我無法入睡，我斷裂的肋骨也抽痛著。我穿上衣服，用機器煮了一杯咖啡倒進紙杯裡，然後緩步走下樓。一樓的接待處附近有一個商務中心，我走到那裡去打算使用電腦。明亮的室內燈泡嗡嗡作響，與外面的夜色形成強烈對比。坐在接待處的男人在我經過時，給了我一個敷衍的微笑。這是飯店裡最棒的事，總是有人醒著，你永遠不會是一個人，四周的一切都是如此令人欣慰的了無生氣而冷漠。

我在其中一張桌前坐了下來，即便理查幾乎不太可能在這樣的半夜裡在外頭找我，我還是沒有坐得離窗戶太近。我打開電腦，有太多事情是我需要知道的，而且我更傾向思索麗莎的人生，而不是我自己的。

我搜尋「夏綠蒂・內維爾和愛人約翰／約漢／約罕」，一則二〇〇四年初的小報報導存檔出現在第一條搜尋結果。報導中，沒有麗莎的照片，只有一張約翰・盧博坐在花園裡的照片。他很瘦，一邊耳朵戴著耳環，在鏡頭前繃著一張臉，無疑是依照指示擺出的神態，就在標題的正下方：我愛上了殺童犯夏綠蒂，這幾乎讓我死去……。他看起來很年輕，眼睛周圍有黑眼圈，膚色不是很健康。正如我所預期的，這是一篇很煽情的報導，但除了描述他們的生活細節之外，他似乎在尋求著某種赦免。他說了許多關於克莉絲朵的事，那指的一定是艾娃。他說當她出生時，夏綠蒂犯罪的事實擊垮了他，他無法原諒她，但他現在連女兒都失去了，都是因為他太依賴酒精來逃避現實。根據這篇報導所寫，他後來搬回去和媽媽一起住，努力重整自己的生活，想要重新開始。

我能理解你的感覺，我想著。都已經四十幾歲了，如果還能這麼容易重新開始就好了。我重新讀了一次報導，他花了很大的篇幅描述他們的性生活和酗酒，我不確定真實性有多高，不確定他捏造了多少細節來讓他聽起來像個更好的人。因為一切聽起來是那麼悲慘又可憐。我幾乎為他感到遺憾，但眼下的事實是，他帶走了艾娃。

我又多翻了幾頁搜尋結果，但基本上只是一些同樣內容、不同版本的報導而已，加上幾張不同的照片。我找不到他的Facebook帳號，我推測是警方已經關閉了他的帳戶，或他們針對了目前的狀況作出了一些其他處理。也可能是約翰在帶走艾娃之後，自己刪除了頁面。

我開始另一輪新的搜尋。凱蒂・白頓。夏綠蒂最好的朋友。一篇「凱蒂・白頓二〇〇四年溺斃於伊維薩島」的新聞直接將我帶入主題。感謝上帝世上有Google，除了經常有不實的醫療資訊之外。咖啡漸漸涼了，但我還是喝了一口。

目前已經停止對凱蒂・白頓進行搜索。她是一名英國女性，在西班牙巴利阿里群島的伊維薩島失蹤。二十六歲的白頓小姐最後一次被看到是在酒吧附近的海岸邊游泳，從五月起她就一直在該酒吧工作。她的母親於二〇〇二年在一場車禍中去世，此後她大多數時間都在西班牙旅行。她的友人們表示，她正在試圖接受母親驟逝的事實，但仍處於巨大的傷痛之中，據友人描述，她呈現焦慮及脆弱的狀態。她的同事則表示，她大部分時候都獨來獨往。

她去世當晚有兩位目擊者，是一對正在度假的年輕德國夫婦，他們在人煙稀少處等待日出。兩人指出，他們看見她在海中漂浮時，曾試圖大喊叫她回到岸上，他們認為她可能喝醉了。白頓小姐回答說她沒事，而年輕夫婦看著她向外游去，稍後當他們朝岩石看過去時，卻已經不見她的蹤影。儘管搜索小組已經盡全力搜尋，依舊沒有尋獲凱蒂・白頓的屍體。預計將死因裁定為意外溺水身亡。

網路上還有一些其他小篇幅報導，但都沒有更詳細的資訊。例如，幾年前她的父親死於心臟病發，而後凱蒂獨自照料難以接受丈夫死亡的母親。在另一篇關於凱蒂溺斃的報導中，有一張模糊不清的照片，是一個留著長髮戴著墨鏡的女人站在海邊，皮膚曬成了小麥色。照片是從遠處拍攝，難以辨識細節。這是他們僅有的照片嗎？

凱蒂・白頓的屍體沒有被尋獲。我一遍又一遍地重讀這句話。她被海浪沖走了嗎？這是麗莎如此肯定她帶走艾娃的原因嗎？她真的相信凱蒂沒有死嗎？真的是她嗎？但為什麼呢？毫無道理。就算她找到夏綠蒂・內維爾身在何處，她肯定也不想要與她有任何關聯吧？過去幾天的報導都載明了夏綠蒂當年是罪證確鑿。是她殺了丹尼爾，她也認罪了。凱蒂又為什麼會想要重新走入夏綠蒂的生活之中？

我又喝了一口咖啡。是約翰，是約翰用 Facebook 發出訊息，是約翰帶走艾娃然後消失無蹤。警察知道自己在說什麼，要相信警察，而不是妳那個發瘋的前任知己。

我關掉電腦，已經夠了。我有自己的問題要處理，警方會找到約翰和艾娃，一定會的。

我不想要再去想他傳給她的那些情色訊息，即使是飯店內如此明亮的燈光，都無法消彌那些字句的污穢。

43 麗莎

艾莉森忽然打直了背，讓我也警覺起來。她的手機十分貼近耳朵，一定是馬盧打來的。我頭暈目眩，視線模糊。天啊，不要，拜託不要是艾娃，拜託，不要是艾娃。當艾莉森回頭朝我瞥了一眼，我坐在椅子邊上，雙手緊握著茶杯，感到恐懼即將把我壓垮。她鬼鬼祟祟地看我，顯得很謹慎，對我充滿警惕，不是平時充滿憐憫的那種眼神。我對艾娃生死未卜的恐懼感，已經完全取代了我自己的生存本能。有事發生了。

艾莉森給了我一個僵硬的淺笑，試圖表現得很輕鬆，然後走進她的臥室裡繼續講電話。門一關上，我便從椅子上跳起來，將耳朵貼在木門板上。自從他們把我從家裡搬到這間可怕的公寓以來，我第一次為這間屋子的粗製濫造感到慶幸。木板很薄，雖然我聽不清每一個字，因為她正在低聲地說話，但仍可以捕捉到隻字片語。會的……我會沒事的……不，她跟平時一樣。我會鎖上門……在你到這裡之前保持平常。

該死。我的兩頰發燙但雙手冰冷。我呈現高度警戒，而我的直覺告訴我，我應該要不計代價離開這裡。有事發生了，而且是衝著我來的。艾娃出了什麼事？一切都完了嗎？我不能冒險，不能冒著被逮捕的風險。我仍然是夏綠蒂·內維爾，他們不會把我當成受害者的。

門的另一頭有動靜，而我一瞬間異常地鎮定。我跑到廚房拿了水壺，當我奔跑的時候，壺裡的水劇烈地晃動。臥室的門在我剛伸手時就打開了，裡頭的艾莉森往後退了一點，看到我站得離她那麼近似乎嚇了一跳。在她眼裡，我看到恐懼。

「抱歉。」我小聲地說。在她還來不及困惑之前，我便提起水壺重重敲在她的頭上，巨大的聲響讓我的胃部一陣緊繃，她向後踉蹌跌到了地毯上，身子蜷縮起來，看上去頭暈目眩又疼痛，她尖銳地發出小聲的嗚咽。我毫不猶豫地抓起手機跑向前門，並從客廳的桌上拿起我的舊手提包和鑰匙。

「麗莎、麗莎，不可以……」她的聲音很小，卻說得很費勁。

「對不起。」我又說了一遍，用顫抖的雙手打開前門，並從外頭將門反鎖，我抖得幾乎拿不穩鑰匙，我聽見她在屋裡碰地一聲撞在門上。太遲了，艾莉森，太遲了。她被鎖在裡頭，手邊沒有電話。但我仍然沒有太多時間，因為我知道馬盧正在過來這裡的路上。

我拔腿狂奔，當我跑到鎮上時，都還沒有聽到警鈴聲響起。這是件好事，非常好。

我向那個我並不相信的上帝祈禱著，然後在自動提款機上試我的提款卡，當機器吐出至少兩百五十鎊時，我鬆了一口氣地笑了。在這一切之混亂中，他們還沒來得及關閉我的銀行帳戶。我將卡片、手提包和艾莉森的手機扔進附近的垃圾桶，然後到藥妝店裡買了電池式的電動理髮刀、粉紅色和藍色的染髮劑、化妝品和黑色指甲油。我又去了三家慈善二手商店，買了所能找到最嬉皮、最頹廢的衣服，還有一件古著軍裝夾克、和一雙剛好合腳的二手馬汀靴。我還選了許多又大又誇張的手飾，配有十字架和骷髏，並戴上一些皮手環。我的皮膚上滲出汗水，心跳快速，但腦袋卻十分清醒。這些年來我學到了很多，但他們以為我仍舊膽小如鼠，以為我會換個髮色、戴上眼鏡，就這樣而已。但他們低估了我。我會打扮得光鮮亮麗，並躲藏在最起眼的地方。我會成為一個全新的人。

我走進連鎖咖啡廳裡一間有鏡子和水槽的殘障廁所，快速著手換裝。完成後，就連我都認不出自己來，令人意外的是，我看起來變年輕了，最多只有三十歲。眼周厚重的煙燻妝讓我看起來既黑暗又憤怒。我的唇彩是深紫色的，指甲油則是黑色。我削除了大部分的頭髮，兩側剃成了平頭，中間偏下方留下兩撮短髮，分別染成了粉紅色和藍色，並向後扎成了一束很細的馬尾。我買的褲子尺寸有些太大，掛在我的髖骨上，是年輕人的穿法，加上我這陣子變瘦了許多，走路時會露出扁平而緊緻的腹部。

我留下化妝品、染髮劑、理髮刀和指甲油，把舊衣物扔進廁所垃圾桶，並沖掉水槽裡的所有頭髮。離開廁所時，我發現自己走路的姿態不一樣了。我的臀部抬高，肩膀向後挺，成了一個無所畏懼的女人。這個女人依照自己的方式做事，像釘子一樣堅硬。這個女人是我的影子，我深知如此。這就是夏綠蒂長大後會成為的樣子。

大概一個小時後，我來到高速公路旁的小休息站。天色仍是亮的，但天空邊緣染上了一絲灰暗。我在停滿了一排又一排貨車的停車場裡徘徊著，直到找到了一輛裡頭坐著人的車。司機正讀著報紙，喝著熱水瓶裡的飲料，儀錶板上散落著漢堡王的包裝紙。如此平凡的傢伙。我輕拍其中一側車窗，露出一個微笑，而他搖下車窗，探出頭來。

「你該不會正好要去克爾托普附近吧？」我問。「或是艾許明斯特？兩個地方都離我家很近。我從這兩個地方搭公車到艾倫斯頓，都不到一個小時。」

「我要去曼徹斯特。」他說。「的確會經過那附近。但我要在這裡停車過夜，今天已經值班完了。抱歉了，親愛的，明天凌晨四點才會出發。」

他長得並不算太難看，我遇過看起來更糟的。我沒有時間思索自己正在做的事，只是聳聳肩，並給了他一個微笑。「我可以等。」沒有人會到卡車停車場裡找我，我在這裡會很安全。

他盯著我看了許久。「妳叫什麼名字，親愛的？」他的語氣變了，變得幾乎可以說是有些緊張，但也多了一股狡猾的意味。他似乎嗅到了一個機會，是他只會在架上雜誌裡讀到的那種情境。

「莉莉。」我說。我毫無理由地替自己取了這個名字，它純潔的意涵與我誇張的外表背道而馳，但也正因如此，這名字才顯得很適合。莉莉想必出身自一個很好的家庭，但她經歷叛逆期之後就再也沒有回家過。我在腦海中編織起了莉莉的故事，而他的眼睛上下打量著我。我看見他吞嚥時突出的喉結。

「我是菲爾。」他打開車門讓我上車。我鬆了一口氣，上車後發現他散發著乾淨的氣息，車裡也很整潔，沒有菸味或汙濁的酒味。只有皮革味和除臭劑的味道。已經算不錯了。原本可能會更糟的。

「我得睡一覺。」他朝後方點了點頭，後座上鋪著一張毯子。「我越早入睡，明天就可以越早出發。」他的眼睛再度打量著我。「我通常睡前會自己打一發，但說實話……」他露出淺笑，彷彿是在打趣，但眼睛因為緊張而變得潮濕。

「我想我該用某種方式為這趟旅程買單，」我說，聽起來像是一部廉價的色情電影，但我希望這麼說會讓他等一下快點高潮。他是一個體重過重的中年男子，我想他和妻子應該不常做。即便他到時勃起兩次，我應該也能讓一切快點結束。我正用夏綠蒂的方式思考著，我現在必須成為夏綠蒂・內維爾，當年的那個我，我需要她所有的憤怒、她的力量。艾娃現在需要我，我不能讓她失望。

我是夏綠蒂・內維爾，我一邊伸手去找他腹部下方的皮帶扣環，一邊想著。我做過更糟的事。這件事我一定能做到。

44
在那之前
一九八九年

五月對凱蒂來說是期中考的時候，不過對夏綠蒂來說沒有任何意義。她現在幾乎不去上學了，也沒有人在乎她是否曠課。沒有一個老師希望夏綠蒂來上學，因為她總是搞破壞、罵髒話、對其他同學動粗，像一匹脫韁野馬，而且越來越頑劣，孩子們都很害怕她。她的憤怒讓她也像是一隻齜牙裂嘴的狼，孩子們對她的畏懼讓她持續壯大，藉此消彌她自己內心的恐懼。就像大野狼和小紅帽的故事。

「夏綠蒂，妳有在聽嗎？」凱蒂在空盪的破爛房間裡打轉，步伐讓她的腳下塵土飛揚。「他的皮膚都是灰色的，而且很鬆垮，整個人看起來就是個空殼。我可以盯著他看一整天。」

她們正在庫姆斯街上一棟廢棄的房屋裡，當初被這貪婪的社區緊抓不放，導致無法重建，如今卻被遺忘了，佇立等著被推土機夷為平地。但這似乎也不會太快發生，因為住在隔壁的柯佩爾太太仍然一直在試圖阻止。

「灰色的。」凱蒂又說了一次，搓著她指尖的灰塵。「像這樣。」

凱蒂的外公去世了，她才剛從葬禮回來幾天而已，期間她不斷談起這件事。這樣也很好，因為只要她說個不停，就能防止夏綠蒂不小心說出她想說的話。

「真噁心。」夏綠蒂說，而凱蒂在她旁邊坐了下來。她們坐在夏綠蒂的夾克上，好讓凱蒂的衣服不要沾到灰塵，但她們卻把背靠在牆上。凱蒂回家前得檢查一下背後有沒有弄髒，夏綠蒂在她昏沉的腦中記下了這件事。她不希望凱蒂惹上麻煩，因為這就意味著她們會有一段時間見不到面。而現在，凱蒂是唯一能讓她不要徹底崩潰的人。

「的確，但是很美好的噁心。」

夏綠蒂從來沒有見過屍體，但她內心有一絲渴望能夠見到。她希望能和凱蒂一起看到。

「那他有味道嗎？」這間房子就有，聞起來潮濕又腐敗，即便外頭的陽光是如此溫暖明亮。

「沒有，至少沒有臭味。也許聞起來有點藥水味，就像學校裡的科學實驗室。」

夏綠蒂不知道科學實驗室聞起來是什麼味道，但她「嗯」了一聲表示同意。

「當然，這也讓媽咪的狀況更糟了。」凱蒂大嘆一口氣。「錢伯斯醫生給她開了一些安定神經的藥，但似乎沒有什麼作用。」

夏綠蒂並沒有多想知道吃藥的事情，她只是又靠得離凱蒂更近一些，外表如此精緻、美麗的凱蒂，內心卻是那麼堅強，夏綠蒂汲取著她美妙如同旋律的聲音。「她被外公過世的事實淹沒，以為我沒有注意到。他們都以為我很單純，但其實很明顯。爸爸說那是因為她很悲痛，但我不懂這有什麼好傷心的。外公老了，而且她現在繼承了海邊的房子，所以一切都很不錯。但她顯然不認為是這樣。我們一到家，她就開始打掃，把樓梯擦得很亮，爸爸說是為了分散注意力。結果她自己卻從樓梯上滑下來，還說她差點摔斷脖子！」說著，凱蒂發出一陣笑聲，聽起來幾乎可以說是惡毒的笑聲。凱蒂厭惡她媽媽，也討厭她爸爸，但最厭惡的還是媽媽。

「當然她後來拿了砂紙除去地上的蠟，因為擔心我也會跌倒。好像我真的會一樣。她現在還叫我吃維他命，讓我保持健康。說真的，夏綠蒂，她根本讓我無法呼吸。爸爸試圖讓她理智一點，但她也控制我爸。至少我爸還可以出門工作。幸好現在吃藥讓她整天昏昏欲睡，我才能出來看妳。」凱蒂又笑了，這次甜美而且充滿朝氣，夏綠蒂緊緊靠著她。

「我在她的咖啡裡加了一顆藥。」凱蒂頑皮地說。「她今天已經吃過一顆了。她很久都不會醒來。」

「也許她應該永遠睡著。」夏綠蒂喃喃地說。永遠睡著會很糟嗎？

「沒錯！」凱蒂跳起來。「她應該如此！之後我們會怎麼做？我們會一起逃跑嗎？」她們所有的遊戲和幻想都是從逃跑開始的，無論她們要扮演誰、她們會做什麼。就像那首歌唱的，遠走高飛吧，寶貝。夏綠蒂也站起身，即便她疲倦、憤怒，儘管她積蓄的眼淚隨時可能奪眶而出，讓她羞愧。「就像《我倆沒有明天》裡的邦妮與克萊德！」她說。「我們要去搶銀行，把大家嚇得半死！我們會成為傳奇！」她沉浸在凱蒂對她的欽佩之情中，又開始覺得堅強。凱蒂認為她狂野、瘋狂而自由，凱蒂認為她如同豺狼虎豹，能嚇阻社區裡的所有人。她就是那頭大野狼。

「如果我是邦妮，那你就是我英俊的克萊德。」凱蒂假裝用一隻手搖著扇子，另一手從身後拔出一把看不見的槍。「我們永不分離，人們都嫉妒我們之間的愛。」她俯身親吻夏綠蒂的嘴，她的嘴唇是如此柔軟，讓夏綠蒂的兩頰發燙、扭曲，就像她幾欲奪眶而出的眼淚淹沒了她。她從口袋裡拿出一支菸點上，試圖控制自己顫抖的嘴唇。

「夏綠蒂？」凱蒂問，語氣充滿關切。「怎麼了？是不是發生了什麼事？」

她搖搖頭。「只是丹尼爾的事，跟之前一樣，就是我家的那些鳥事。我一點也不想去思考的事。」

「妳什麼都可以跟我說。」凱蒂用雙手捧著夏綠蒂的臉，不是輕柔地捧著，而是充滿力量的。

「我知道。」她不能，但並不是因為她像凱蒂的媽媽一樣過度保護她。所以，夏綠蒂退後一步，讓香菸掛在她的嘴邊，擺出一個她想像中搶匪會比劃的姿勢。「我們去搶劫吧，邦妮！鎮上有家能搶的銀行！」她抬起一邊眉毛，伸出一隻手來，凱蒂大笑著拍手，開心得跳上跳下。她總是那麼精力充沛，而她的朝氣餵養著夏綠蒂，幾乎讓她感覺好多了。

她們從房子裡爬出來，回到陽光下，牽著手快速地穿過荒地。銀行就是傑克遜老太太那間愚蠢的商店，而黃金則是夏綠蒂準備去偷出來的糖果和飲料。她是大野狼，她就是。她不願再去想昨晚的事了，她要向前狂奔，把過去拋諸腦後。

愚蠢的丹尼爾。這一切都是那愚蠢又該死的丹尼爾造成的。她仍能感覺到昨晚的一切，記憶席捲而來，緊迫地跟著她，彷彿貼在她的頸後。於是她跑得更快，但仍然覺得不夠快。

「丹尼爾生病了。」她媽媽說，站在她臥室的門邊。「我今晚會待在家。」

「他一點事都沒有。」夏綠蒂頭也不抬地咆哮道。「他剛剛還很好，現在也很好。」但她知道這不完全是實話。她回家後他就一直很安靜，而且臉色蒼白，也沒有聒噪地吵著要跟她玩，只是和他的彼得兔一直坐在角落，還吮著兔子其中一隻耳朵。她感覺到心中有某種情緒被牽動著。絕對不是愛。她不可能愛丹尼爾。自從他出現以後，對她來說一切就更糟糕了。她只是被某種其他的東西牽動了而已。「妳去工作時我會看著他。」

媽媽搖搖頭。每次丹尼爾生病，她就會變成這副德性，不肯讓夏綠蒂靠近他。「他需要的是我。」

「那妳何必跟我說？」夏綠蒂小時候，媽媽從來沒有這麼關切過她，當時只有她們母女兩個，但媽媽也從來沒有因為她而留下來。

「我們需要那筆錢。」媽媽沒有看著她，而是盯著那個靠在她身上的孩子，他無精打采的，緊緊抓著他的絨毛兔。

「所以呢？」夏綠蒂警戒起來。媽媽咬著下唇，沉默了好一陣子。她的雙眼渙散，大概是整個下午都在和東尼喝酒。她還紅著眼眶，是哭過嗎？

「妳跟她說，我看著他。」東尼走過來，從媽媽手裡抱起丹尼爾，她的手卻不安地想要把小孩拉回來。丹尼爾哭了起來，小聲地抽噎。

「夏囉過來，」丹尼爾說，但接著就被東尼抱走了。

「我等一下就過去講故事給你聽。」媽媽在他身後說。「講你最喜歡聽的小紅帽。」

夏綠蒂的心跳加速。她從來沒有聽過媽媽說床邊故事，當她生病的時候，也從來沒有人照顧她。丹尼爾根本不知道自己是個多麼幸運的小混蛋。

媽媽回到她房裡來，小心翼翼地坐在她的床邊。一定有什麼事要發生了。夏綠蒂身體的每一吋皮膚都因感受到危險而刺痛起來。

「妳應該吃一顆這個。」媽媽說，拿出一粒她的「背部止痛藥」。

「不必了。」

「給我吃下去！」東尼的聲音從走廊傳了進來，夏綠蒂和媽媽都嚇了一大跳。

「吃吧，不會有壞處的，會感覺很好。」媽媽勉強地朝她笑了笑，但卻眼神閃爍。「我了解妳，夏綠蒂，妳喜歡微醺的感覺。」

「我沒喝過。」拖延、拖延、再拖延，這是她唯一能做的。但她似乎已經沒有退路了，她深知如此。丹尼爾的哭聲聽起來彷彿從很遠的地方傳來。彷彿整個世界只剩下她的房間，而且這間房間再也不是她的避難所了。媽媽塞了一罐淡啤酒在她手裡，她拿著啤酒罐和藥丸，似乎已經知道會發生什麼事，但又對那樣的事一無所知，恐懼讓她想要尖叫，她配著啤酒吞下了藥丸。

「這才是我的好女兒。」媽媽說，揉揉她的頭髮。媽媽看起來快要哭了，而這比什麼都讓她還害怕。「別擔心。」媽媽又說。「不會有事的，只要妳不去想，就不會有事的。」

「他得換尿布。」東尼說，再次出現在門口。「妳來換尿布，我會把她帶去她們那邊，她可以在那裡洗澡。」

夏綠蒂發現自己站了起來，她無法反抗東尼，媽媽也無法反抗他。沒有人能反抗東尼。她的雙腿發抖，但她不會哭的，因為那沒有意義。她想知道媽媽的藥丸需要多久才開始發揮藥效，她發現自己想要一切快點開始和結束。她轉身去拿她的夾克。

「她只要用嘴就可以了，對吧？」媽媽小聲地說，語氣充滿慌亂、罪惡和羞恥。東尼沒有回應，只發出一陣咆哮。「我是認真的，東尼。她才十一歲。」

夏綠蒂覺得自己快要吐了，但她讓自己抬頭挺胸。她還有凱蒂，總有一天她們會一起逃跑，總有一天，她們會在眨眼之間就消滅這個混蛋。她走到門口時才回過頭去看。媽媽站在樓梯的最上面，手裡又抱著丹尼爾。

「從前、從前，有一座森林，裡頭住著一個名叫小紅帽的小女孩。有一頭大野狼……」她說著故事，沒有看樓下的夏綠蒂一眼。但丹尼爾看著她。一手抓著彼得兔，另一手朝著夏綠蒂微微地揮動。一個小小的動作，只給夏綠蒂看的。

都是你，丹尼爾。她一邊跟著東尼走出去，一邊想著。去死吧，你這個該死的小混蛋。

45

現在

瑪麗蓮

我累壞了。多麼五味雜陳的一天。我回到工作崗位，表現得好像一切都沒事，靠著腎上腺素在辦公桌前保持清醒，重回單調而平凡的常態中，竟感覺如此美好。

這種美好的感覺維持了整整一小時，直到理查出現在辦公室裡，蓬頭垢面、行徑瘋狂，用力地拍打著玻璃門，叫囂著要進來。我一點也不驚訝，不怎麼驚訝。某種程度上而言，我知道他一定會每天守在停車場，等著我的到來。如果他沒有那樣羞辱我，我也許幾乎會感到鬆一口氣。

當我走到走廊時，他做出我預想中的一切行為。他求我回去，他哀求我。接著，也如同我的預想，他開始大聲威脅我。他猛地推我一把，讓我撞在牆上。妳這該死的醜女人，沒有別的男人會碰妳。妳以為自己是誰？我會毀了妳，妳這愚蠢的賤貨！他內心的怪物顯現在他扭曲的臉上，如此醜陋。我忍不住哭了。被壓在牆上讓我受傷的肋骨極度疼痛，而他的怒火也讓我的心疼痛起來。我們怎麼會走到這一步？

吵鬧聲很快地就引來潘妮出門查看，她當然不會接受他的胡鬧，理查心知肚明。他能威脅和霸凌他的妻子，卻無法用同樣的方式對待潘妮。潘妮堅定地站在那裡，他則試圖吞下自己的怒火、擺出理性的態度，剛剛對我大吼的那張嘴邊還沾著口水。潘妮說如果他再跑來公司她就會報警，並且提醒他，多虧了麗莎的事，警察一接到電話絕對會火速趕到這裡。她接著說我應該申請保護令。我理了理上衣，告訴他我不會回去，一切都結束了，我要離婚。

潘妮跟著他走到一樓，確保櫃檯的警衛會架著他上車，她告訴他們，如果再看到他出現在大樓附近的任何地方，他們就通知她並同時報警。

接下來的一整天，我都被偽裝成同情的羞辱籠罩著。史黛西十分貼心地說，噢，老天，我不知道怎麼處理這種事。而托比則裝腔作勢地發誓如果理查敢再出現，他一定會把他揍得落花流水。他的話幾乎讓我笑了，因為我懷疑托比這輩子根本不曾真的打架過。然後是茱莉亞，正是她所有虛假的同情和憐憫，讓我決定重新振作起來。潘妮也和她差不多糟糕，理查的瘋狂行徑好像給了她一個藉口，讓她能在將來某個時刻讓我降職或者解雇我，進而與這一切「麗莎的鳥事」從此切割乾淨。

她和茱莉亞現在已經像是一對搭檔一樣密不可分了。風水輪流轉，這一切是如此可笑。但我還是繼續上班，並且完成工作。當我回到飯店，接下來發生的事絕對會讓這個趾高氣昂的茱莉亞跌破眼鏡，嚇得讓她那無疑是整容過的鼻子塌下來。

賽門．曼寧一直在樓下的商務中心等我。我原以為他會要我搬走，但他卻問我是否願意接手他與 **PK** 人力仲介的合約內容，也就是麗莎原本的工作。他說我可以在飯店住一段時間，見見未來的工作人員，這能讓工作人員和我都更完整地了解企業倫理和工作內容，我也可以和客房部門和餐飲部門的負責人密切合作，並且進一步深入了解飯店內部結構。他說住在飯店裡能讓我累積對飯店產業更深層的觀點，並且認為我一開始可以每週來這裡工作幾天。如果我願意的話，他馬上就打電話給潘妮。

如果我願意的話。我高興得幾乎要站不穩了。我當然想要這份合約。一直到他離開，我都還在叨叨地表達著我的感謝。現在我在這裡，躺在飯店的大床上，心情十分複雜。但最主要是感到鬆了一口氣。我不在乎他是否是出於憐憫才提出這項工作，但我一定能做得很好，而且麗莎之前已經打理過其中一些事情了。

麗莎。這一天發生太多事了，我沒有辦法再想她的事情。如果我現在又要開始想，那我就是自找麻煩。賽門・曼寧給了我一條生路。我保住了工作，也不必擔心沒有地方住。就算銀行因為貸款交不出來而沒收房子，我還能活得下去。我得回家多拿一些我的個人物品，但那還可以等一等，我不想自己一個人回去那裡。已經沒有麗莎可以陪妳一起去了。

我打算洗好澡之後，再打開一瓶酒，配三明治和薯片，這些都是回家路上順便買的。「家」這麼快就改變了，真是一件奇怪的事。正當我脫下衣服準備走進浴室，有人敲了門。門外是三個警察，馬盧站在最前面，站在其他兩人中間。

發生什麼事了？我的胃裡一陣翻騰。「是艾娃的事嗎？」我最恐懼的就是她們找到她了，而結果不是件好事。但接著我發現馬盧的神情嚴厲得不像是發生這種事。我讓她們進房。

「麗莎逃跑了。」她開門見山地說。

「逃跑？」我問。「我可不知道你們把她當成犯人。」我又這麼做了，我在捍衛她。似乎我就是會不自覺地這麼做。

「她不是犯人。」她更正自己說的話。「至少之前不是。但她攻擊她的緩刑官然後逃跑。我們需要知道她是否有跟你聯絡過，無論打電話或電子郵件。」
「她為什麼要逃跑？」我退後坐到床上。
「妳有她的消息嗎？」這次馬盧的語氣非常尖銳。我搖了搖頭。
「沒有，完全沒有。需要的話可以檢查我的手機。到底發生什麼事？」
「妳家裡有沒有這幾年的日記或記事本？」
「沒有，我的生活沒那麼忙碌。你們為什麼想要知道我平時在做些什麼事？」
「這樣可以推敲出麗莎的去向。我需要妳盡可能提供一份時間和地點的清單，你之前和她一起去過的地方或發生過的事。」
我大笑出聲。「我連上週做過什麼都想不起來，更不用說去年的每一天了。」
馬盧沒有跟著笑。我心中一沉。「妳為什麼這麼擔心麗莎？」她做了什麼？這個問題我害怕得問不出口，就這麼懸在空氣之中。
女警官也在床上坐了下來，坐在我身邊。我不確定她是否試圖想要表達善意，或者她只是單純累壞了。
「我們又搜索了一次她們在艾萊斯頓的家，想要尋找艾娃可能的去處。」她說。「結果我們發現了約翰的筆記型電腦，藏在麗莎的床墊底下，還有一副鑰匙，我們確信屬於威爾斯一所租屋處的。」
我看著她，又看了看跟著她一起來的另外兩位警察。她們也看著我，彷彿這一切線索應該要很合理地串連起來。我皺起眉頭。「約翰在她們家？天啊，什麼時候？在這一切發生之後嗎？他是怎麼……」

「不。」馬盧打斷我。「我們完全不認為約翰在那裡。」

「直接把你們想講的說出來行嗎？」我憤怒地說。「用白話文！」我已經累得無法應付這些事，現在我又開始頭昏腦脹。

「約翰已經好幾個月都不在家了。鄰居說他們以為他去旅行。他兩年前被解雇，只有偶爾打零工、賺點小錢。他很低調，沒有人真正注意到他。他在母親死後賣掉房子，買了一間公寓，身上不但沒有背負任何貸款，還繼承了一筆可觀的遺產，他的帳單都是直接扣款的。」

「所以呢？」為什麼她就是不能直接講重點？事情有多嚴重，讓她需要這般鋪陳？

「一位鄰居說他離開前經常有位女性來訪。他們認為他交了新女友，或者和前女友重修舊好。他看起來比從前快樂，也更有精神。」

「是誰？」

「他們沒有看清楚，只說她來過好幾次。我們在約翰的電腦裡發現了一筆租屋交易，現在已經有警察在前往那間屋子的路上，希望我們能在那裡找到約翰和艾娃，或許麗莎也會在那裡。」

「但他的東西為什麼會放在麗莎家裡？」我知道她在推敲些什麼，但我無法完全理解。

「妳認為麗莎就是拜訪他的女人嗎？前女友？你認為她和約翰有所聯繫，而這就是筆記型電腦在她家的原因？」有那麼一瞬間，雖然很奇怪，但這的確有些合理。也許他們以某種方式重新點燃愛火，但她從來沒有使用社交軟體，又怎麼會聯繫上？接著我又想起約翰傳給艾娃的那些訊息，那種煽情的訊息。麗莎不可能會讓約翰這麼做的。這絕對不是想要家庭破鏡重圓該做的事。也許她不知道？也許約翰是在麗莎不知道的情況下傳的？這一切的確有可能，但我無法想像麗莎會做這些事。她的確隱瞞了她的過去，但先讓約翰帶走艾娃再一家三口一起私奔？這太瘋狂了。

「但這不合理……」

馬盧的手機響起，打斷了我的話，她立刻站起身，轉過去接電話。我深吸了一口氣，太陽穴跳動著。我看過艾娃失蹤後麗莎的那種狀態。她徹底崩潰，說著那些關於凱蒂的事。她不可能知道艾娃身在何處。還有那些煽情的訊息。她不可能參與其中的，就是不可能。她會嗎？

「天啊。」馬盧小聲地說。「我這就過去，五分鐘後回電給你。」另一支手機也響了起來，馬盧表情嚴肅、身體僵硬，她向她的同事點點頭，要同事到外面去接聽。

「怎麼了？」我問她。「發生什麼事？天啊，他們是不是……」

「約翰．盧博死了。他的屍體被人在農舍裡發現。沒有麗莎和艾娃的下落。」她說得如此生硬，但卻字字敲擊在我疲憊不堪的大腦上。

「死了？艾娃不在那裡嗎？」我就像某個輕鬆的犯罪影集裡的角色，只會坐在一邊目瞪口呆，重複著一些句子直到劇情被合理地解釋出來。

「如果妳對麗莎可能的去向有任何想法，或者如果她試圖聯繫妳，請務必打電話給我。」

「當然。」我說。「但她一定不會……」

「約翰．盧博的屍體已經處於嚴重腐爛的狀態，顯然已經死亡數月，甚至一年了。比艾娃收到這些 Facebook 訊息還要更早。」

「他是不是……」

「被謀殺？」她替我說出這兩個字。「是。從跡象看來是被謀殺的。」

我周遭的世界當然不是真的開始旋轉，然而我卻感覺床和牆壁的邊緣都隨著室外的光線變化而彎曲了起來。我皺起眉。「但如果約翰已經死了，又是誰在傳訊息給艾娃？」

她看著我，彷彿我是個笨蛋。「是夏綠蒂。無論你怎麼稱呼她。約翰的筆記型電腦在夏綠蒂家裡。還沒發現屍體之前，我們就已經在往這個方向展開調查了。」

我感覺自己吸不到空氣。

「我知道這讓人難以接受，但最可能的結論就是這一切都是她所為。」

「但為什麼？」天啊，麗莎。我真的認識妳嗎？

「我們認為她或許接近精神崩潰。她之前打電話給艾莉森，就是你見過的那位緩刑官，最近至少每週會打兩次電話，偏執地認為她被監視了。上班時偷錢可能也是她精神不穩定的症狀之一。事實上，我們認為目前艾娃有很大的危險。妳明白嗎，瑪麗蓮？」

「但她是怎麼……」

「艾娃逃跑時，她是與麗莎單獨待在公寓裡的。麗莎第二天早上醒來時告訴我們她失蹤了。在這段期間，任何事都有可能發生。或許麗莎曾事先離開去安排，諸如此類。你明白我在說什麼嗎？」

我緩緩點頭，感到頭重腳輕。「麗莎很危險。」我停頓了一下。「該死，她真的瘋了。」

馬盧看起來鬆了一口氣，因為我終於明白了她想表達的重點。這些事對她來說容易多了，畢竟她並不是真的認識麗莎。但我又有多認識她？我曾經認識她嗎？

「有她的消息我就會馬上打給妳。」我的雙手顫抖著。該死，這一切真的太瘋狂了。

「或如果我想起任何能幫忙的地方，也會打給妳。」

「謝謝妳。我知道這一切對妳來說很艱難。」馬盧站起身，似乎急欲離開我這裡，前往她的犯罪現場。

「艾娃是唯一重要的事。」我的喉嚨乾澀，接著在這一切之中，一個自私的想法擊中了我。為什麼不呢？我總得從這些鳥事中獲得一些什麼。「噢，」我於是說。「還有一件事，如果方便的話。」

「什麼？」

「我丈夫。如果你找他談話，要小心吐露資訊。他一直想讓我把我和麗莎的故事賣給報社。除非妳已經準備好要公開某些重要資訊，否則不要向他透露任何事情，我不認為他會保守秘密。」

「謝謝妳。我們原先有預計要與他會面，以防麗莎出現在你家。妳說的這些對我們很有幫助。」

「你們到我家之後，」我試圖故作輕鬆。「能否轉告他離我和我公司遠一點？在我開始進行離婚程序之前，這會對我很有幫助。他的出現會變得非常……棘手。」我不需要再多說什麼了。馬盧也是個女人，我們對這種句子都有含蓄的理解。

「沒問題。」她說，然後她們就離開了。我把洗澡和三明治拋諸腦後，直接拿來了酒。我並不想喝醉，但我絕對需要喝上一杯。我一邊倒著酒，一邊先吞下第一口，雙手顫抖著。麗莎。這一切都是麗莎做的嗎？我仍記得艾娃的十六歲生日，就在幾個星期前而已，卻已經感覺像是上輩子的事了。那天我曾向麗莎問起艾娃的爸爸，並問她是否有跟他聯繫，她一如既往地不願回應。當時她是否已經殺了他？

之前我試圖接受自己最好的朋友曾經是夏綠蒂・內維爾，現在卻聽聞她殺了約翰，這是兩件完全不同的事。夏綠蒂是過去，謀殺約翰卻是現在。

她和我一起工作、一起吃中餐外賣，她憧憬我完美的婚姻、擔心艾娃的考試，然後同時做了那樣的事。她怎麼能傳那樣的訊息給艾娃？怎麼能殺了約翰？怎麼能同時做這些事？我真的笨到完全無法察覺嗎？

有人的身分不是真的。

凱蒂的屍體從未被找到。

不，我不該想這些。這些想法會讓我變得像麗莎一樣瘋狂，她已經瘋了。也許她有某種精神分裂症，並捏造出一個凱蒂？或許她長久以來一直用假的身分生活著，總是擔心被揭穿，導致了她精神病發？或許她假想了一個凱蒂，來面對生活中的鳥事。或許就像那些電影裡的劇情一樣，凱蒂是她的人格之一，而她自己並不知道何時會變成凱蒂？

我覺得這頗有道理，而且這讓我鬆了一口氣。比起我沒注意到自己最好的朋友竟是個危險的瘋子，這個推測顯然好多了。我不知道如何面對她現在還是個殺人犯的事實。她不可能是有意識地這麼做的，對吧？

這些想法一直在我的腦中碰撞著，直到我察覺外面的天色越來越黑。現在是晚上十點，我仍然坐在這裡，手裡拿著同一杯溫熱的葡萄酒。

不洗澡了，這一切都去死吧。我連牙都沒有刷，直接窩進床舖裡睡著了。

46 麗莎

我拿了一副舊的撲克牌假裝自己一個人玩著接龍，同時豎起耳朵，仔細地聽著交誼廳角落裡電視新聞的細小播報聲。這裡除了我，只有另外兩個人，一個喝著咖啡，一個讀著報紙。我想其他人晚上都進城去了，畢竟年輕人都是這樣的。

卡車司機讓我在克爾托普下車，我從那裡再搭公車到艾許明斯特，在這家青年旅舍住了三個晚上，付了額外費用，住在一間有浴室的個人房。我先洗淨自己，把他殘留在我身上的一切洗去，不斷搓洗著直到皮膚發紅，接著，儘管恐懼和緊張讓我一股胃酸湧上、胸口悶痛，但我還是睡了數個小時，在漆黑的夜裡，彷彿自己不存在一樣。

當我終於醒來，已經是傍晚了，我用噴霧染髮劑為頭髮噴上了鮮豔的顏色，接著在臉上化了厚厚的妝，重新成為莉莉。我思索著這個名字，這是死亡之花，是送葬的花。但我祈求老天不要讓我為艾娃哀悼，請多給我一點時間。

我出現在新聞之中。不是莉莉，而是其他的我，夏綠蒂和麗莎。我當了麗莎這麼久，無法再扮演本該讓我難過，但我此刻就像是一條脫皮的蛇一樣，將她剝除了。上一次我改名之後，也就是約翰的事情發生之後，我那時就知道麗莎不會永遠存在。至於夏綠蒂，我卻很難完全擺脫。我必須死去，才能真正讓夏綠蒂結束，也許那將會是這一切的最終結果，會是這場鬥智的結果。但我還沒準備好，夏綠蒂也還沒準備好。我正在極盡所能地重新開始這場遊戲。

新聞又再次播報了我的相關消息，這一次我平靜下來仔細聽著報導內容，放下我對可憐的約翰油然而生的傷感，他並沒有做錯任何事，只是年輕時愛上了一個不該愛的人而已。我盡量不去看自己的臉，那張臉正在電視螢幕上直視著我，當年內政部制定的所有匿名條例現在都失效了，我又重新成為了一個殺人犯。螢幕中的我看起來如此溫順，如此不起眼，他們用了我之前工作證上的照片。新聞播報員說我現在有一頭金髮，比過去短了一些，接著畫面上出現了一張滑稽又糟糕的合成照片，我的工作證件照被加上了金色的頭髮，看起來像個非常不性感的充氣娃娃。這幾乎讓我笑了出來，幾乎讓莉莉笑了出來。莉莉比我堅強，無論是哪一個我。莉莉比麗莎更像夏綠蒂，而我只是她們暫時居住的軀殼而已。

我又看了一眼螢幕上的照片，完全不像我。這是警察所能合成出最好的照片了嗎？我想知道她是否有看到這些新聞。她在想什麼呢？這應該不是她預期中的事，她以為我現在已經被關起來了，以為我玩完了。

新聞播報員告訴全世界，我被通緝是因為可能與約翰·盧博遭到謀殺一案有關，他的屍體在威爾斯一間租屋處被發現。畫面中先出現了這間獨立小屋的空拍鏡頭，記者接著開始進行報導。

「這具已經腐爛的男子屍體據信是約翰·盧博，他是殺童犯夏綠蒂·內維爾的前夫，也是十六歲少女艾娃的親生父親。正如我們稍早所知，警方一直在尋找盧博的下落，認為他與艾娃的失蹤密切相關。夏綠蒂・內維爾的新身分和居住處遭到曝光後，艾娃與她的母親一直待在警方安排的安全藏身處。但是目前約翰・盧博被發現已經死亡，而夏綠蒂・內維爾則是在逃中，真相可能比原先所假設的更加黑暗，這名十六歲少女的去向也更加令人擔憂，她上個月才救了一個孩子的性命。」

畫面中接著出現了馬盧，她站在被警戒線圍起來的小屋前，狂風將她的頭髮吹亂，她顯眼的馬尾被吹得鬆脫了。她說我應該被認為具有危險性，如果有人看到我，務必立刻撥打螢幕底部的電話號碼，千萬不能接近我。

她沒有說出全部的細節，她似乎握有某些她們所認為的證據，才會如此認定是我殺了約翰。那時我在公寓裡看見艾莉森僵直的背，而現在也能看到馬盧臉上嚴肅而謹慎的表情。我有強烈的生存本能，我也了解我的敵人。我最好的朋友，我們曾像同一個硬幣的兩面。凱蒂，妳現在在哪裡？妳把我的孩子帶到哪裡去了？

我整理著撲克牌，表現出百無聊賴的模樣，並在站起身來時，對房間另一頭那對年輕夫婦笑了笑。他們回給我一個禮貌的微笑，卻沒有認出我，完全沒有。成為另一個人是一件多麼容易的事。人們很容易只看到他們想看的東西。這些年裡我總害怕被人認出來，現在想來簡直是在浪費時間。沒有人看出任何東西。甚至是當報紙上刊登過我的照片之後，也從來沒有任何人匿名指認過我。所以一定是凱蒂，我知道。是她安排了這一切。

我回到房間躺在床上，我到明天為止都不能有任何行動，只能思考。我之前一直太過盲目，才會沒注意到自己身邊的人。我那時就能感覺到，甚至很肯定，警鈴一直從我的腦袋深處響起，但我卻沒有認出妳，凱蒂。妳是誰？焦慮感讓我的腦袋嗡嗡作響，我想蜷縮起來為艾娃哭泣，想要哭喊著問誰來救救我的孩子，但唯一能夠救她的人只有我。我需要保持堅強，我需要繼續當夏綠蒂。

彼得兔、遠走高飛吧，寶貝，還有被偷走的照片。

會是潘妮嗎？不，凱蒂不會是潘妮。潘妮一直都是那個樣子。會是瑪麗蓮嗎？不會的，我甚至無法接受這個猜想。瑪麗蓮是我最好的朋友，即便她現在恨我，潘妮也是，但她們都不可能花十年待在我身邊，直到現在才開始玩這個遊戲。一直讓我出現在視線範圍中卻始終按兵不動，這絕對不是凱蒂的風格。凱蒂是一個衝動、毫無耐心的人。

但還會有誰呢？會是個陌生人嗎？不，她一定是某個我認識的人。我想了照片的事情。無論是誰，這個人一定曾出現在我家裡。艾娃可能經常忘了鎖上後門，或者這個人可能發現並拿走了備份鑰匙？我想著所有的工作場合，那些我把包包放在一邊無人看管的情況，或者我把包包放在酒吧椅子後面的時候。是否有人在我沒注意時將鑰匙偷走一陣子，然後複製一份再放回去？

一想到有人可能從我的包包裡偷東西，我便從床上彈坐起來。是茱莉亞。所有的可能性在我腦海中接二連三地出現。她偷了潘妮的錢、她是新同事，她總是狡猾又卑鄙，她的真實年紀一定比她所假裝的還要大，她總是說三道四，要讓周遭的人對我反感。

我發覺自己的呼吸已經變得急促尖銳，於是開始讓自己深呼吸，減緩胸口的疼痛感。茱莉亞是凱蒂嗎？這一切是她要的嗎？她要讓我再次成為殺人犯，然後再殺了我的孩子，讓我從此活在傷痛之中？這應該讓我震驚，但卻沒有。在我的內心深處，我一直都知道凱蒂總有一天會來找我。

誠心發誓，違者願死。

第三部

她 47

白姓女孩。我一直都不喜歡這個代稱，聽起來像是個次要人物，一個跟在別人身後的小囉嘍，像是戲份比一半還要更少。而因為我正是這一團混亂的背後主因，這個稱呼格外諷刺。至於夏綠蒂？天啊，該怎麼形容她？她勇敢、堅強、瘋狂和邪惡。她就是那樣，但我一直以來都比她更聰明。我從未改變，她卻變了。

妳知道嗎，孩子，夏綠蒂能在這場遊戲中一直玩到現在沒有出局，我真的很高興。我之前本來不確定她現在還有沒有以前那些的特質，會讓她直接反應的特質。我希望她還擁有，也希望那些舊的本能會發揮作用，但我本來沒有指望她會走到這一步。

人們本來就會隨著年齡增長而改變，這是成長過程中最無聊的部分。夏綠蒂，她變了，變成了麗莎。過去的那個夏綠蒂，我的夏綠蒂，我從來沒有質疑過她。她會一開始就知道發生什麼事，然後會有所行動。她也許不那麼聰明，但她像一頭猛獸。後來她變成了一個普通的中年母親，我原以為她會像一條可悲的、濕透的舊抹布一樣一直待在原地，直到他們指控她謀殺了約翰，然後她會被關起來，從此過著悲慘的餘生，並且被全世界逼問著她到底把艾娃怎麼了、把妳的屍體放在哪裡。

如果事情最後是這樣結束的，我也可以接受，但我會很失望。在我躲藏了這麼長的時間並等待有朝一日復出，在這一切縝密的計畫之後，如果是那樣的結果，我真的會很失望，那對於我們的友誼絕對不是一個令人滿意的結局。當然，這也不算是什麼正式的團聚。我知道她一直在欺騙她自己，她其實很想見我，一定很想。問題是，她身上還保有多少過去的夏綠蒂，是否足夠讓她來找我、找到我們？

我想我們只能靜觀其變。無論如何，艾娃，妳該吃藥了，妳得閉上嘴昏睡過去，我還有很多事情要做。

48

在那之前

一九八九年

該發生的就是會發生。

兩年前夏綠蒂因為感染麻疹而不停嘔吐時，東尼的妹妹就是這麼說的。該發生的就是會發生，別去抗拒，之後妳就會好一點了。也許是這樣沒錯。也許這就是為什麼她會把狗屎塗在佩瑞老先生的信箱上，然後大聲嘲笑他，儘管這位老先生從未得罪過她。也許這就是為什麼她用噴漆把自己的名字噴在學校牆壁上，她是在男孩塗鴉的小巷裡找到那些噴漆罐的。也許該發生的就是會發生，也許她是用憤怒來藏匿其他的事情，那些在她內心深處的事，她再努力嘗試也無法解釋，因為那是如此可怕而又絕望。

然而她所做的這一切，卻並沒有讓任何事情變得更好。他們找來了警察和社工，還給了她更多警告，媽媽對著她尖叫，然後是東尼和他的皮帶，還有，在她渾沌的思緒中強忍住的淚水。自從那件事後，她就一直忍著眼淚。結果那件事並不是唯一一次。本來就不可能，她早該知道的。後來來了更多特別的朋友，然後他們會請她吃炸魚薯條當晚餐。結束後吃東西，彷彿一切都如此正常，這讓她覺得想吐。

好像讓她吃晚餐是一種獎賞，然後再給她更多藥，讓她做得更頻繁。有時候她覺得自己已經不知道什麼是真實了。一切都變得很超現實。超現實，這是凱蒂教她的新單字，她當時不了解，現在依然不了解，即使凱蒂很努力地解釋給她聽。但她很喜歡這個詞唸起來的感覺，「超現實」讓一切聽起都變得更純淨、更安全。

但其實沒有什麼是安全的。上星期二社工離開之後，她被東尼毒打一頓，到今天仍然全身疼痛。皮帶在她的大腿後側留下許多傷痕，而且這次跟以往有些不同。她看見東尼的臉上出現了一種獸性的神情。這讓她想起了她在那裡被對待的方式，她痛恨這樣。他的表情、丹尼爾的哭聲和媽媽對他的安撫，還有當皮帶揮下來時，她發出的尖叫聲。她痛恨自己發出聲音。但在這一片混亂之中，她沒有哭。即便是一切結束之後，當她獨自一人時，她也沒有哭出來。相反地，她沉浸在她和凱蒂的歌曲之中。她一遍又一遍地播放著，將耳機的聲音開到最大聲。

她幾乎不待在家裡，也厭惡警察和社工所描述的學校生活和幸福家庭。媽媽和東尼總睡得很晚，等他們醒來時，她就已經出門了。她把牛奶、果汁和麵包堆在丹尼爾的小床旁邊，然後便離開。他們三個可以繼續扮演一個幸福家庭，反正這就是他們想要的。

現在，她的日子在惹事生非和與凱蒂見面之中度過。她幾乎是為凱蒂而活的。她們在庫姆斯街上那棟廢棄的房子裡有一個自己的窩，地上鋪著凱蒂從家裡偷偷帶出來的毯子，還有一些蠟燭和幾個舊靠墊，是夏綠蒂分別從城裡的大型商店和馬利街上的青年活動中心裡偷來的。只有在這裡，她才感到最為安全。凱蒂說話時，她又點上了一支菸。凱蒂的麻煩是她的老媽，但和夏綠蒂不同。凱蒂的問題是她媽媽給了太多的愛。每個人都愛凱蒂。

「或許我不該在妳身邊抽菸。」夏綠蒂說著，笑出聲來。凱蒂也笑了，她搖了搖那罐藍色的氣喘吸入劑，然後對著半空中噴灑。

「我沒有氣喘，醫生也知道。我想這裡面應該沒有任何藥物，他可能只是給我一罐空的東西，好讓我媽停止對他叨唸。醫生說我的肺沒事，但她聽進去了嗎？當然沒有。是她讓我無法呼吸，她很快就會讓我窒息。她總是緊抓不放，不給我自由。」

「妳怎麼沒去學校？」夏綠蒂感到肺裡全是菸，她抽得更兇了。她想要喝點酒，但東尼的冰箱裡只剩下兩罐，她沒勇氣拿走一罐。也許等一下她可以再去商店裡搶一些東西，或者偷走媽媽的藥丸。她現在會想吃藥想得心癢癢，就像抽菸一樣。

「我偽造了一封信，寫說家裡出了點問題。這很容易。反正暑假就快到了，現在只有一些體育課和學校活動而已，我媽根本也不會想讓我參加那些活動。」

這對凱蒂來說很容易。因為凱蒂是個好女孩。如果凱蒂被迫去援交，事後把經過說出來，人們就會相信她，還會幫助她。但沒有人會相信夏綠蒂，他們甚至可能會說她是自找的。也許她真的是自找的，也許她就像媽媽生氣說的那樣，她就是一個小騷貨。

「來吧，」凱蒂說。「我們出去走走吧。」

她們從窗戶爬出來，眼睛注意著周遭，確保自己沒有被看見，還有她們的秘密基地是安全的。夏綠蒂把菸遞給凱蒂，凱蒂吸了一口後又還給了她。凱蒂沒有把菸吸進肺裡，如果是別人這麼做，夏綠蒂一定會揭穿對方，但她知道凱蒂是為了她才抽菸的，只因為她抽菸，凱蒂才跟著抽。凱蒂不是為了要給別人留下某種印象，只是希望她們兩個比什麼都還要親密。不，也許還有別的。她們之間的關係是言語無法表達的，夏綠蒂也不想要用言語表達，因為言語可能反而會破壞這段關係。

她們向沿路殘破的房屋丟石頭，沒什麼理由，只是因為她們想要這麼做。她們假裝自己是整個地球上最後的兩個人，漫遊在被核彈摧殘的荒地之上，就像幾年前電視裡演的那樣。她媽媽至今還會講起那個節目，說自己被節目內容嚇壞了。編織完她們的求生故事之後，兩人朝著那座無聊的遊樂場走去。

當她們從門口走進去，夏綠蒂立刻在原地愣住了。

「怎麼了？」凱蒂小聲問。她們對彼此是如此感同身受，凱蒂一動也不動。夏綠蒂感覺到凱蒂的手滑進了她的掌心裡。她握住了那隻手，那是她的基石、她的力量。

「我媽，」夏綠蒂說。「還有丹尼爾。」

凱蒂小聲地倒抽一口氣，瞪大了眼睛。她們兩人的真實生活一直都完全不同。凱蒂住在豪宅、讀她的貴族學校，而夏綠蒂身在這個破爛的社區。但現在，在這裡，一扇門打開了，凱蒂看見了她的真實人生。

「走吧，」夏綠蒂咕噥著說，將凱蒂往後拉。

「但我想看看。」凱蒂轉向另一邊，朝著欄杆另一邊灌木叢的方向對夏綠蒂點頭示意，夏綠蒂瞪著她。「他們不會發現我們的。」凱蒂傾身過來親吻夏綠蒂的鼻子，「別像個膽小鬼。」

這個詞讓夏綠蒂笑了，凱蒂的吻也讓她微笑。即使她一點也不想讓凱蒂看到這一切，她不希望自己狗屎一般的生活真實地呈現在凱蒂眼前。懦夫，這裡的人根本不會用這麼文縐縐的詞。無論如何，她們得移動了，否則媽媽等一下就會發現她們。遊樂場裡人不多，主要是天氣一直很糟，加上這裡的垃圾桶已經很久都沒有清理了，所以那些好媽媽們都會帶著孩子去乾淨整潔的大公園裡，那裡有時候還會停著一輛冰淇淋車。但她媽媽不會這麼做，除非那天是什麼重要的日子，甚至就算是那樣，也要看當天東尼和她的心情如何。

她們潛進灌木叢裡，樹葉和細小堅硬的樹枝勾住她們的衣服，還刺得她們渾身發癢，她們一邊走一邊咯咯地笑著，最後安頓在欄杆後面。兩雙眼睛透過灌木叢向外凝視著。凱蒂非常興奮，而夏綠蒂想知道在她眼中，她的家人是什麼樣子。媽媽很削瘦，穿著一件廉價的舊風衣，頭髮扁塌，向後梳成了一束馬尾。她可能還沒有洗過澡，看起來像是為了擺脫東尼，於是隨便穿了一身衣服就出門了。夏綠蒂不禁感到慶幸自己沒有偷東尼的啤酒，因為他肯定正在發怒。丹尼爾把彼得兔夾在胳膊間，而媽媽小心地將他抱到一個有安全護欄的鞦韆上，一條腿各放在護欄的一邊。她如此溫柔地照料著他，這傷了夏綠蒂的心。

他坐好之後給了媽媽一個微笑，一邊咬著彼得兔的耳朵。她推著鞦韆，力道很輕，讓他享受著搖晃的感覺。東尼以前總是把夏綠蒂推坐到鞦韆上，然後在身後大力地推她，讓她嚇得哭喊要她停下來，他覺得那樣很有趣。但她從沒見過東尼對丹尼爾那樣做。

她們聽不見媽媽說的話，只聽得見她的笑聲。她甜蜜又輕柔地笑著，無論她對丹尼爾說了些什麼，都充滿了關懷。夏綠蒂緊咬著兩頰內側，緊到咬破了口腔裡的皮膚，當她鬆口的時候，嘴裡充滿了血的味道。該發生的總會發生。

她回頭看著凱蒂。「我們可以走了嗎？」

「她從來沒有這樣對待過妳吧？」這是一個問句，但也不是，因為凱蒂知道答案。「她真的很愛他。」她的聲音很輕柔，比較像是自言自語，但這些句子對夏綠蒂而言卻像刀鋒一樣銳利。她握緊拳頭，想像手裡握著一把利刃，她會讓這把利刃成為她的一部分。

「是啊，我希望他消失不見。」夏綠蒂苦澀地說，看著媽媽輕柔地將他抱起來放在地上，眼神充滿關切。

「假如他真的消失了，」凱蒂說，臉上有一抹淺笑，又開始在她們的幻想之中神遊了。「或假如他死了，她會有什麼感受？或許到那時她就會明白她有多愛妳。」

這是一個美好的想像，但夏綠蒂知道沒有什麼能讓她媽媽愛她。媽媽總是那樣瞪著她看，好像她很壞、很髒，她的確是。從前夏綠蒂只有壞而已，現在因為她和東尼的所作所為，她甚至無法直視夏綠蒂。

「我會遠走高飛。」她說，「再也不管他們，他們有彼此就好。」

「不。」凱蒂的聲音顯示出她的強硬。她蹲下身來，也把夏綠蒂拉了下來，她們把下巴靠在膝蓋上，這個動作卻讓夏綠蒂大腿後側的傷痕再次疼痛不堪。「不。」她搖搖頭，「我們會遠走高飛，我們一起。一定會的。」她從夾克口袋裡拿出從斯凱格內斯海邊帶回來的貝殼，貼在夏綠蒂的耳朵上。這不是凱蒂第一次這麼做，但這對夏綠蒂來說依然像是魔法一般，她能從裡面聽見大海的聲音。

「我們會讓他們付出代價。」她說，一邊傾身向前，將她的雙唇壓在夏綠蒂的嘴上。「妳的家人和我的家人。」

夏綠蒂點點頭。她身後，媽媽和丹尼爾的身影越走越遠。「我們會讓他們付出代價。」她重複道。

該發生的總會發生。

49
現在
瑪麗蓮

我睡不到一小時，斷斷續續地打著瞌睡。一到公司，便因為昨夜的失眠而腦袋不斷嗡嗡作響，感到嘴唇發乾，並不斷心悸。我整晚都想著麗莎和所有她可能做過的一切。她有多重人格，一定有。或許我應該將這個想法告訴警察，反正我對他們來說也沒有別的用處，我甚至想不出過去一年裡，我跟她有哪些重要的事情。我成天都為工作和家裡的事忙得不可開交。

麗莎殺了約翰，還傳了那種訊息給艾娃。我依然記得她是如何沉浸在與賽門約會的快樂裡。他們從一開始就彼此欣賞，他還安排了那麼多不必要的會議，只為了與她相處。還有當他們共進晚餐那一夜之前，她緊張兮兮的，像個青少女。她真的能同時身為麗莎和這個瘋狂殺人犯嗎？即便是我愚蠢到沒能察覺，但艾娃肯定會注意到的，對吧？或許不會。她是個青少女，全神貫注於自己的生活。

驗孕棒。艾娃肯定有個男朋友。警方是否也有追蹤他，他和這一切有關嗎？他對艾娃來說似乎不太重要。艾娃太過著迷於她的網路戀情了。這一連串超乎常理的事件讓我感到噁心。

我將包包扔到桌上，試圖表現出一派輕鬆的樣子，但四周興奮的談話聲卻大聲得讓我不適。他們正在談論，想當然是那件事。

「拜託，我是說，她殺了前夫。她每天來辦公室，假裝人很好、很正常，卻同時謀殺了他。」托比在他的座位上講得煞有其事，神情像一個招搖的青少年。「真的是太誇張了。」

「我替她女兒感到遺憾。你覺得她現在會在哪裡？」

「大概死了吧。」

「茱莉亞！」

「雖然聽起來很可怕，但大概是真的。」

女人們在茱莉亞辦公桌邊圍成一圈，沒人發現我已經進辦公室了。

「潘妮來了嗎？」我故作開朗，一派輕鬆地問道。

她們頓時安靜下來，一個個轉過頭來看著我。「她剛剛有傳訊息給我。」茱莉亞將雙臂交叉抱在胸前，目光銳利，信心十足。「她有個早餐會議，十點多才會進公司。」

潘妮和茱莉亞親密無間，私下互傳訊息……狡猾的茱莉亞，現在像是潘妮安插在我們之中的眼線一樣。

電話響起。「不要接，一定是記者。」我朝著電話伸手過去時，史黛西連忙說。「自從我們進公司後，電話就一直在響。他們很快就會到公司外面來了。」

「可憐的潘妮，必須應付這一切。」茱莉亞轉過身來，女人們又重新包圍在她四周，將我排除在外。「她可能還不知道。我的意思是，誰會料到有人會做出這樣的事，每天還正常上下班？」

她們用一種近乎嬉笑怒罵的語調談論著這件事，讓我感到憤怒。所以，潘妮可以不知道、托比可以從未察覺，但我卻依然要為此被質疑和排擠？

「就像羅斯瑪麗・韋斯特或米拉・韓德麗那種連續殺人魔。」茱莉亞繼續說。「殺了那些人，還繼續過著如常的生活。誰知道她還做過些什麼？這些事有可能只是冰山一角。」

洩漏你的年齡了，茱莉亞。我想著。這些年輕人根本不會知道米拉・韓德麗，或者羅斯瑪麗・韋斯特。

「天啊，」艾蜜莉瞪大了眼。「萬一這只是剛開始而已呢？她接下來會不會想要殺我們之中的一人？」

「我昨晚也這麼想過，」茱莉亞回答，竟露出興味盎然的神情。「誰知道她會做出些什麼來？如果她連親女兒都下得了手……」

「我們根本不確定她是不是真的有殺人。」我怒火中燒，瞪著這群比我年輕，卻也已經不年輕的同事，他們是如此鐵口直斷地作出指控。

「我們很確定她有啊。」茱莉亞半轉過身來。「不就是她那可憐的小弟弟嗎？」

「妳明知道我不是指這個。」我頓時脹紅了臉，虛弱地回答。

「喔，妳是指我們還不知道這一次她有沒有殺人。」

麗莎是一名殺人犯，但那是很久以前的事了。那時她過著不同的人生，有著一個不同的名字。很難相信她和現在這一連串瘋狂的事件有關。因為她並沒有發瘋，即便她真的瘋了，我都還喜歡她勝過眼前這個惺惺作態的可惡女人。她現在甚至還微笑著，因為這一切正合她意。但算了，隨她去吧。

「對，我們的確不知道。妳何不做好妳自己的工作，讓警察也去做好他們的工作呢。」

這並不是一個多有力的反擊，但至少我忍住了內心的狂怒和挫敗，沒有對著她那張沾沾自喜的臉狂飆髒話。我想要反擊的也並不是只有她，而是這一切。包括理查對我做的事，包括潘妮將我拒之門外，包括賽門如此和善地對待我，還有艾娃失蹤，和麗莎。我甚至沒有辦法對麗莎所引發的這一切做出任何抵抗。

「我很驚訝妳竟然一點都不擔心。」托比加入話題，不想被茱莉亞這位辦公室新勢力給比下去。「我的意思是，妳跟艾娃很親近不是嗎？我以為妳會為她難過，而不是為麗莎辯駁。」

我盯著他看，這個像孔雀一樣得意洋洋的傢伙，到了四十歲肯定就會禿頭、變胖而且沒人要。他什麼也不懂。「夠了！你竟然以為自己能明白我的感受？」

他窘迫得兩頰開始發紅，根本不知道自己該繼續這個話題，還是該退一步。

「是她偷了潘妮的錢。」一個輕柔得幾乎讓人忽略的聲音說。是史黛西，善良又愚蠢的史黛西正在為自己的男人幫腔。茱莉亞的眼睛來回掃視著所有人，津津有味地欣賞著這場遲來的對峙。接著是一段長長的沉默，而我一點都不意外自己終究被憤怒淹沒了，接著開始口不擇言。

「老天，你們都太愚蠢了！」我說。「你們連擺在眼前的事實都看不出來！麗莎從來沒有偷過錢，拜託，她在這裡工作十年了，公司一分錢也沒少過！是茱莉亞偷的，天生就長得一副壞女人樣！對，就是說妳！妳知道我為什麼曉得嗎？是麗莎在那天派對上親眼看到妳偷錢，妳從潘妮的錢包裡拿出二十鎊，買了一瓶酒送給潘妮表達謝意！你們想要聊過分的事嗎？這已經很過分了！」我停下來喘了一口氣，他們全都盯著我看，而我激動得渾身顫抖。

「麗莎以前的確做過很可怕的事，我永遠沒辦法諒解，也沒辦法接受，但如果你們認為人永遠不會改變，那就錯了！你們這麼快就假定了最壞的狀況，因為你們都太年輕、太幸運，根本不了解為了生活你得多努力！還有，如果你們把那個女孩……」我指向茱莉亞。「那個女人，她其實年紀根本和我差不多，如果你們把她當作朋友，那也大錯特錯！」

我一口氣說完，辦公室一片鴉雀無聲，所有人都瞪大眼睛看著我。史黛西看起來快要哭了，托比張著嘴，眼神看得出他肯定很遺憾剛才沒有拿起手機錄影。他們不了解我說的話，永遠不會了解的。但我已經感覺好多了，彷彿我剛剛吐出一堆不乾淨的食物。然後我看見茱莉亞。即便她假裝看起來很受傷，也掩蓋不了她眼中勝利的神情。她沒有看著我，她正看著我身後。我感到胃部一陣下沉。潘妮來了，她當然會進公司。

「也許妳應該離開，去飯店裡面處理公司的事，瑪麗蓮。」她的笑容很僵硬。我相信我隨時都會被開除，但好險賽門．曼寧替我留了後路。「今天早上大家似乎都情緒高漲。而我想飯店那邊應該也有很多事情要處理。」

我點點頭，像一個被責罵的小孩，我突然很想哭。這段時間我總是哭，但我現在是絕對不會哭的，我不想順了茱莉亞的意。我一言不發地收拾東西，心裡咒罵著，妳也是個混蛋，潘妮。我直視著她的眼睛，我們之間十年的信任在這一刻已經化為烏有。

「還有一件事。」我走向門口時，潘妮出聲，我回過頭。「向茱莉亞道歉。她不該承受那一切。」

現在我倒想笑了，甚至想要鼓掌。茱莉亞現在顯然是這個小馬戲團的首腦了。我瞪著她看，而她也直視著我。她的眼神沒有透露出任何心虛，完美地表現出一副為我說的話感到受傷的神情。她的演技簡直該獲頒一座奧斯卡獎。

「我道歉，茱莉亞。」我的口氣一點也不抱歉，但她還是用像黛安娜王妃一樣惹人憐愛的眼睛看著我，並露出淺淺的微笑。

「拜託，」她說。「沒關係的，我知道這一切對妳來說很艱難。」

天啊，她真行，但我完全不買帳，抬頭挺胸地走出去了。走著瞧，茱莉亞，我跟妳沒完沒了。我用顫抖的手按下電梯按鈕。如果妳以為這樣就贏了，那妳一點都不了解我。

50 麗莎

茱莉亞每天走路上下班。如果不是突然想起這件事，我可能會睡一整天，或許會再睡到隔天早上。他們之前給我吃的那些藥讓我一直昏昏沉沉。我起床的時候是下午兩點半，一個上午都沒了。但我感覺輕鬆一些了，也更加清醒。

我沖了澡，將自己打扮成莉莉，收拾那些少得可憐的隨身物品，以防我不會再回來這。我離開青年旅舍時大約是三點半，十分鐘後搭上公車。茱莉亞走路去上班，她在來辦公室的第一天就吹噓過，從那之後她也不只一次這樣說。雖然有點遠，但我很喜歡走路。茱莉亞、凱蒂。凱蒂、茱莉亞。路途中我分分秒秒地想著她們，接著，儘管我緊張得手掌冒汗、心悸不已，但我還是朝著 **PK** 人力仲介走去，在對面的咖啡廳裡買了一杯咖啡並在窗邊坐下。我一開始認為隨時都會有人認出我，或警察會蜂擁而至逮捕我，但卻什麼事都沒有發生。人們看都沒看我一眼。

終於來到五點，再過一下子茱莉亞就下班了。我盼望著也能看瑪麗蓮一眼，看看她是否安好，卻不見她的蹤影。茱莉亞一走到前面不遠處，我就溜出去，和她保持一段距離，並尾隨在後。她一次也沒有回頭。於是我便來到這裡了。沒有被逮捕，保持著莉莉的模樣，但內心仍是那個充滿恐懼的麗莎，不計代價要救回自己的女兒。

我躲在一棵樹下，仔細地看著她的房子。看起來是六〇年代或七〇年代早期落成的，一排共有四間小屋，每座房子前面都有一片薄薄的草坪，稱不上是花園。我想這是早期的社會住宅，而且往前面街上看去，這條街應該並沒有賣給任何私人業者。她肯定不會把艾娃藏在裡面吧？畢竟這樣的住宅沒有太多隱私，有任何噪音鄰居都會聽見。也許她會把艾娃藏在地窖裡？但這些房子會有地窖嗎？我感到困惑。我不知道自己之前假設茱莉亞會住在什麼樣的地方，或許是一些較為現代且冷冰冰的房子裡，但功能性較強，並且很安全。就像我和艾娃住的房子那樣。

而凱蒂呢？她曾經住在大房子裡，上鋼琴課，並且穿著燙得平整的百褶裙，凱蒂會住在這樣的房子裡嗎？凱蒂能住在任何地方，我內心的夏綠蒂對我低語。凱蒂能做出任何事情，她甚至會假裝自己是夏綠蒂，玩著她的遊戲，沉浸在她的幻想裡，而且充滿膽識。凱蒂和夏綠蒂。

我伸手握住夾克口袋裡的刀柄。青年旅舍氣氛很輕鬆，人群也很友善，假裝在找湯匙，一下子就能偷走廚房裡的刀。夏綠蒂以前的行竊技巧對我很有幫助。

如果她將艾娃藏在別處，她總得出門去看她的。我想她也沒有同夥，那不是凱蒂的作風。我才是那個會找夥伴的人。我的胃扭曲在一起。她抓了我的女兒，我想要將她的臉刨開，聽她放聲尖叫。但有一部分的我也很想見到她。我一定是病了。

我等待著，不確定該如何是好。即便我能隨意地裝扮成別人，但內心還是住著麗莎。暴風雨雲在天空中積聚，讓這個夏日夜晚比其他時刻更要黑暗。房裡亮起了燈，我能看見窗簾後面有人在移動。這個年代還有誰會用那種帷幔式的厚重窗簾？我往前走到垂掛下來的樹枝下方，無法再繼續等待下去，否則我肯定會站在原地嘔吐起來。我決定就是現在了，我必須去面對她。

路口突然有一輛車駛入，車燈照亮了整條小路。我停下腳步，看見車速慢了下來，然後停在路邊。我退回黑暗中，倒抽了一口氣，背部緊貼著樹幹。我認得這輛車，是瑪麗蓮的車。她來這裡做什麼？

51

在那之前

一九八九年

「真的有用！」凱蒂從窗戶爬進來，夏綠蒂坐在悶熱的老屋裡等著她。「妳真聰明，夏綠蒂。妳到底是怎麼知道這些的？」

她聳聳肩。「在我媽的書裡讀到的。」

「順利得簡直像做夢一樣。」凱蒂拿出兩大片巧克力蛋糕。「這是我媽做的，要帶去高奇家給他和太太吃。我還有帶三明治。」

她們坐在滿是灰塵的墊子上，開始享用她們的盛宴。夏綠蒂仔細地品嚐扎實的白麵包，凱蒂家絕對不會有便宜的薄片麵包。她細嚼慢嚥，享受著奶油、芥末和厚實的火腿。

「妳真該看看他的表情。」凱蒂神采奕奕地回想著剛才的情景。「我跟他說，如果他不讓我出去一整天，我就會告訴別人他碰我。他立刻面紅耳赤。」

夏綠蒂不知道「面紅耳赤」是什麼意思，但聽起來也不是什麼好的形容，所以夏綠蒂想他的反應大概正如凱蒂所希望的那樣緊張。

「他說沒有人會相信我，於是我就說了妳告訴我的所有細節，說他對我做過那一切。我當時真的以為他要哭出來了！最後我還必須安慰他，告訴他沒有人會發現我出去，他也不必付出任何代價，所以何必擔心？我還叫他帶老婆去吃飯，妳知道接著我說什麼嗎？噢，夏綠蒂，妳一定會為我感到驕傲！」

「妳說了什麼？」夏綠蒂笑著問，只要凱蒂開心，她就開心，凱蒂是她的陽光。凱蒂靠近她，近得有如親吻的距離。

「我跟他說，或許他應該跟他老婆試試我剛剛說的那幾招！」凱蒂大笑起來。「天啊，真希望妳在現場！他看起來生不如死！」

夏綠蒂也想跟著哈哈大笑，但她卻只能假意微笑著。凱蒂的話像一把鋒利的刀，劃破了她的胸口。凱蒂說的那些，正是那個地方所發生的事。她並不是從一本爛小說裡得知那些事。那些事就發生在那個地方的小房間裡，那些腦滿腸肥、渾身臭汗的男人們就是對她這麼做的。

「總之，」凱蒂嚥下一口三明治之後才又繼續說話，而夏綠蒂則在心中提醒自己別在滿嘴食物的時候開口。「我五分鐘內就解決這件事了，所以就算媽媽來接我時有什麼問題，也完全不必擔心他會說溜嘴。整個暑假都是我們的了！一天有四小時可以在一起！」

「但妳覺得妳媽媽會不會中途去看妳？」夏綠蒂擔憂地問。萬一凱蒂的媽媽發現就糟了，她肯定會一整個暑假都把她關在家，自認是為了保護她的安全。

「不會的。她有去看心理醫生，醫生說我在上家教課時，她應該要安心地讓我上課。她成天就只會擔心我死掉。我倒覺得她應該擔心自己會不會死掉，她死了我也不會怎麼樣。她把一切情緒都轉移到我身上來了，一點都不公平。」

夏綠蒂笑了。凱蒂讓她學到「超現實」和「面紅耳赤」這種好學生才懂的詞彙，而夏綠蒂卻讓她認識到淫穢而不堪的世界。

「如果妳不假裝成這麼溫柔又單純的模樣，也許就不必被逼去上這麼多課了。」

「假裝成這樣的人生活會比較簡單。」她聳聳肩說。「那妳又為什麼要假裝自己這麼強悍呢？」

「我可不是假裝。」夏綠蒂咧嘴而笑，而凱蒂也對她笑了，然後靠在她肩上。過了一下，她突然坐直並皺起眉頭。

「妳有胸部了！」她伸出一隻手指戳著夏綠蒂的胸口。

「別碰！」她將凱蒂的手推開，尷尬得滿臉通紅。她一直試圖用寬鬆的上衣掩飾胸部，但胸部卻越來越大了。她討厭這樣，但媽媽說沒有必要買少女內衣，因為如果她像她們家的女生一樣長得那麼快，幾個月後她就會需要穿真正的胸罩了。

凱蒂低下頭來看著自己瘦小的身軀，她衣服下的胸口一片平坦，半點胸部的跡象都沒有。「真是不公平，我還比妳大了幾個月。如果妳的月經也比我早來，我會很生氣的。」

夏綠蒂皺了皺鼻子。「少噁心了。」她站了起來，感到心癢難耐，很想去做某一件事。今天早上她吃了媽媽的半片藥，但那種飄飄然的感覺現在已經消退，她現在想要去偷點酒來喝。她不想理會胸部和月經的事，也不想再想起那些她假裝在書本裡讀到的東西。她想和凱蒂一起逃離這裡，然後永遠都像現在一樣親密。

小琴說經期來潮是一種詛咒。詛咒很快就要應驗了。妳最好確保她知道自己該用什麼防護措施。

詛咒、被詛咒，這些話在她腦中揮之不去，而她能夠感覺得到身體的變化。詛咒當然會先應驗在她身上。她早已經被詛咒了。

52

現在

瑪麗蓮

我大力拍打大門，四周悶熱的空氣使我更加惱火。旁邊大概有電鈴，但我懶得看一眼。我不在乎她在辦公室裡說了什麼，反正馬上就要真相大白了。要我道歉？潘妮還是回家吃自己吧。我一整天都在為茱莉亞那副沾沾自喜的表情發怒，就算沒有人相信我，我也要逼她把偷的錢吐出來，我只想要讓自己知道真相。

沒人來應門，於是我又奮力拍打起來。

「我知道妳在家，茱莉亞！」要把她逼出來沒這麼簡單。屋裡的燈是亮著的，我可以看見那醜陋的帷幔窗簾後面有人影，一定有人在家。這房子八成是她租的。頭頂的天空傳來一陣雷響，雨落了下來，同時，門打開了。她站在那裡瞪著我看，我們之中沒有人開口說話。

「是誰？」屋裡傳來另一個人的聲音，是一種充滿苦澀的沙啞菸嗓。「不管要推銷什麼，我們都沒有要買！」

「妳來這裡做什麼？」這完全不是平時志得意滿的茱莉亞。她看起來很疲倦，沒有穿鞋，站在薄薄的地毯上，但還沒換下上班時穿的衣服。她的上衣沒有扣好，衣服邊緣弄皺了，並且袖子往上捲起。

「我們必須談談。」

她朝身後瞥了一眼。在她身後的樓梯上方有一架升降椅，樓梯地板上還有一大堆沒有摺的衣服，而客廳裡則有張輪椅。「是來找我的！」她往屋子裡喊道。「公司的人來找我談升遷的事。」

「升遷？什麼升……」

她豎起一隻手指放在自己的嘴唇上，而我發現自己竟然照著她的指示閉起嘴巴。她點頭要我進到屋裡，我顯得手足無措。我以為會走進一間時髦的單身女性公寓，也許空間不大但布置得有模有樣。我從大雨中走進屋裡，她關上了我身後的門，示意我進去樓下的房間裡。

「妳來這裡做什麼？」她小聲地問，那種趾高氣昂的姿態不見了，剩下的只有充滿挑釁的防衛心。

「妳住在這裡？」我問。屋子裡非常熱，是彷彿夏天還開著中央空調暖氣的那種溫度，還有一種強烈的異味，我花了一點時間辨認，發現那是一股長年累積的尿騷味。

「這是我媽的房子。對，我住在這裡。妳想怎樣，瑪麗蓮？」

我太困惑了，愣著好一陣子，根本不知道自己為什麼要來這裡。「辦公室的錢。」最後我終於說。「妳才是小偷，麗莎沒有說謊。我只是要聽妳親口承認。」我環顧四周。「我真不懂妳。你一定有烤瓷牙和打美容針吧？別騙我。但妳的生活卻是這樣。」我指著周圍。「為什麼要把錢花在那些無聊的事情上，為什麼要偷錢去做那些事情？為什麼要偷潘妮的錢買東西送她？我真不明白！」

這世上似乎有各式各樣的瘋狂。理查的瘋狂、麗莎的瘋狂，即便我很難相信麗莎真的瘋了。還有茱莉亞的瘋狂。

「對，我有烤瓷牙。對，我有打美容針。還有，不必問了，我還背了一大堆卡債。」她發怒了。「但妳又怎麼會了解我的人生？妳老公家暴，我們就全都得同情妳嗎？妳明明可以轉身離開，但卻一直留在他身邊，這簡直比什麼都還要蠢！」

她的話如此尖銳，但也因為她所言不假，更加刺傷了我。我的確很蠢，才會一直留在他身邊，浪費了自己這麼多的時間。

「至少妳能離開。」她繼續說。「妳曾經向全民健保署尋求協助照顧某人嗎？我一直獨自照顧她。」她指向樓上。「自從我成年以來都在照顧她。她的狀況還沒有糟到能送去長期照護中心，但已經糟到足以毀了我的生活。我花錢請人來幫忙，好讓我能去上班。我沒錢買車，也沒有假日。更何況如果妳已經四十歲、滿臉倦容，如果妳悲慘的生活都在妳臉上表露無疑，妳會很難找到工作。」她開始吐露一切便無法停下來了，她無法阻止自己。

「現在她快死了！」她的臉彷彿突然亮了起來。「最多一年，然後我就可以自由了。所以，我是花了很多錢來讓自己看起來更年輕沒錯，因為我要重新回去當一個年輕的人。我也的確偷了錢，在派對上買酒，買蛋糕帶去辦公室。因為我要有更好的生活，我要交朋友，我要人們把我看作一個聰明、機智、重要的人。我絕不會讓妳阻礙我。所以，無論妳去告我、舉發我，或隨便妳去做什麼，都會變成只是在抹黑我而已。反正現在已經沒人相信妳了！」

她呼吸急促、激動不已，我幾乎要笑出聲來，因為在最後這幾秒鐘裡，我幾乎聽不見她說的半個字。她如此戲劇化地吐露了所有我想要的真相，但這一刻突然變得非常模糊，彷彿我從水底聽到她在上方說話。

「抱歉，」我喃喃地說。「我得走了。」

「什麼？」她看起來像是被打了一巴掌。

「抱歉我跑到這裡來。妳已經要應付夠多事了。我不會說出去的。」

「就這樣？」茱莉亞說。「妳什麼都不要嗎？」

「我真的得走了。」

我轉身就走，留她目瞪口呆地站在原地，現在她在我腦中什麼也不是了。我用顫抖的雙手推開大門，大口呼吸著雨天潮濕的空氣，暗自慶幸外頭沒有尿騷味。我把茱莉亞拋在腦後，只想找到我剛才看到的那個人。我往左邊看去，她雖然躲起來了，但我仍能看見她。

茱莉亞家裡的帷幔窗簾並沒有完全遮蔽住窗戶的兩側，而在她咆哮的過程中，我看見窗戶外的一張臉，化著如同小丑一樣的厚重濃妝在雨中奔跑而過，蓄著一頭藍色長髮，兩側剃光，那張臉緊緊靠在玻璃窗上。我們對上眼，然後她就消失了。但我在任何地方都能認出她的臉。

麗莎。

「上車。」我停在那棵樹旁，打開車窗並低聲說道。「立刻。」

53 麗莎

「不是她。」

「什麼？」我無法專心，全身發抖，從我上車以來就一直在發抖。瑪麗蓮開著車，緊緊抓著方向盤，緊得指節發白。

「茱莉亞。」她瞥了我一眼。「她不是凱蒂。」

「妳去她家是為了這個？」我無法阻止自己盯著她看，一邊試著理解她說的話。

「不是，我是為了偷錢的事情去的。但我假設妳去她家是為了這個。」

「我是……我……」我不知道該回答些什麼。「妳怎麼知道？」我問。

「絕對不是。相信我。」

我信了。我全然地信任她。但同時，在我的心中，我徹底崩潰了。此時此刻，在瑪麗蓮身邊，我又成為了麗莎。堅強的莉莉僅是一張面具，而夏綠蒂早已是遙遠的過去，形同一個陌生人。艾娃，我美麗的女兒。我本來認定就是茱莉亞帶走了她，但現在，我的希望像細沙一樣從我的指縫間溜走，抓也抓不住。艾娃厭惡我，她或許就要懷著對我的恨意死去了，而這一切全都是我的錯。

「妳要載我去投案嗎？」我問。

現在換她盯著我看了。「他們認為你殺了前夫並綁架自己的女兒，我不確定送妳去投案會發生什麼事。所以，沒有。天知道我們該去哪裡，天知道我在想什麼，還有妳在想什麼，但我沒有要載妳去投案。」

「妳相信我說凱蒂的事？」

她一直看著我，久得我以為我們或許會發生車禍。「相信妳可能會讓我變成一個瘋子，但也許我真的相信。我本來不確定，但這個想法卻在我腦中揮之不去，而且除此之外，其他推論全都不合理。妳不會對艾娃做出那種事，我知道妳不會。但我們得找到凱蒂，我們必須證明凱蒂真的存在，接著我們再去找警察，並把艾娃救出來。」

我喉嚨發緊，內心充滿對她的情感，一句話也說不出來。她打了方向燈，離開了主要幹道，朝著旁邊的小路走去。我想起艾娃來到這個郊區，對一個不存的男人滿懷著愛情。她本來打算在這裡的某條小路上和他見面，我的孩子，一個人半夜在郊外遊蕩。當時發生了什麼事？妳對她做了什麼，凱蒂？

「我不明白的是……」瑪麗蓮開口。「為什麼？她為什麼要這樣做？和丹尼爾有關嗎？」這段時間我在新聞裡、警察口中聽到這個名字許多次，但這仍像一計重拳打在我的腹部上。「我殺了丹尼爾。」我輕聲地說，彷彿我說得越多，我弟弟就死去得越少。「我多希望我能說我並沒有殺他，但我仍能感覺到我的手緊緊扼住他的喉嚨。」當時的記憶席捲而來，如此超現實。我的腦袋轟轟作響，就像當時一樣。「我沒辦法談這件事。」

「我也不想談，但如果跟那件事無關，凱蒂的問題是什麼？這些事情一定是經過安排的，找到妳、殺了妳的前夫、設下圈套。她沒有坐牢，是自由之身，為什麼她如此恨妳？」

我透過被雨打濕的車窗凝視著黑夜。

「因為她愛我。而她無法原諒我所做的事。」

「丹尼爾的事嗎？」

我笑出聲來，為無法擺脫的過往感到遺憾和悲傷。「不，是丹尼爾之後的事。」

我沒有看向瑪麗蓮，但我能感覺到她正等著我繼續說下去。

「那天有人匿名報了警，從火車站旁邊的電話亭打的電話。說有兩個女孩把一個小男孩帶進庫姆斯街上一間廢棄的房屋裡。」你們得快一點過來，我想是有很不好的事發生了。他本來活蹦亂跳，但接著一動也不動了。我想其中一個女孩是夏綠蒂‧內維爾。「還說他受傷了。」

「然後呢？」

「是我打的電話，就是我。我舉報了我們兩個。」我的喉嚨彷彿在燃燒。「我打破了誓言。」

她 54

艾娃，妳再繼續這樣哭哭啼啼，就要被自己的鼻涕淹死了吧。在吃飯時間之前，我是不會把膠帶拆下來的。老天，我需要妳活著等到夏綠蒂來為止，她希望妳活著，而且我也會信守承諾。除非她又落入警察手中，那麼一切就真的結束了。但妳知道嗎，我現在真的認為她會成功找到我們。她總是讓我們驚訝，對吧？所以，看在老天的份上，別再哭哭啼啼了。

妳媽媽從來不哭的，包括那件事之前、那件事之後，她都從來沒有哭過。甚至當傑克遜老太太在法庭上作證，說她從窗戶看到我們在庫姆斯街舊屋裡做的事，她也沒有哭。傑克遜老太太說，她那時穿過荒地正準備回家，途中聽見尖叫聲，接著親眼看見夏綠蒂用磚頭重擊了小丹尼爾。當那些細節被重述的時候，夏綠蒂眼睛都沒眨一下。在這點上，我一直都很敬佩她，妳真該好好發揮一下她這種無畏的基因，變得更像她一點才是。我真想知道她現在作何感受，再次看見自己登上各大新聞媒體，再度變得家喻戶曉。

但真正的幕後主腦，白姓女孩，則被徹底遺忘了。她成了沒有邦妮作伴的大盜克萊德，就連她自己也徹底遺忘了我。當妳媽洩漏消息的時候，她甚至沒有考慮過我會怎麼樣。我們本該一起逃走的，然後展開自由的新生活。但她卻獨自獲得某種程度上的自由。的確，她去坐牢了，但同時也得到她所想要的一切，丹尼爾死了，她離開了家人。然後八年過去，她重回社會，展開全新的人生。

我雖然沒有遭到法律制裁，但我的刑期卻更長也更糟。這世界上有著各式各樣無形的牢籠，相信我。妳不認識我母親，她之前已經夠糟了。她假想了一大堆我沒有的疾病，好讓她可以擔心我和過度保護我。我必須突破重圍，才能走出家門去和夏綠蒂見面。我母親將她所有的精神問題都發洩在我身上。那件事之後呢？人們認定無罪就表示你能來去自如，真是可笑。他們說白姓少女從此消聲匿跡，邁向了自己光明的前途。簡直是胡說八道。

後來司法機關曾經提供我心理治療，持續了好長一段時間，不斷地對話和開導。無論我說了多少他們想聽的話，他們永遠有更多問題要問我，試圖拆解我的內心、拆解夏綠蒂的世界。我必須一直謹記著那些編造好的說辭，因為謊言比真相更難嵌入記憶，即便對我這樣聰明的人來說，都很困難。過了一陣子，我放棄了，我決定扮演一個傻瓜，很符合他們對我的認知。這方法的確成功擊退了治療師，但卻讓我的生活更加痛苦。

我繼續當那個甜美、可人、容易受影響的凱蒂。媽媽當然不再讓我去上學，她擔心萬一我再次遇到一個像夏綠蒂・內維爾的女孩怎麼辦？因此她請來了家教、專業教師，並且總是在一旁陪同上課。而我也必須一直扮演著傻瓜下去，才能不用再繼續接受心理治療。因此我沒有通過考試，分數不足以去讀大學，然後，一切就成定局了。我的人生結束了，坐困愁城。我成了一個從未離開家的女孩，一生扮演著那個可憐、脆弱的凱蒂・白頓。

但我也知道在夏綠蒂被釋放的消息走漏之後，我一定會再次找到她。我該做的就是等待，而我也早已習慣等待。畢竟我花了那麼多年等待我媽死去。

凡事總會留下痕跡，要不是她太衝動了，夏綠蒂本可以無聲無息的。但她總會犯錯，總有一天她的新身分會被發現，而我要做的就是等著看就行了。

她一定知道我總有一天會回來。她真的曾經認定我已經死了嗎？我們的故事不可能那樣劃下句點的，我們不該分離，所有的故事都該有個大結局，妳明白嗎？

我以為她愛我，以為她是我最好的朋友，我們曾立下約定。誠心發誓，違者願死，我們以吻彌封盟約。我們本該永遠在一起。

那樣的誓言不該被打破。

55

在那之前

一九八九年

這是一個陰冷的日子。

外頭下起了雨，斗大的雨滴從殘破不堪的屋頂落進了她們的舊屋裡，再沿著已經沒有排水系統的牆壁向下流。荒地成了一片泥濘，四處盡是碎磚、泥土和廢棄物，她們每跨出一步，鞋子便陷進泥沼裡。舊屋裡瀰漫著一股潮濕的臭味，而即便夏綠蒂吞了一堆伏特加和半片媽媽的藥，也無法消除對未來的絕望感，她和凱蒂都深陷其中。

她們依偎在一起，雖然九月尚沒有寒意。有一段時間她們沉浸在沉默裡，緊緊地握著彼此的手，夏綠蒂覺得她們就要合而為一了。她真希望她們能夠如此，那是她最希望的。今天早上媽媽和丹尼爾的事讓她覺得很糟，本能告訴她接下來還會更糟，但凱蒂的消息則是糟透了。

「我真想死了算了。」夏綠蒂抱怨。「我真的會那麼做。」

「安靜。」凱蒂將頭靠在夏綠蒂的肩上。「別再那樣說了。先讓我思考。」

夏綠蒂安靜下來，沉浸在凱蒂充滿異國風味的髮香裡，但也同時搜尋著在洗髮乳香氣之下，屬於凱蒂自己的味道。她呼吸著凱蒂的味道，閉上眼睛片刻，想像著用凱蒂填補內心的空缺。她忘卻一切，現在她的心有了空間。

在凱蒂怒氣沖沖地趕來，一邊用碎玻璃猛刺著牆壁，一邊告訴夏綠蒂她的消息之後，夏綠蒂再也管不住自己的嘴巴，把藏在心底的一切全都發洩出來，東尼、媽媽和雛妓的事，她不堪的生活將她變成了一個如此不堪的人，而她害怕自己終其一生都將如此淪落下去。她說如果沒有丹尼爾的話，或許一切都不會這麼糟糕，這個受寵愛的男孩讓她看清自己多麼缺乏關愛。她也告訴凱蒂，至少她還擁有她，凱蒂就是她賴以維生的浮木，是她跳動的心，是她的基石，是她砸碎世界的武器，是她生命中擁有的唯一一件好事。

但現在，她就快要失去她了。再幾週之後，這些珍貴的時光終將逝去。白頓一家要搬走了，他們要賣掉房子，把凱蒂帶去遙遠的地方，去南倫敦。彷彿有一座深淵在夏綠蒂眼前展開，她可以感覺到自己已經處在跌入虛空的邊緣之上。沒有了凱蒂，她的生活會怎麼樣？

她媽媽今天早上帶丹尼爾出去度週末。「這是給我們小勇士的特別招待。」夏綠蒂奪門而出時，聽到東尼這麼說。她沒向他們說再見，何必呢？根本沒有人在乎。但她能聽見屋裡他們的聲音，東尼忙進忙出，溫柔地對媽媽說話，還給了一些錢。

夏綠蒂在床上蜷縮成一團，抱著她發脹的下腹部，盯著媽媽前一天給她的那包廉價衛生棉，那時她的內褲上沾到了黏稠的褐色血液，現在她墊了一塊。她覺得自己受到了巨大的背叛。這是詛咒。她不想要、也不喜歡。她才十一歲，她想讓自己不斷變化的身體退回原本的模樣，像個男孩般平坦而結實。就像還沒有丹尼爾之前的那樣，那時一切都比現在好上一點。媽媽從來沒有在週末時帶她出去玩，從來沒有帶她去任何地方。現在她出門了，把她單獨留在家和東尼共處兩天，或可能三天。藥和酒精讓她頭暈目眩、肩膀沉重，這讓她開始擔心。她害怕了。夏綠蒂・內維爾，這個無所畏懼的女孩、這個麻煩製造者，這個欺凌弱小的人、這個壞女孩，居然害怕了。

「都是媽媽的錯。」凱蒂說，兩眼憤恨地瞪著前方。「一切都是她的錯，我真希望她死掉。」

「我希望丹尼爾從未出生。」

「我們不能讓他們這樣對待我們。」凱蒂又說，挺起背並轉過身來，好面對夏綠蒂，然後再盤腿坐好，重新握住夏綠蒂的手。凱蒂的手又柔軟又小巧，指甲修剪得很整齊。而夏綠蒂的手比較大，指甲被她啃得殘破不堪，指緣的皮膚則被她撕得凹凸不平，十分難看。像男人的手，但她不介意自己像個男人，現在她特別喜歡自己的手。

「對，我們不能。」夏綠蒂搖搖頭。「也不會再讓他們這麼做了。我們一起逃走吧，就這麼辦。」

「好！」凱蒂說。「我們會獲得自由，永遠在一起。」

夏綠蒂笑著起身，在原地轉著圈，就像凱蒂坐不住的時候會做的那樣。「邦妮和克萊德，我們就是克萊德和邦妮。」她說著，突然由衷地笑了起來。

「就像他們一樣。」凱蒂回答。「相愛，然後一起逃走。」

「是妳逃走。」夏綠蒂說。當她停止轉圈時，感到頭昏腦脹，部分是因為酒精，部分是因為興奮，還有部分是太過疲倦。「沒有人會來找我，沒有人在乎我。擺脫了我，他們全都會很高興。只要我滾開了，他們就能擁有完美的家庭，一起住在這破爛社區，很慶幸我不在了。」

凱蒂拉著她坐下來，一邊搖頭。「不，是我們一起逃走。」夏綠蒂坐著等暈眩停止，但她吃的那半片藥正在猛烈地發揮作用。也許這種藥和別的不同，不過她沒有去看包裝。她很喜歡這次的藥，不管那究竟是什麼，那讓她感到溫暖、飄飄然和睏倦，彷彿在她和世界之間蒙上一層薄霧，而她的這一邊只剩下她和凱蒂，就像她們的遊戲裡那樣。「妳剛才說什麼？」她靠近凱蒂，微笑著。「妳的藍眼睛真美，藍得像天空一樣。」

「專心一點，夏綠蒂！我很嚴肅，這很重要。」凱蒂搖晃她的肩膀，她試圖專注。她的確很專注。

「我在聽，好嗎？」

「很好。」凱蒂一本正經。「他們憑什麼擁有美滿的家庭？他們讓你如此不快樂，又憑什麼獲得快樂？為什麼我要擔心我媽是否會永遠毀了我的人生？她從不放手讓我自由，就算我逃走了，她還是會找到我。」

「她應該摔下樓梯死掉。」夏綠蒂喃喃地說。她痛恨凱蒂的媽媽，跟痛恨自己同母異父的弟弟差不多。她痛恨任何讓凱蒂不快樂的人事物。

「對。」凱蒂回答。「她真該摔下去。」然後她頓了一下。「她可以摔下去。」

她們安靜了很長一段時間。

「小孩也可以發生意外。」凱蒂繼續說，十分專注。漸漸地，夏綠蒂聽懂了她最好的朋友想表達什麼。

「之前有個小孩在凱恩街觸電。」夏綠蒂說。「他差點就死了，有幾分鐘失去心跳。」

「沒錯。」

凱蒂所暗示的東西非常超現實，而夏綠蒂聽見自己笑了起來。那不是一種愉快的笑聲，而是混和著憤怒和痛苦，又充滿強烈喜悅的聲音。她想像著媽媽淚流滿面、東尼徹底崩潰，完美的小男孩消失了，也再也沒有愚蠢的女孩可以被他們送去雛妓院。

「殺了他們，然後我們逃跑。」她說著，這樣的幻想讓她喘不過氣來。

「在同一天！」凱蒂興奮得整個人彷彿在發光。「我從現在開始偷我媽皮夾裡的錢，她一向不清楚自己的皮包裡有什麼東西。我還會拿走一些珠寶。或許我們可以逃到蘇格蘭去。」

「逃到西班牙。」夏綠蒂回答。「去溫暖的地方。小琴有去過那裡，她說那裡的房子都是白色的，每個人都很快樂，因為他們下午就上床睡覺了。」

凱蒂的笑聲如同甜美的鈴鐺，不像夏綠蒂的聲音沙啞而粗野。「好！」凱蒂說。「如果要去西班牙，那我們要搭船去。我們可以先去外公海邊的家，那裡有很多貴重物品，我們可以拿去賣，而且他們也不會去那裡找我們，至少第一時間不會去，那時他們都還處在震驚之中，我會先去打一副鑰匙。去歐洲其他國家也不需要護照，只要一般去郵局用的證件就可以了。」

夏綠蒂根本沒有什麼護照，但誰在乎，凱蒂會處理好那些細節。在她的想像中，她們會搭上一艘大渡船，在鹹鹹的海風中放聲大笑，直到她們笑出眼淚來。

「什麼時候？」她問。一切似乎都已經開始變好了，就連屋外的大雨都緩了下來。

「很快。」凱蒂回答。「先讓我拿到足夠的錢。」

「我不認為我們能偷到多少。」她痛恨自己的貧窮，那就像她指甲縫裡的汙垢，怎麼樣都除不去。

「別傻了。」凱蒂用雙手捧著夏綠蒂的臉。「妳只需要帶上妳自己就夠了。」

「我愛妳，凱蒂．白頓。」夏綠蒂說。「我的邦妮。」

「我也愛妳，夏綠蒂．內維爾。我的克萊德，我們就是鴛鴦大盜。」她笑了，雙手仍放在夏綠蒂的臉頰上。「我們一定要這麼做，對吧?說好了，這次不是家家酒。」

夏綠蒂點點頭。「誠心發誓，違者願死。」

「誠心發誓，違者願死。」凱蒂輕聲地複誦，然後靠近夏綠蒂，親吻了她。

56
現在
瑪麗蓮

回到鎮上時天已經黑了，我不能冒險將她帶回賽門的飯店裡，所以我在靠近市中心的地方訂了一間連鎖飯店的房間，用現金付了兩個晚上的房間費用，以免警方追蹤我的信用卡帳號，我幾乎陷入被害妄想症之中。我又給了麗莎一百五十英鎊，讓她隨時可以運用，她一開始不想收下，但我很堅持。

我們泡了很濃的咖啡，一起坐在床上，麗莎盤腿而坐，她從青年旅舍裡偷出來的刀現在已經從她的外套口袋裡拿出來了，並且安全地平放在桌子上。她染了一頭奇怪的藍色頭髮，並穿著卡其色的衣服，看起來卻年輕許多，好像二十幾歲的樣子。但她這一身偽裝也提醒了我，她是一個必須生存下來的人。她向我描述她之前的生活，還有她和凱蒂當年的計畫。但其他的事情呢？她的牢獄生涯、她的恐懼和躲藏，又有誰能明白那些年她必須面對的是些什麼？我想那些年的日子，賦予了她許多根深柢固的生存能力，而那些能力能幫助她拯救艾娃。我還沒有告訴她艾娃可能懷孕，她現在要應付的事已經夠多了。

「可憐的約翰。」新聞再次重播時，她說道。「他並不是一個壞人，他只是很軟弱，他絕對不可能抓走艾娃。無論如何，我之前就知道不會是他。而且他根本不知道彼得兔的事。」

「彼得兔？」我問。

「丹尼爾最喜歡的玩具，他兩歲時的生日禮物，那也是他最後一次生日。之前有人在我家外面放了一隻看起來幾乎一樣的絨毛兔。絕對不會是約翰做的。」

約翰．盧博的照片再次出現螢幕上，旁邊還有一張麗莎的照片，我的麗莎。在電視上看見她的事情至今依舊讓我震驚。

「他把所有的錢都給了我們，那些他將我們的故事賣給報紙、揭發我賺來的錢。他媽媽把所有的錢都存到銀行裡，以防他拿去喝酒喝光了。當他清醒之後，我想他有罪惡感，才把錢給了我們。那筆錢並不是太多，卻足以支付房子的訂金，讓我終於可以和艾娃落腳紮根了。我永遠不會傷害他，他也永遠不會傷害他的小克莉絲朵。一定是凱蒂做的，我從一開始就知道了。我們總是一起玩遊戲，一起做白日夢。」她嚥下咖啡，盯著杯子裡濃濃的褐色液體看。「直到出現了那個誓言。」

「妳在法庭上為什麼不說出那個誓言？那肯定也會讓凱蒂遭到懲處。」我試圖清晰地重塑出她彌封起來的過去。開車時她已經說出了大部分的事情，但我的腦子還是一團亂。我仍舊不知道她是誰，不知道凱蒂是誰。

「我不想讓凱蒂陷入麻煩。總之，我什麼都沒有說，完全沒有。我在判決過程中全程保持沉默。判決前也是。我只說了四個字：我殺了他。我該說的也只有這些。凱蒂在法庭上哭了，慌張地左顧右盼，細聲說著所有能讓她被釋放的話。而我只是像一座石像一樣坐在那裡，因為一切都不重要了。」

「因為丹尼爾死了？」我小心措辭，沒有說因為妳殺了丹尼爾。

「因為一切都是徒勞的。」她凝視著前方，對我打開了內心的一扇窗，那裡有著我完全無法想像的過去。她的聲音也變了，有一點偏北部的口音，那是夏綠蒂的口音。「我一直被困在自己的生活中，在我所有不堪的日子裡。我對丹尼爾的嫉妒吞噬了我，那些特殊待遇，還有媽媽是如何小心翼翼地呵護他。天啊，那時我多恨他，導致我看不見就擺在我眼前的事實。」

她的眼裡佈滿了淚水，我想起媒體所描述的那個女孩，那個從未哭過的可怕女孩。我也從沒見到麗莎哭過。我們是否都只是長大成人了，但內心卻永遠不可能割捨童年的記憶？她還壓抑了多少東西？「事實是什麼？」

「法醫的驗屍報告出來時，上面說丹尼爾的身體長期受到持續的傷害。持續，我想他們用的是這個詞。我一開始不知道那是什麼意思，因為這是凱蒂那種人會用的字。當然大家都認為是我做的，而我的沉默讓他們更加確信。那時我並不在乎，甚至我想要他們用這點來指控我。因為我本該看出來的，我本該知道的。」

「不是妳做的。」

「不是。丹尼爾一直想要引起我的注意，想要我喜歡他，他一直跟著我。因為他也不想和東尼、媽媽單獨在一起。東尼也對他暴力相向，我應該和他一起逃走，並且告訴社工。他一定很害怕、很孤獨，而我是他唯一的希望。但我被自己的憤怒、痛苦和恐懼，還有藥和酒精蒙蔽了雙眼。我應該要保護他的。」她喘不過氣來。「但我卻殺了他。」

她的肩膀開始顫抖，鼻音越來越重。她流下眼淚，徹底瓦解了，她承受著這一切痛苦和悲傷，安靜地嗚咽著。我將她抱進懷裡，不在乎自己的肋骨因為壓力而疼痛，並且搖晃著身體，試圖安慰她。

「好了，好了，沒事了。」我說，即便我知道永遠都不可能會沒事，她帶著這些可怕的記憶，永遠都不會過去的。「我們會找到艾娃的。」我無法談論丹尼爾，也無法用陳腐的安慰讓過去好起來，我也不打算試著這麼做。但艾娃還活著，我關心她，我也關心我最好的朋友，無論她的過去是什麼樣子。人無法掌控自己的心，而此刻我的心正為這兩個人而跳動著。

「我們會找到凱蒂。」我說，充滿堅定的決心。「我們會救出艾娃。」

57 麗莎

天剛亮不久，瑪麗蓮就起床準備出發了。我們都睡得不多。

「我想要在賽門出現之前回去。」她說，「我會在那裡洗澡，頭髮不要吹得太乾，這樣看起來比較像剛起床的樣子。也許這樣太過謹慎了，但我們不能冒險，對吧？」

這個女人真讓人吃驚。她的生活中發生了那麼多糟糕的事，而她現在也已經知道了我所有不堪的過往，但她卻仍在這裡，站在我這一邊。

「我會盡快找藉口離開。」她繼續說。「說我要去跟銀行的人見面什麼的。希望我能在午餐前回來。妳會沒事的，對吧？」

「我也有事要處理。」角落的小桌子上放著一張信紙，上面寫著我們所知關於凱蒂的一切，雖然並不多。現在我必須列出所有生活圈裡的人，她有可能藏身於其中。

「上面有寫我的電話號碼。」瑪麗蓮在門口，對於將我獨自留在這裡猶豫不決。我想讓她放心，即便昨晚情緒崩潰，但我還是能做得到該做的事。我既是她所認識的麗莎，也是夏綠蒂·內維爾。「回來的路上我會買一張手機門號預付卡。但目前如果妳需要找我，就打飯店房間的號碼，好嗎？」

「我會沒事的。」我站起來擁抱她。「謝謝妳，謝謝妳為我做的一切。」

「這是朋友該做的，對吧？」她給了我一個微笑，即使她又累又疼痛。也許幫助我也能幫助她自己，給予她力量復原。

她離開後，我在門上掛了「請勿打擾」的標示，然後坐著聽咖啡機的水流聲。我感覺不同了。在那些眼淚之後，那些累積了許多年、忍耐了幾乎一輩子的眼淚突然之間潰堤之後，我感到部分的自己被剝除，成了一個赤裸裸的人，無論我是誰，突然都變得透澈而嶄新。我看見了一絲希望，因為有瑪麗蓮在我身邊。她關愛我，我不是一個不能被愛的人。無論接下來發生什麼事，我都還是一個能夠被關愛的人。

昨夜我們都只穿著內衣褲睡覺，所有的傷痕和我們各自隱瞞的生活都一覽無遺，包括了那段事發後最痛苦的時光裡，我試圖傷害自己，滾燙的菸頭在膝蓋後面留下的疤痕至今已經逐漸泛白，而在瑪麗蓮的皮膚上，則是新的、更大範圍的瘀傷。熄燈後我們在黑暗中藏起自己，她開始告訴我理查的事。她告訴我他的行為如何每況愈下，還有這些年來，他如何從惱火變成狂怒，直到後來變成了暴力。她告訴我她有多希望這一切都不會再發生了，她為這一切感到遺憾。這一次輪到我聆聽，思索著為什麼她會把這樣的事情隱藏起來，將這當成一個深夜才能訴說的故事，並且艱難地、遲疑地訴說著。

到了白天，我們又堅強起來了，瑪麗蓮和我都是。我們從彼此身上看見了力量。我冷靜多了，頭腦也變得清醒。我知道凱蒂不會傷害艾娃，還不會。她有各種面貌，瘋狂是她最明顯的特質，但她玩起遊戲來是不會作弊的。她帶走艾娃當作引我出洞的誘餌，而當我們重聚的時候，她會想要看見我最脆弱的一面。這就像我們當年在荒地玩的遊戲，那種四〇年代黑幫電影的幻想。她扮演著詹姆斯・賈格納的那些角色，躲在某個地方，拿人質當作籌碼，而我是聯邦調查局的人，正在追捕她。我們老了，但從未真正長大。我們從未真正改變。我了解凱蒂。

昨天稍晚的時候，當所有低聲的談話都差不多已經結束，瑪麗蓮問我，究竟凱蒂想從這一切中得到什麼，我說了謊。我說她要的是我曾經承諾過的事，也就是我們兩個一起逃走，遠走高飛並且獲得自由。我不知道瑪麗蓮是否相信我，但她也沒有繼續問下去。她又能說些什麼呢？凱蒂對她來說很不真實，只是個故事裡的惡棍，是我過去的人生中，一個邪惡的角色。或許她是，但那時，她既毀了我也拯救了我。事發前的那段時光，是我的童年裡最美好的日子。但我該如何解釋？我從未像愛著凱蒂那樣愛過任何人，也從來沒有像凱蒂愛我那樣被任何人愛過。在那一團糟的生活中，被愛是一件彌足珍貴的事。後來我關上那扇記憶的門，將手牽著手在荒地上奔馳而過的回憶留在門後，但我依然記得那個約定，還有她當時堅定的凝視。是的，我知道凱蒂想要什麼。她想要殺了我，那是我欠她的。一個母親換一個母親。

或許她真的會殺了我。但只要艾娃平安無事，我不在乎自己會發生什麼事。某方面來說，死亡或許會是一種解脫。為丹尼爾伸張正義，並也擺脫我背負了一生的沉重罪惡。那樣至少他在寒冷之中就不再孤單了。所以，是的，或許她會殺了我，但我並不害怕。我走進浴室，感受到夏綠蒂的強悍又回到了我身上。我或許不怕死，但我也無意讓她如此簡單地得手。或許我也會殺了她。我已經殺過人了，再做一次又能有多難？

接近八點時，我洗好澡並穿好了衣服，然後盯著我們寫下的筆記看。我們對凱蒂所知甚少。她應該沒有結婚、沒有小孩，照顧她的母親，性格脆弱、沒有工作。我們也沒有任何有用的照片。她可能是我生活中的任何一個人。她比我年長了幾個月，所以現在大約也四十歲了，但我們找到的照片都十分久遠模糊，完全無濟於事。

我思索著沒有照片的事。她是否也像我一樣刻意閃躲相機？即便她的身分從未被公開揭露，報紙上從未刊登過她的全名和照片。她是否擔心人們會不知怎麼地發現真相，然後她便會被以共犯罪名遭到裁決？不，我很清楚。她一定是為了這一刻做了準備，為了她找到我的這一刻。她需要一直扮演著鬼魂，無聲無息、無人知曉。她需要將自己藏起來，就像我一樣。

我啜了一口濃濃的咖啡。既然她找到我了，現在輪到我去找她。生活就是無止盡的輪迴。我渴望抽根菸，因為夏綠蒂又再次出現了，而她的舊習難改。但我只是拿來一枝筆，像小孩一樣咬開筆蓋，然後動筆寫字。

結果我列出的名字少得令人絕望。我身為麗莎所度過的人生一直都如此低調、充滿恐懼，又那麼渺小。

潘妮，極度不可能。茱莉亞，不是她。我又列出了工作上所接觸到各式各樣的人，但沒有任何一個是有可能的。有的太老，有的太年輕，有的在同一個職位上待得太久，有的性格太無趣。高德曼太太呢？是否常有護士或朋友到她家裡去？但除了她的家人，我沒見過其他人去找她，甚至就連家人也很少去。難道會是我出門工作的時間登門拜訪的嗎？我在她的名字旁邊寫上許多問號。也許瑪麗蓮可以去找她談談，她是個孤獨的老人，很容易套出話來。

接著在「艾娃的老師」這個類別下，我開始寫上一些新的名字。但印象中在懇親會上認識的那些老師，我也不知道誰是新來的，誰又與艾娃特別有交情。老師的確很有可能拿得到她的包包並偷走鑰匙，老師也知道我們的住址。他們都有可能，卻感覺不太對。學校老師都要接受身分、學歷調查，凱蒂又能偽造出什麼名堂來？不要低估她，我告訴自己。她總是那麼聰明。

我又寫下了「艾娃的朋友」這個標題。這是最大的灰色地帶。我一直盡我所能地了解她的生活，但隨著她越來越大，要這麼做卻越來越困難。艾莉森一直勸我放手讓她成為一個正常的青少年。只能這樣了，可真感謝妳啊，偉大的緩刑官小姐。在她所有秘密的臉書訊息中，艾娃究竟認識了多少我從未見過的人？他們是否能透過她知道我的事？

我認識游泳隊的女孩們，因此便暫時掠過她們。凱蒂沒有任何小孩，她們的家中也沒有任何新來的惡毒繼母。如果有的話，我一定會聽說。

我呆滯地盯著那張紙。她是透過約翰找到我的，也許我應該從他開始思考，或許去他住的地方和他的鄰居談談。但我馬上就知道我不能那麼做。警察會在那附近巡邏，任何出現在那裡、四處打探的女人，一定馬上就會被逮捕。真希望瑪麗蓮有把手機留下來，至少那樣我就能查查有關他的新聞報導，看看是否有電視新聞沒有報導而導致我們錯過的細節。

這份清單在我眼前變得越來越模糊，我很難集中注意力。凱蒂、凱蒂，妳究竟在哪裡？她想讓你找到她，夏綠蒂提醒我。這是一場遊戲。她絕不會是個完全的陌生人，一定會有線索。突然某些細節牽動了我的記憶，我皺起眉頭。是一件我應該要記住的事情。

然後，我看清了，突然如此一目了然。我知道凱蒂是誰了。

她 58

我知道很難完全銷聲匿跡，我已經這麼做過好幾次了。必須要有非常詳盡的計畫、提前做好一切準備，一開始還需要一筆資金流動。的確許多事情都會有檔案紀錄，但只要製造出夠多的檔案，讓一切看起來非常繁雜，就沒人會去費心挖掘了。計畫的其中一大部分就是等待，而我已經變得十分擅長等待。我媽終於死了——如果你聘請一個喝醉酒的技工來維修某樣東西，自然很容易發生意外事故。她死後，我將我精密的遺產投資計畫付諸實踐。

我展開旅行。國外的銀行對於現金帳戶的規矩比較沒那麼一板一眼，若你有辦法說服他們的話，辦起事來就容易得多。我把房地產賣給了一間我所擁有的海外公司，從表面上看不出我與這家公司有任何關聯。接著我把公司賣給了一個我偽造的身分，為我可能需要的時候做好準備。

艾娃，妳現在看著我的表情好像我瘋了一樣。我的確是沒有再繼續去學校，也沒有讀大學，但我從沒有停止學習。我和懂這些事情的經濟犯和白領階層們都上過床，等到我從他們身上學會了我要的一切之後，我就離開。可能對方也鬆了一口氣，畢竟我從來就不是一個多討喜的人，媽媽晚年的時候就是這麼告訴我的，當她看見我其實是這副德行，而不是她所想要的公主時，她便那麼說。

夏綠蒂總是如此渴望被愛，但我不會。因為我已經擁有了她，有她也已經足夠了。但夏綠蒂，我知道她總是需要其他人。而妳知道嗎，小艾娃，人們的問題就是他們總是說個不停。秘密越大，最終就越有可能被釋放出來，被昭告天下，這就是你父親做過的事。

我在西班牙時讀到那些報導。夏綠蒂被假釋後，我每天都買報紙，從來沒有漏掉過。想找出某個人，你就必須一絲不苟。我若要找到她，又怎麼能放過任何一個小細節或一張照片呢？結果，身分曝光後，她出現在各大頭版上，就在約翰把一切都說出來之後。我啃食著每一個字。他編造了那些荒謬的細節，讓自己聽起來更正當，而讓她聽起來更邪惡。我知道不管發生什麼事，我總有一天都會殺了他。就算沒有必要那麼做，我也會因為他實在太可悲而殺了他，而事實證明，他死了比活著更有用。一切都非常縝密地連結在一起了。

無論如何，我說到哪裡了？哦，對，他賣給媒體的那些故事。在他說出來之後，等待變得困難許多。天啊，真的很難。萬一他死了呢？萬一他喝太多酒，或發生車禍了呢？當你的成功必須取決於別人活了多久，人生就顯得無比脆弱了。但缺乏耐心是會破壞計畫的。人總會變得越來越懶散，因此我更需要專注於所要做的事，並希望命運會站在我和約翰這一邊。我等了好多年，但也有許多細節要處理。

我要做的第一件事就是先殺了凱蒂．白頓。這很容易。如果沒有人愛你，也不會有人問起你，或想要找到你，更遑論整天必須處理醉鬼和吸毒青少年的西班牙警察，又怎麼會浪費時間去打撈一個溺水的英國女人呢？所以，當凱蒂．白頓死後，我就啟動了自己另一個從未公開活動的身分，並非只有政府能創造身分。然後我展開了等待，畢竟我不能立刻就融入約翰的世界裡。他必須忘記她，你明白嗎？他必須克服那些事，讓她說過的話在他腦中逐漸變得模糊，並且徹底忘記所有有關白姓少女的事情。因此，給他一些時間和空間是必須的。

當然，我每天依然像打卡上班一樣讀著報紙，但在約翰公開你們的事情之後，妳媽媽顯然更加小心翼翼了。她需要專注地照顧妳、愛妳、保護妳，因此她想要安頓下來，給你一個她從未有過的童年。她擁有如此寬大的一顆心，即便曾經受傷，卻依然向妳敞開。

過了一陣子，我搬到了約翰居住的地方，在那附近找了一份超市收銀員的工作，然後又等待了一段時間。我在那裡建立了生活，因為人們會相信生活，彷彿生活即是人的內在真相，而不僅僅是外在裝飾而已。看看Facebook就知道了。那些可悲的人們，個個都試圖以虛假的照片、低劣的吹噓和「#覺得美好」諸如此類的標籤來彰顯自己的優越。將從未謀面的陌生人加為好友，透過分享一些無謂的事情，就認為自己似乎了解對方。但他們可能只與你有某一個共同朋友罷了。妳爸爸也不喜歡社群媒體。在他與媒體交手的經驗之後，我想任何以「媒體」名義出現的事物都讓他厭煩。但他很孤獨，也不再喝酒了，也正因如此很容易就能親近他。漸漸地，我讓他愛上了我。當然不是「我」，而是安娜，超市收銀員安娜，如此體貼又樂於付出。

人們總說上床之後，女人會變得更柔軟、更容易動情。究竟是哪個蠢貨這樣認定？戀愛中的男人才是軟弱的化身。陷入愛情裡的男人會對妳全盤托出，分享一切事物，一切都能給妳。他就是如此。當我打開了他的內心，整個故事就被滔滔不絕地說出來了。他很愛妳，妳知道嗎，用他那種軟弱的方式愛妳。他還給我看妳媽媽二〇〇六年時寄給他的那封信，那時他把所有從媒體那裡賺到的錢都給了她。他一直留著那封信。

他說他們幫你取名為克莉絲朵，但他想後來妳媽應該會把妳的名字改成艾娃。夏綠蒂一直想叫妳艾娃，但他不同意。他那時覺得艾娃像一個老太婆的名字，但後來卻覺得這個名字很美。他不停地唉聲嘆氣，說他多希望能夠認識妳，或至少知道妳身在何處，並痛恨自己對妳一無所知，不為別的，只因為他想讓妳知道他愛妳。

說真的，我當時一直在忍著不要笑出聲。男人究竟是怎麼回事？他們把自己搞得很悲情，好像一切都是別人的錯。他們的基因裡，或是他們的褲檔裡？全是自憐。他想要找到妳，卻無能為力。他曾經試圖聯繫緩刑相關單位，但他們告訴他必須等到妳十八歲。他到底期待些什麼？你們見面後，他們就必須再製造一個全新的身分，將你們搬到其他地方去，據我所知，那些安排可是所費不貲的。

我叫他忘了妳，告訴他這樣太不健康了，他應該要放下過去，重新開始。我說他的未來有我。而軟弱的他同意了，他總是這麼軟弱。想當然，我拿走了那封信，說那封信讓他執迷於過去。

他沒有資格保留那封信，他完全沒有察覺你們身在何處的線索，那些線索明明就在他眼前，就在信封褪了色的小郵戳上。但我注意到了，我看得一清二楚。

59 瑪麗蓮

還好我回來得早，因為才剛洗好澡，賽門就打電話到我的房間，說他已經安排好會議室，要和我討論一些工作細節。見面時，他臉色蒼白、肩膀低垂，顯得非常疲倦，我不需要問為什麼都知道原因。

「你看起來有點不舒服。」我說。然而當他把一疊影印資料和員工訓練手冊碰地一聲放在桌子上，並打開投影機時，我感到異常無力。桌上擺了一盤糕點，但我們誰也沒有吃。

「我今天也可以先處理其他的事情。」比如說繼續幫助一個在逃的嫌疑犯。

「我沒事，只是睡得不夠。」我不需要任何更進一步的解釋了。麗莎整個月都出現在各大新聞報導中，即使警方根本沒有公布任何新的證據，新聞頻道卻還是不斷談論著她，並挖掘她的過去。那些新聞對麗莎和我可能會有幫助，但對賽門卻毫無助益。

「總之，」他繼續說到。「我想解釋一下曼寧集團的各種培訓課程和獎勵制度，約聘和全職員工都適用。我喜歡讓每一位員工都有機會發展自己的潛力。」

「這是麗莎會說的話。」在我阻止自己之前，話就已經說出來了。「對不起，我不該……只是……好吧，無論她是否真的做了什麼，這都是她招募員工時的理念，我不認為她只是在裝模作樣而已。」我的話是在替她辯護，甚至，有一部分的我是在挑釁賽門，看他是否會開除我。如果他真的這麼做了，我的生活就徹底被搞砸了，但至少我就能出去幫忙找到艾娃。

我等著他對我發怒，但卻沒有。他抬起頭來，好像想說些什麼，卻不知道該怎麼說。「很奇怪，對吧？」最後他說。「雖然說奇怪並不足以形容這一切，但真的很奇怪。」

「什麼意思？」我的心一陣狂跳。他在套我的話嗎？潘妮是不是告訴他我昨天大發雷霆的事，而他想試探我究竟瘋到什麼樣的地步了？

「就是他們對她的指控，還有她做過的那些事。我不知道。」他繃緊了下巴。「有一次我告訴她我過去曾經犯錯，做了一些不該做的事。我參與過……嗯，就是非法的事。人們都說別問對方是如何賺到第一桶金的。我也不想回答那種問題。反正不會誠實地回答。」

「我們都會做出讓自己遺憾的事來。」我不知道還能回應些什麼，但我希望他繼續說下去。

「我很會看人，一直都是。我那時非得如此。」他直視著我。「但新聞上的那些事情，包括最近謀殺她的前夫，還有對艾娃做的事……讓人難以置信。我無法理解。她真的做了那一切嗎？過去的那件事的確很可怕，我永遠無法明白，但那也是非常久遠以前的事了。但這些新的事件？又一起謀殺？當我們都在她周圍的時候，她做了那些事嗎？感覺不太對，完全不對。」

此時有人輕輕地敲了敲門，一個看上去五十多歲，穿著時髦套裝的女人匆匆走進房間來加入我們，臉上帶著俐落的笑容。「我是凱倫．沃許，全職員工培訓主管。我負責管理休閒與飯店部門的一切。你不必來跟我們開會的，賽門。」她對他笑了笑，顯然他出現在這裡是一件不尋常的事。

「我喜歡親自參與。」他回答。無論剛才我們是如何談論麗莎的，現在都過去了，我真想一拳揍在那女人臉上。賽門認為麗莎在約翰遭謀殺一案上是清白的嗎？

現在他把注意力轉向文件上。「這些是培訓日要發送給新員工的簡報。我們有非常高的標準，旗下所有飯店都必須嚴格執行，所以要確保內容沒有任何不明確之處。潘妮說妳現在幾乎可以說是被借調給我了，所以妳要盡可能地多了解這些業務內容。」

哦，太棒了，所以潘妮已經告訴過她我發脾氣的事。我看了看那份冗長沉悶的工作清單，這需要花上好幾個小時。「那我們開始吧。」我咬緊牙關說。「我們越早開始，就能越早結束。」為什麼偏偏是今天？當他打開投影機的主燈時，我想著。為什麼偏偏在麗莎需要我幫助的時候？我看著他。他正盯著投影幕看，但心思卻似乎不在那上頭。他全身緊繃，似乎有一個不同於以往的結正在他的思緒中緩緩打開。我知道他的感受，我同樣經歷過。

在會議室的最前方，凱倫．沃許正在說明著第一份簡報，但我無論多麼努力，都還是無法集中注意力。我的腦袋裡嗡嗡作響。萬一麗莎被發現怎麼辦？萬一她找不出凱蒂是誰，萬一我們無法及時趕到拯救艾娃怎麼辦？賽門有可能會成為我們的盟友嗎？

60 麗莎

我沒有用染髮噴霧，只是紮起了馬尾，並且化上淡妝。這是城裡一個很好的地段，雖然我很肯定這一區的住戶並非老愛成天盯著鄰居看，但在這裡也不適合打扮得太過招搖。街道十分安靜，人們可能出門工作，也可能是放長假外出了，在法國或西班牙待上幾個月。住這種獨立大別墅的人們總喜歡獎賞自己，卻又讓自己被貸款壓得喘不過氣來。

窗簾都是打開的，但大窗裡看不到屋內有人的跡象，我一點也不意外。這裡不會是遊戲結束的地點，也不是我和凱蒂了結一切的地點，只是一個途經之地而已。儘管如此，我仍舊掌心冒汗、口乾舌燥，並攀附著口袋裡的小刀所帶來的安全感。在我確認之前，我都不能打電話給警察或瑪麗蓮。即便我真的確定了，我也不能告訴警察確切地點。我不能拿我的孩子來冒險。警察要找的人不是凱蒂，而是夏綠蒂，他們會把我關進監獄，而艾娃就會永遠消失了。

在屋子的一側，通往後院那扇高高的門是沒有上鎖的。她知道我要來。既然如此，為什麼要讓一切變得這麼複雜？後院的草坪已經長得有點長，不符合這座屋子乾淨整潔的模樣。沒時間整理，對吧？凱蒂，妳可忙得團團轉。我因為憤怒和恐懼交織而繃緊了下巴，緊得讓我感到疼痛。

落地門很容易就打開了，我走進屋裡。我立刻就知道自己是對的，屋裡沒有半個人。太安靜了。屋子死氣沉沉，因為它的任務已經完成了。這是一間沒有生命的屋子，沒有日常生活帶來的雜亂。如果我以前就來過這裡，我就會看出一些端倪。這是一個臨摹出來的家，某人只是需要它來完成某個目的。

早餐吧台上放著一包菸和一個打火機，與其他毫無生機的物品格格不入，我拿起它們。畢竟這是為我準備的，為夏綠蒂準備的。這一切都是為了將夏綠蒂帶回來。我將香菸和打火機裝進口袋，然後朝客廳走去。

當我走到樓梯口時，我屏住呼吸，所有對於自己推論的存疑此時都煙消雲散了。凱蒂待過這個地方，她留了一些線索給我。哦，凱蒂，總是那麼愛玩遊戲。

凱蒂就是裘蒂的母親，愛蜜莉亞．考森。我現在知道了。總是在外地工作，男朋友住在法國，其實都是在和約翰打交道。而她的孩子小時候和別人住在一起，她很容易就能捏造自己從未有過孩子，只要沒有人注意到，也無從檢查。她是否操縱她的女兒透過艾娃來接近我，這樣她就可以在我的四周，卻又不用離得太近？

我再看了看樓梯，每一層潔白的台階上都放了一些小貝殼，像是《糖果屋》裡通往女巫家的麵包屑。我小心翼翼地跟著那些貝殼，直到被帶入了主臥室。她把一切佈置得如此浮誇，彷彿擔心我都已經來到了這裡，卻忽略要走到樓上，但這卻也彰顯著凱蒂有多麼享受在這場遊戲之中。我的獎勵就放在整齊的雙人床上。

首先映入眼簾的是一個海螺。而當年貝殼緊貼著耳朵的記憶立刻湧現，神秘大海的聲音、凱蒂緊抓著我的那隻小手，還有她堅定的表情。我知道海螺被放在這裡的原因，這是我背叛她的象徵。

我用手指尖拿起它並將它移到一邊，彷彿她會突然從海螺的紋路裡冒出來，對我說：夏綠蒂，妳聽！大海的聲音很美妙吧，聽起來很自由，對吧？接著當我拿起一旁的錄音帶盒的時候，我的手不由地顫抖著。塑膠外殼已經破裂和磨損，經過這麼長的時間，所有的光澤都已經被磨蝕，而那張作業本撕下的紙張上，用明亮繽紛的細字筆寫著「凱與夏最愛歌曲」，字跡細緻，卻也帶著孩提時代才有的大膽。這麼多年來，凱蒂給我的錄音帶一直被保存著。

跟我走吧，寶貝，今晚就走。這盒錄音帶太輕了。我打開了它。

我首先看到的是一張小紙條，字跡是準確整齊的，出自成人的手筆。「別找裘蒂，我送她去度假了。」我盯著紙條看。她認為我會怎麼做？一個女兒換一個女兒？這就是她對我的看法嗎，因為她抓了我的女兒，我就去追捕她的女兒？我欠她一個母親，而不是一個孩子，但她卻提到了自己的孩子。這是凱蒂全副武裝下的一個微小弱點嗎？如果抓走裘蒂能幫助我找到艾娃，我當然會去做。但我是否會傷害裘蒂？不，我不能傷害孩子。不能再那麼做，也永遠不會了。

我將紙條塞進口袋裡，儘管它不能當作任何證據。畢竟她的遣詞很謹慎，會讓這張紙條看起來只像是她貼在鄰居門口的訊息，好讓他們知道裘蒂不在家。這張紙條無法成為壓倒性的證據，扭轉警方對我的控訴。

盒子裡還有別的東西，塞在錄音帶封面的紙張裡。我將它拿出來，心猛然地跳了起來，不由自主地倒抽了一口氣。那是艾娃的照片，家裡不見的那張。我的寶貝，照片裡的她正對著我笑，這是她幾年前的照片，但她的臉沒變。我將嘴唇壓在照片上，彷彿這樣我就能呼吸到她、聞到她的氣息、感受到她。艾娃，我的寶貝艾娃。我能嚐到相片紙上那股奇怪的塑膠味，就像好多年前當我離開監獄後，第一次見到約翰時那樣。關於生活的記憶席捲而來，緊緊圍繞著我，幾乎要讓我窒息。但我現在不能軟弱下來，我不能屈服於我的自憐。艾娃、艾娃，她需要我，她的生死掌握在我手中。

我依然拿著照片，花了一些時間來整理自己，然後繼續查看線索。我們的私奔錄音帶和貝殼，這並沒有那麼難以捉摸，但也的確不該如此，因為她想讓我找到她。

海邊、斯凱格內斯、她祖父的房子。但確切地點在哪裡？我又怎麼知道該去哪裡？我將照片放下了一會兒，即使放下我的小女孩讓我心痛。我繼續查看錄音帶盒裡是否有我可能錯過的線索，但什麼也沒有。我感到十分挫敗。她若要引我來此地，就不會讓眼前的路變得黯淡。我抓起貝殼搖了搖，但裡面沒有任何等著被拿出來的紙條。於是我把貝殼扔到一邊，重重地跌坐在床上。我不該這麼蠢的，一定還有些別的東西。

就在那時，我看到了艾娃照片背後，那排整齊的字跡。木棍咖啡館，棕櫚灘街。我備感振奮。我拿起床邊的電話，叫了一輛計程車到火車站。斯凱格內斯，我的孩子在斯凱格內斯。在等車的十分鐘裡，我試著打電話給瑪麗蓮，但轉入了語音信箱。

「我知道凱蒂是誰了。」我留言。「是裘蒂的媽媽，我正要去找她，我要去……」我停頓下來，思索著應該要自我保護，還不要分享太過明顯的資訊。「我要去我們以前要私奔過去的地方。她會在那裡等我。等到我有確切地址時再打給妳。」我想告訴瑪麗蓮我愛她、她是世界上最棒的人，因為她相信我，但我沒有說。這些句子在我的心裡糾結著，然後我掛斷了電話。她一定知道我愛她，她是我最好的朋友。

不到二十分鐘後我就到了火車站，又過了十分鐘我便已經搭上火車。兩小時內就會抵達斯凱格內斯。

我向後靠坐進椅子裡，手中緊緊地握著艾娃的照片。我看著窗外飛逝而過的鄉村景色，那些景象彷彿帶著我回到了童年。

是時候該結束這一切了。我來找妳了，凱蒂。

61

在那之前

一九八九年

她得去找凱蒂。只有凱蒂能讓她覺得好過一些，凱蒂會等她的。但若要去找凱蒂，就意味著她必須離開臥室。她整個早上都蜷縮在床上，還尿濕了床墊，並用一張椅子擋住房門。不過也沒有人試圖進入她的房間。她的頭很痛，那些藥已經沒辦法帶給她撫慰了，只是讓她彷彿來到一面玻璃牆後方，遠離了整個世界，並且思緒一片模糊。即便如此，她還是想再吞一粒。她的夾克口袋裡藏了一整包，媽媽會需要再去領藥，但不管她了。反正一切已經夠糟了。

媽媽去小琴家過夜了。先是「閨蜜之夜」，然後今早再去買些過生日要用的東西，昨天小琴是這樣告訴東尼的，用那種「不容反對」的語氣，小琴是唯一能對東尼這樣說話的人。當東尼開始抱怨時，她便說夏綠蒂可以照顧丹尼爾。讓她負點責任又沒有壞處，她平時簡直像一匹脫韁野馬，誰都看得出來。接著，即便媽媽有點反對，但還是就這麼定了，接著她們便打包離開。沒人能和小琴爭辯。

如果媽媽在的話，就不會發生和東尼的那件事了。媽媽雖然很討人厭，但她絕不會苟同。當然不是為了夏綠蒂，而是為了她自己。她腦袋一片模糊，要不是她渾身疼痛，身上遍佈著瘀傷，她會以為這只是一場可怕的夢而已。

那時很晚，天色暗了，她也已經睡了。睡前她把丹尼爾推到正播放著卡通的電視機前，放了豆子和土司在他旁邊，然後回到自己的房間，灌了幾口藏在床下的廉價伏特加，是用凱蒂給她的錢買的。凱蒂很擔心她、很想讓她感覺好一些。事實上凱蒂比酒精更能帶給她溫暖，但卻無法經常在她身邊，所以她需要依靠酒精度過這些沒有凱蒂的日子。

瓶子裡沒剩下多少酒了。喝酒本來只是她偶爾會做的事情，現在卻變成了一種習慣，但她也不想再去思考這些了。無論如何，只要她和凱蒂遠走高飛，一切都會變得不同的。到那時，她根本就不需要酒精，而是會喝像「小鹿梨子汽酒」的那種香檳，純粹為了享受而喝，不是借酒澆愁。吐出來總比吞進去好，親愛的。但等到她們能夠擁有兩人世界之後，就沒有任何東西需要吐出來了。一切都會變得很完美。

不會再發生昨夜那樣的事了。她不願去想，卻無法停止。她需要離開房間，但她太害怕了。她需要凱蒂。她因為頭痛而閉上眼睛，眼前的黑暗卻直接使她重回昨夜，重回昨夜發生的一切。接著，就算她一點也不願如此，事情卻在她的腦海中重播了起來。

他打開門的那時，她只看見客廳燈光下的剪影。她記得那突如其來的強光，以及她心裡想著，又怎麼了，丹尼爾？你又想怎樣？接著她才意識到站在房門口的身影太高大，不可能是她的弟弟。丹尼爾仍安然無恙地睡在他的小床上。丹尼爾永遠被保護得很好。

門關上了，將她留在黑暗中，面對這頭發出可怕悶哼聲的野獸。汗水、惡臭、壓在她身上的重量，還有四處撫摸的手。他的呼吸越來越快，開始發出呻吟。還有她羞恥的疼痛，和他對著她的臉大口喘氣。和妓院裡的一樣，但更糟，糟太多了，因為這裡是家，而黑暗中的這頭野獸正是東尼。甚至，他對她做了那件事。那些男人從未真的這麼做過，即便他們都很想，但他們只做了其他的事。這件事比她想像中還要更糟糕，更何況，如果他做了，那麼還有什麼能阻止他們也對她這麼做？

過程沒有多久，結束後他就走了。她獨自一人在黑暗中喘不過氣來，渾身顫抖著。後來，她對自己感到生氣，睡意全消，但她動不了。一直到現在她都還是動不了，但她必須起身，凱蒂在等她。她吃了半片媽媽的藥，然後強迫自己起身。濕透的睡衣被扔在地上，釦子早已被強硬地拆壞。她別開眼睛，穿上內衣褲、牛仔褲和毛衣，她也無法直視自己的身體。她想要狠狠地搓洗自己，但只要他還在這間屋裡，她就不會在這裡這麼做。

穿好衣服後，她從床下拿起伏特加又吞了兩大口，讓酒精在她的身體裡將她燃燒乾淨。她移開椅子，輕輕地打開門。她很害怕，但她討厭自己害怕，於是她試圖將恐懼轉化為憤怒，她知道她能做到，但唯有她離開並遠離這間屋子時，恐懼才能消除。感覺渺小而脆弱的時候，很難真的憤怒。

她能聽到電視正在播放賽馬節目的聲音，當她從樓梯上走下來時，她的雙腿不住地顫抖著，她走得緩慢而小心，盡量不發出任何聲音。媽媽在哪？如果媽媽在這裡就好了，就算她罵我壞、說我討厭也可以。她深怕讓地板發出任何噪音，那可能會導致東尼對她大吼大叫，或做出更可怕的事來。

她提心吊膽著看向客廳。地上有許多啤酒罐、外帶食物的盒子，還能從沙發背面看見一雙腿伸出來，有穿褲子。一陣低聲的咆哮聲，是打鼾。她鬆了一口氣，比任何藥物能帶給她的感覺都還要好。他睡著了。

「夏囉？」

她走到前門，卻被一陣細小的聲音喚住，她轉過身，看見丹尼爾緊抓著彼得兔，站在客廳門口。

「妳要去哪裡，夏囉？」他又問了一次。他問得很小聲，卻也不夠小。

「外面。」她耳語道，充滿不耐。她只想出去。

「我跟嗎？」

「不行。」

他白白胖胖的小臉一皺，她便看見他那雙大眼睛裡又佈滿了眼淚。她深知現在他隨時都會嚎啕大哭，然後東尼會醒來，誰知道那樣會發生什麼事？

「好，」她說，「閉嘴、閉嘴，不准哭，你這個小蠢貨。可以帶你出去，但拜託安靜。」丹尼爾露出一個快樂的微笑，已經完全忘記要哭了，然後照她說的話安靜地坐在樓梯的第一個台階上笨拙地穿上鞋子，而她去拿那件二手店買來的外套。這件外套對他來說太大了。她替他穿好外套，一隻手指抵在嘴唇前，示意他安靜。她悄悄打開門，緩緩走入十月的寒風中。

丹尼爾看起來興奮地要爆炸了，他抬起一隻手要她牽，另一手的胳膊下面夾著彼得兔。她將他溫暖的小手放進自己的掌心裡，帶著他很快地跑到街上。她一點也不想要帶著他。凱蒂會說什麼？為什麼他不能待在家就好？為什麼他總是非要成為一切事物的焦點不可？

他獨自哼著歌，一邊抽著鼻子，流著鼻涕。她最終放慢了腳步，好讓他的步伐能夠跟上。然後他們朝著荒地走去，他笨拙的腳步偶爾讓他絆倒。如果媽媽在他們出去的時候回來呢?這個想法讓她笑了。丹尼爾在東尼睡著的時候不見了，媽媽肯定會抓狂的。他們一定會吵起來。就讓他們擔心吧，去公園裡找他。她可以想像媽媽會有多恐慌，而東尼會替自己辯解，這讓她想要奔跑、大笑然後喝醉。

他們最好滾開，全都滾開。

於是，她的憤怒全都回來了。她握著丹尼爾的手，又握得更緊了一些。

62

現在

瑪麗蓮

終於，會議終於結束了。這是個冗長不堪的早會，就連賽門都不耐煩地在桌下輕輕踏著腳。但至少他下午還沒安排任何會議。如果我動作快一點的話，半小時左右就能回到麗莎的飯店。我從桌子下拿起包包，並查看手機。有一通未接來電，是我不認識的號碼。可惡。

「妳想一起吃個午餐嗎？」賽門問。「只是聊聊，不講工作。新聞上的那些事，實在……」

我抬起手來阻止他繼續說下去，並按下語音訊息鍵，將手機拿到耳邊。「抱歉，等我一下，」我說。訊息的聲音從手機裡傳來，是她，是麗莎。我聽著，感到一陣激動。

「我的天啊，天啊。」

「怎麼了？」賽門盯著我看，「發生什麼事了？」

「她知道凱蒂是誰了，是裘蒂的媽媽。她知道了，她知道她們在哪裡！」我又重新播放了一次訊息。「艾娃，她知道艾娃的下落了。」我呼吸急促，聽得出她在訊息裡說的話十分小心，在我們要逃去的地方，但她已經知道了。

「誰知道了？」

「麗莎。」

他瞪著我，渾身緊繃得連脖子都漲紅了。「麗莎？那是麗莎嗎？妳得報警。」

「不，我不能，事情沒這麼簡單。聽著，是她找到我的。昨晚，她……」

「天啊，瑪麗蓮！」他起身迫近我。「妳見到她了？」

我開始說話，沒人注意到凱倫．沃許正離開會議室，我用混亂的字句一股腦兒地將過去二十四小時內發生的一切全都說了出來，幾乎沒有發現會議室的門已經關上，只想要盡快把所有的事都告訴他。我無法再有所保留，而且我需要他相信我們。

「殺了約翰並抓走艾娃的人不是麗莎，警察完全搞錯了。是凱蒂做的，就是那個白姓少女。她為了神不知鬼不覺地找到麗莎，偽造了自己的死亡。她們曾經立下某種約定，但麗莎卻背信了。所以她正在實踐某種瘋狂的復仇……」我說得上氣不接下氣，而他張大了眼。

「慢一點，」他說，「凱蒂．白頓？」

「我們得找到她。」我不想再說下去了，只想去找麗莎，她獨自一人在外面，沒有等我同行。我不怪她，畢竟她女兒失蹤了，但她隨時都可能有意外。我說過要幫助她，所以我一定會做到，我現在是她唯一的依靠了。

「我們會的，」他說，「但妳得先解釋，誰是凱蒂．白頓？」

「她是麗莎……夏綠蒂最好的朋友。」我回答。接著我開始講述我所知道的一切，而他一語不發地聽著。我告訴他她們童年的友誼、她的孩提時代的生活，也告訴他，當丹尼爾死後身上被發現瘀傷，夏綠蒂這才發現他短暫的生命時光過得和她一樣痛苦，而那讓她徹底崩潰了。

門被打開的時候我仍在說話。我們同時抬頭看，同樣極度驚愕。

女警察來了，那個名叫馬盧的女人。她為什麼會在這裡？她和兩位男警官一起衝進會議室裡，渾身彷彿燃燒著熊熊怒火，她的動作敏捷幹練，在我還沒來得及開口之前，就奪走了我的手機。

「把手機裝袋，」她一邊說著，一邊將手機遞給其中一位警官，「我們需要帶妳到局裡談談，如果妳拒絕，我就別無選擇，只能逮捕妳……」

「逮捕她？她又沒做錯任何事！」

「我該從何說起？」馬盧厲聲說，「幫助犯人？協助與教唆？」她轉向我。「她在哪裡，瑪麗蓮？我不敢相信妳竟然拿那個女孩的性命開玩笑。妳答應過一有麗莎的消息就會聯絡我，而我相信妳。」

她是怎麼知道這些的？她怎麼知道我有跟……然後我看見了她，凱倫・沃許，就站在那扇打開的門外面，離得有點遠。這個臭女人打電話給警方。

「不，不是那樣的，」我說。接著我瞥見馬盧手上的黑色物品，同時驚恐地意識到她正拿著的是什麼。他們真的會像抓犯人一樣給我戴上手銬，再把我帶離這裡嗎？他們以為我真的要犯罪嗎？「不是麗莎做的，她沒有殺死約翰。是裘蒂的……就是艾娃游泳隊的朋友，裘蒂的媽媽就是凱蒂・白頓！麗莎想出答案了，她去找她了！」

「她愚弄了妳，」馬盧幾乎是咆哮著對我說，她看著我，好像我是這世界上最愚蠢的人，一個被家暴的女人，一再地受人欺騙。「我們在約翰的住處和他陳屍的小屋裡都發現了麗莎的頭髮和其他 DNA，甚至還有她的指紋。」

「你們怎麼知道那是不是栽贓的？」賽門站在我身邊，似乎也和我同一陣線。

「老天啊，這可不是《摩斯探長》的其中一集。連你也相信這些鬼話嗎？」馬盧瞪著賽門。「艾娃失蹤的時候，我們和她所有朋友的父母都談過了。他們沒有任何可疑之處，還有，容我說最後一次，凱蒂．白頓死了。瑪麗蓮，妳得跟我們回局裡。我們已經浪費太多時間了，我需要知道一切。妳這些瘋言瘋語還有可能讓另外兩個人面臨危險處境，也就是愛蜜莉亞和裘蒂．考森。」

我無助地望著賽門。

「我會立刻派一位律師下去，別擔心。」

我出其不意地擁抱了他，動作快得讓旁人都來不及阻止我，並且在他抽身向後退之前，在他耳邊低語：「找到凱蒂。」

「現在快走，赫西太太。」馬盧拽起我的手腕，拉著我往門口走去，而賽門幾不可見地對我點了點頭。

「能再告訴我一件事嗎？」他問。「當你們訊問裘蒂和她母親時，是面對面談話嗎？」

「不是，」停頓了一會兒後，馬盧回答，「是透過電話。愛蜜莉亞．考森人在法國，而裘蒂在西班牙度假。」

接著我便被帶走了。馬盧拖著我穿過飯店，同時讓另外兩名警官搜一遍我的房間，我的兩頰窘迫得發燙，我覺得自己彷彿全身赤裸、暴露，並且受到羞辱。然後我又一次地坐在警車中了。現在我的希望全寄託在賽門身上。直到車子發動啟程後，我這才想起了當年凱蒂和夏綠蒂遠走高飛的地方。是海邊，是她外公的房子，斯凱格內斯。

63 麗莎

斯凱格內斯是一片灰濛濛的顏色，天空下著毛毛細雨，斜斜地打在皮膚上，彷彿會穿進每一個毛孔裡。這樣的天氣正合我意，因為沒有人會抬起頭來看，他們要不就是低頭避雨，要不就是在雨傘底下弓著身子。我快步地沿著海岸走，大海在我的左手邊翻攪著，是一片骯髒的灰藍色，海浪讓空氣中瀰漫著一股鹹味。小時候，我夢想著和凱蒂一起來到這裡。現在，我們終於走到了這一步。

木棍咖啡館並非位於主要幹道上。我仔細翻找著火車站內的地圖，並在早已習慣仰賴科技產品而怠惰的腦袋裡記下方向，接著彎過三條小徑，才終於來到它所在的「棕櫚灘街」。現在我坐在咖啡館靠窗的座位，點了一杯咖啡。這個時節正是盛夏，照理說這裡應該再更熱鬧一些才對。店裡擺設的桌椅十分過時而破舊，零星的顧客們個個看起來都像是沮喪又孤獨的人，也許他們再也無法面對家中的寂寥，所以跑來這裡讀報喝茶。這些人都是當地居民，而非觀光客。沒有人朝我這邊看。

角落牆上的電視機是打開的，還有一台手提式音響，肯定已經擺在那裡好幾年了。櫃檯後方有一個大型熱水壺，而公告欄旁邊則有一架公共電話。這裡彷彿是一間幾十年前的咖啡館。凱蒂是不是刻意選擇了這個地方？因為這裡如此過時。她是否想讓我們回到過去？現在我人到了，接下來呢？

女服務生將我的咖啡端過來，她是一個五十多歲的胖女人，穿著一件居家服。我向窗外凝視，馬路上有一間電玩遊樂場，一群青少年百般無聊地聚集在外面。凱蒂在哪裡？她是否在那邊店裡看著我？下一條線索又在哪裡？

我緊張到有些反胃。我得查出該去哪裡找艾娃，然後打電話給瑪麗蓮。她可以向警方匯報我的位置，接著就能抓到他們了。只要能將艾娃安全地救出來，我不在乎警察會不會一見到我就開槍。艾娃是我一生中唯一做過的一件好事，若能救她，他們想拿我怎樣都可以。

我喝掉了半杯咖啡，每喝一口，就對凱蒂愈發地不耐煩，直到咖啡廳的公告欄再次吸引了我的目光。在網路普及之前，每一家超市裡也都會有這種公告欄，上頭釘著各種小卡片，從二手小床到園藝服務都能在上面宣傳。我盯著公告欄看，上面釘著各種訊息。原來如此。我站起身故作輕鬆地朝著公告欄走去。

「聲音大一點，親愛的。」在我身後，一個老男人在位子上咕噥著，而服務生馬上將電視的音量調大了一些。我忽略了電視新聞播報，只是一行又一行地掃視著印刷精美的廣告單文字。另外還有一些手寫的紙條，上頭寫滿了細膩的關懷，我想著那些年老的人們，心中感到一陣抽痛，是一種我自己也不明白的情感。他們都失去了某些人，我知道他們的感受。

終於，我看到了。藍色卡片上的黑色字跡。我拿起卡片時，心猛烈地狂跳著。

克萊德，打給邦妮吧！讓我們重聚吧！這行字的下方，寫著一行電話號碼。我的手不停地顫抖。我已經如此接近了，和凱蒂間的距離只剩下一通電話，和艾娃之間的距離也是。我翻攪著口袋，想找到能用來打電話的零錢。我得打電話給……

「……據信是瑪麗蓮．赫西，夏綠蒂．內維爾的同事……」

瑪麗蓮？

我抬頭看電視。

「……警方目前尚未發表任何聲明，但我們的消息來源透露，赫西小姐從她工作的地方被帶離，前往警局接受審問，此前她一直窩藏殺童犯夏綠蒂．內維爾，但目前尚未將這位犯人逮捕到案。」

我的心跳加速，耳裡也開始嗡嗡作響。天啊，瑪麗蓮。她是我的救生索，現在卻因為我而陷入了困境。她會告訴他們我在哪裡嗎？她會從我的留言中聽出我的去向嗎？我盯著電視螢幕，手裡緊緊捏著藍色卡片，掌心的汗水浸得紙張都軟了。但接著，一股前所未有的寧靜感卻籠罩了我。現在我只能靠自己了，我仍然可以打電話報警。等到我和凱蒂說到話並得知她和艾娃身在何處之後，我就能馬上打電話給警方，他們一定會為了要逮捕我而飛奔趕來。但在我親眼看到她們之前，我又怎麼能確定她們在哪裡？如果警察趕來逮捕我而她不在現場，該如何是好？那樣凱蒂一定會殺了她，我很清楚。因為一次的背叛就已經太多了。

我的心跳逐漸緩了下來，回復成規律穩定的跳動，身體也逐漸冷卻下來。我束手無策，無法幫助瑪麗蓮。我的確不該將她牽扯進來，但她會沒事的。最壞的狀況就是她會被視為一個受騙的笨蛋，但我也不知道為了起訴她，他們會咄咄逼人到什麼樣的地步，她才剛脫離了家暴而已。萬一最後情況失控，而警方逮到了我，我會告訴他們，是我逼迫瑪麗蓮幫助我的。他們認定我始終還是從前的那個惡魔，他們會信以為真的。

也許本該如此。這是我和凱蒂之間的恩怨，我們必須以某種方式來了結當年起了頭的事。我走到外頭的雨中點燃一支菸，在打電話之前先靜一靜。菸味十分刺鼻，讓我頭昏眼花，卻感覺彷彿回到了家。一切都回來了。我內心的憤怒和恐懼，我所抽的菸，我徹底的孤獨，沒有人相信我。

這種狀態正是凱蒂所要的。

她 64

你們這一代的問題就是你們都需索無度，又十分自戀，什麼事情都要上傳到Instagram。但即便如此，我還是花了一段時間才找到妳。妳要是知道艾斯頓鎮上有多少和妳年齡相仿的女孩，一定會感到很驚訝。但我仔細地研究了她們一番，而她們又是如此輕易地就將自己的生活細節洩漏給他人看，於是想要找出某個人也就沒那麼難了。我一看到妳和妳媽媽，便知道自己找對了。並不是因為我認出了她的長相，畢竟女大十八變，沒有人能單憑小時候的模樣認出一個女人。我能認出她是因為，她就是那樣的人，總是那麼緊張、警覺、處於邊緣而且孤身一人。

等待結束了，我買了房子，並開始使用護照三號，我建立了一個新的身分，遠遠地看著你們，然後慢慢融入其中。我把自己放在一個絕佳的位置，能夠仔細地觀察夏綠蒂。一切是如此易如反掌。也就是這個階段，我真正需要約翰。我需要的當然不是他這個人，而是要進入他的生活。我知道他不會有太大的改變，畢竟這些人都只是日復一日地過著日子，不是嗎？更何況他根本沒有改頭換面的能力，再次見到我的時候，他是多麼地高興，幾乎讓人憐憫。但我們的相處時光並沒有太久。

我進到你家之後一切就更容易了。我從眼鏡上取得指紋，再從浴室裡偷走了她的幾縷頭髮，把這一切都放進約翰家裡，警察便會認定她曾經待在那裡。然後我用他的筆記型電腦租了一間小屋，在屋裡解決了他，同樣十分輕而易舉。我知道他是妳爸爸，不用那樣看著我。這個男人既軟弱又愚蠢，相信我，妳一定會對他失望的。

我用他的身分建了一個Facebook帳號，和你們這些人的頁面差不多，一切都準備就緒之後，我就開始傳訊息給妳。天啊，妳真是太容易操弄了。妳多麼需要被愛，小艾娃，妳多麼想要長大，妳想要浪漫、想要激情，妳想要這些無用的東西。

我也愚弄了一下妳媽媽，製造一些一定會讓她疑神疑鬼的小意外，讓她嚇得打電話給緩刑官尋求安慰，讓她看起來變得稍微瘋瘋癲癲的。接著，當時機成熟了，就像一齣準備上演的舞台劇一般，一個小男孩被推進河裡，舞台樂聲轟隆作響，報紙上刊登了一張照片，然後是一通匿名電話，我說我認出了她就是夏綠蒂·內維爾。

接著，就是這裡了。我們還在等待。她很快就會打電話來了，我知道她會的。那麼，我來幫妳就定位吧，如何？好戲就要上演了。

65 麗莎

「是我。」

有好一陣子，電話的另一頭什麼聲音也沒有。我將話筒緊緊地貼在耳邊，縮在咖啡館的角落裡，就靠在玻璃窗上，我嘴裡吐出來的熱氣立刻凝結成一層薄霧，覆蓋住了窗戶的汙垢。

「夏綠蒂，」她說，「妳做到了。」

「我要跟艾娃說話。」

「會的，等妳來這裡之後。來到我們的藏身之處。邦妮和克萊德，終於遠走高飛了。」

「妳已經不是小孩子了，凱蒂。我不想玩這些遊戲。讓我跟我女兒說話，我要知道她是否安好。」我多想一拳打爛妳的臉，妳這瘋婆娘。

「妳說的話聽起來就像那些直接發行DVD的驚悚爛片台詞。」她的語調輕快，而且依然那麼擅長措辭，那麼像當年的凱蒂，既清純又完美。「聽著，她很好。妳期待見到我嗎？」

「已經太久沒見了。」我說。

「對我來說可不是，我一直都看著妳。」她回答。她的聲音越來越低、越來越沉，剛才的玩笑話都消失了。「我會給妳一個地址，只要妳自己一個人過來，我就放艾娃走。我向妳保證，我對她不感興趣。但我也向妳保證，夏綠蒂，若妳膽敢告訴任何人，在他們到達這裡之前，她就已經死了。明白了嗎？」

我絕對相信她。她為了這一刻投注了這麼多心力，絕對不會讓自己在這個節骨眼摔倒的。

「明白了。」我說。

「別拖拖拉拉了，克萊德，」她給了我地址，並告訴我前門沒有上鎖之後說，「耽擱太久會讓我起疑的。更何況，我迫不及待想見到妳呢。」

「我這就來了，凱蒂，」我說，「我一定會去的。」

66 瑪麗蓮

我覺得自己已經待在這裡好幾個小時了，一遍又一遍地被問著類似的問題，而我也不斷做出相同的回答。我已經把能告訴他們的一切都說出來了，至少是關於麗莎的那些部分。賽門派來的律師說這麼做是最好的，大概就是如此吧。我告訴他們她上了我的車，我替她訂了一間飯店房間。我告訴他們她對凱蒂的看法，但還沒有告訴他們斯凱格內斯的事。萬一他們在麗莎找到凱蒂之前就趕去那裡，那麼艾娃必死無疑。馬盧被叫出去之前，我們已經無語地對坐了十分鐘，現在她回來了，那麼接下來呢？他們又發現了什麼嗎？

「我的客戶已經知道她做出嚴重的錯誤判斷，沒有在夏綠蒂・內維爾接近她時立即與妳聯繫。正因艾娃・巴克里奇的安危是她最關切的問題，她才出於本心這麼做。我認為，考量到她的個人狀況，她是一個經歷了嚴重家庭創傷的女子，以及目前警方都還在處理夏綠蒂新身分曝光的餘波，起訴她並沒有什麼好處。她對自己的行為已感到非常懊悔，她誤以為麗莎是她最好的朋友，因而對夏綠蒂缺乏判斷力、付出過多情感，更不該對她忠誠。」

「她嚴重地妨礙了我的調查，」馬盧說，「夏綠蒂・內維爾才是危險的殺人犯。」

「不是她做的，」我不顧律師正在瞪我，又說了一次，其實已經說了千百次了，「是凱蒂，凱蒂沒有死。當時沒有找到屍體。她就是裘蒂的母親，我一直試圖讓妳明白。只要妳看見麗莎，就會知道了，她很有把握。」

「她當然有把握，」馬盧說，「也許她相信這是真的，更或許她有兩種人格，既是夏綠蒂也是凱蒂。但我們已經徹底搜查了愛蜜莉亞．考森的房子，沒有人，也沒有可疑之處。然而，的確有證據表明夏綠蒂可能曾經到過那裡。我們在愛蜜莉亞的床上找到一卷錄音帶，上面手寫著她和凱蒂的名字，就放在一個大貝殼旁。麗莎要去某個海邊的小鎮嗎，瑪麗蓮？」

「我不知道，」我回答。斯凱格內斯幾個字呼之欲出，但我沒有說出來。「但也許那些是凱蒂留給麗莎的訊息？」我不會稱呼她為夏綠蒂，對我來說她就是麗莎。

「也可能是夏綠蒂把東西留在那裡誤導調查。」

「妳有聯繫上愛蜜莉亞．考森了嗎？」

「她和裘蒂的手機都關機了，可能是收不到訊號。我們之前就知道她們要出國。愛蜜莉亞說她可能會到西班牙的鄉間去找她女兒。這一點也不可疑。」她越過桌子，傾身迫近我。「我試著耐心對待妳了，瑪麗蓮，真的。但妳必須接受事實，妳的行為威脅到艾娃的生命安全，或許愛蜜莉亞和裘蒂．考森也有危險。妳得幫助我們。」

「雖然我的客戶相信她的版本才是真的，但她正盡一切所能幫助妳。」律師的聲音非常平板、冷靜，相較於馬盧的惱怒和我的精疲力盡，他的情緒十分克制。

「我們再從頭到尾聽一遍，每一個細節都不能漏掉。我們剛才一定錯過了些什麼。重新播放錄音檔。」

我深吸了一口氣，又重重地嘆息。這個下午將會很漫長。

67 麗莎

我原以為這座房子離海灘很近。在孩提時代那些漫長的時光裡，那時我幻想著能和凱蒂來到這裡，而凱蒂彷彿是我生命中唯一的浮木，我總想像著房屋的大門向著一片沙灘敞開，炙熱的太陽讓人錯覺彷彿來到熱帶島嶼，而非身在某個英國海濱度假勝地，空氣中瀰漫著鹹味和廉價油炸食物的味道。並且房子根本不是在海邊，甚至不在濱海的小鎮上，而是在郊外。

門口的車道更像是一條小徑，房屋就在我的正前方。這座屋子很有設計感、很大，幾乎像是裝置藝術，比它的實際屋齡看起來更有現代感。它是何時建成的？也許是一九二〇年代？

我停下來，開始思考我的選項。前門是沒有上鎖的。

她害怕的是什麼？她難道認為我按了門鈴，而她來應門之後，我就有機會在她開口說話之前，就一刀刺向她的胸口？也許她假設得沒有錯，但我不打算讓她一刀斃命。我只想讓她動彈不得，好讓我能找到艾娃。

我站在建築物的右側，從這裡研究這棟房子，想找出是否有隨時追蹤周圍動靜的監視器。但我什麼也找不到。也許會有一架攝影機在門口，這樣她才知道我甚麼時候抵達。房屋的窗戶比四周更暗，什麼也看不出來，也許窗內裡面有拉起的百葉窗或窗簾，我從這個距離看不清楚。而我也沒有辦法繞到後門去，因為後花園四周架設了高高的柵欄。

她讓我別無選擇，只能按照她的指示走進去，或就此離開然後報警。一旦我進屋，她就會試圖殺了我。而要是我離開，她就會殺了艾娃。凱蒂就像馬戲團演出的總指揮。

凱蒂總是善於謀劃。

我的掌心直冒汗。我知道艾娃在裡面，她和凱蒂正在等我。我告訴自己，她答應過會放她走的，她想要的不是艾娃。我想起丹尼爾還有我做過的事，想起這些年背負的重荷。拯救艾娃才是唯一重要的事，如果我必須在過程中死去好讓這一切落幕，那就這樣吧。即便如此，我還是把刀拿出來，將刀柄緊緊握在手裡。

我走到車道上，周圍異常的安靜，只有雨點毫無止息地打在四周灌木叢裡的聲音，還有我的鞋子踩在碎石路上所發出的窸窣低語。我掃視周圍，想要找出些端倪，卻什麼也沒有，沒有看見任何威脅。她不會馬上殺了妳的，我這麼告訴自己。她想要和妳談談，她還想跟妳敘舊呢。而這是我的優勢，我很清楚。如果到時我能衝向她，用刀刺傷她，讓她變得虛弱，那麼我就有機會了。

雪白的大門前面有三階蒼白的階梯，我跨上台階，深吸了一口氣，抬手推開了大門。

我小心翼翼地跨過門檻，讓門在我身後敞開著。屋子裡很冷，雖然木地板被擦得很光亮，但屋裡充斥著空蕩、廢棄建築物的氣味，仍舊一下子就將我的記憶帶回庫姆斯街上那座舊房子裡。屋裡還掛著一些畫作和抽象現代藝術作品，一座櫥櫃則靠在其中一面牆上，但它們全都是被遺忘的物件，沒有人打理。它們只是比庫姆斯街上那座屋子裡的廢棄物還要華貴而已，除此之外沒有區別。時間彌封著一切。不，我糾正自己。時間總會彌封一切，但過去不會被抹除，而是會如影隨形，任誰都無法擺脫。現在我能感覺到過去正在包圍我，像幽靈一般地被牽引過來，讓我窒息。凱蒂、丹尼爾、東尼，還有媽媽。

這裡是一個開放式的玄關，空間非常大，因為家具很少，看起來更加寬敞。玄關的更前方，則是往一片黑暗的樓上延伸而去的樓梯。周圍的窗戶都是百葉窗，只有幾縷光透進來，四下死寂到我能聽得見自己的呼吸。現在呢？

我前進了一步，又再前進一步。角落裡也沒有藏著人影，這裡完全沒有人。我應該上樓嗎？下一條線索在哪裡，凱蒂？妳希望我來這裡做什麼？

她突然出現在我面前，一個像幽靈一般的身影飄忽而下，我倒抽了一口氣，跌跌撞撞的向後退了幾步。是凱蒂，但她看起來和小時候一模一樣。我的凱蒂就站在樓梯的第一個台階上，那是她的鬼魂。這是怎麼回事？當我腳下的樓梯突然消失，我腦中閃過的只有這個問句。

魔術師的房子，記得嗎？在我耳邊低語的正是凱蒂的聲音。充滿了把戲。

我直接走上前去。太蠢了，愚蠢的夏綠蒂。接著我感覺到一張網子罩住了我，我碰地一聲一頭撞上水泥牆，感到頭暈目眩，最終眼前的世界化為一片黑暗。

68 瑪麗蓮

他們沒收了我的手機，但至少我已經離開警局了。

「謝謝你，」我說。賽門．曼寧在門口，在車旁等著我。不知道這個下午他付了多少錢給律師，我感激得快哭了。「他們還是有可能會控告我，但目前我還是自由之身。我跟他們說我會待在飯店裡。可以吧？」

「當然，上車吧。」他望向我身後的馬盧，她走到外頭來點了一支菸。「請別擔心，她不會潛逃的。」

「我確定她不會。我們已經安排人手確認艾斯頓火車站和公車站的監視器畫面，看能否找出夏綠蒂。希望我們能從中找到一些線索，才不會讓這一次重挫危害到更多條人命。」

我聽見他們的對話，但沒有仔細聽內容。這時有別的東西引起了我的注意。我看見一輛車謹慎地停在對街，一個熟悉的身影就躲在駕駛座暗處。是理查。

「我只想好好洗個澡然後睡覺，」我喃喃地說，回過頭來面向他們，「可以走了嗎？」

理查，我現在要想的問題只有這個。他怎麼會知道我在這裡？他沒有下車，而我們發動車子後，他便跟了上來。

「還有誰知道我被帶進警局？」我試圖表現得像是隨口聊聊。

「恐怕是所有人都知道。」他看了我一眼。「新聞已經報導了。」

我不滿地咆哮了一聲，向後靠近座椅裡。「怎麼會這樣？」

「不是馬盧洩漏的，她想保持低調，這樣麗莎跟妳聯繫時才能有所動作。我想是凱倫・沃許那個自以為是的女人。別擔心，她已經被開除了。」

「感激不盡。」我說。從副駕駛座的後照鏡裡，我看到理查的車一路尾隨，他跟得很緊，但又不至於太靠近。

「我剛才也很忙，」賽門說，「我召集了一個由法務會計、律師和私家偵探組成的團隊，讓他們去調查白頓家族的資產，尤其要找出凱蒂用那些財產來做了些什麼，結果發現了很大一批文件，還有好幾個不同的身分，隱藏在錯綜複雜的海外公司和帳戶背後。他們家族很富裕，但這些帳戶和身分都不是必要的。總而言之，這麼多的文件告訴了我們一件事——有人正在隱瞞些什麼。

「例如某人根本沒有死？」

「沒錯。」

「斯凱格內斯，」我說，「凱蒂的家族有一間房子在斯凱格內斯。我想麗莎就是到那裡去了。我沒有告訴警察，我不想要他們在麗莎抵達那間房子前就去那裡抓她。我知道這很蠢，但他們……」

「沒關係。我相信妳。我相信她。我會找出……」他停下來，往旁邊車道望去，對上了我不斷神經質地望向後照鏡的目光。

「怎麼回事？」他皺眉。「是警察嗎？」

我搖搖頭。「更糟。是我丈夫。」

他一句話也沒有說，只是表情嚴肅地將車子減速，並駛離主道路。

「你在做什麼？別理他就好。」我不知何故感到一陣慌張。別理他就好，說起來容易。賽門持續減速，直到看見路側停車處，便開過去將車子停了下來。

「不要過去，」我說，發出一種慌張的哀鳴，是連我自己都討厭的那種聲音。「趕快回飯店吧，快點。」我不希望理查傷害他，理查已經造成夠多傷害了。

「在這裡等。」他沒看我一眼便下了車。

我很想瑟縮進座椅裡，但我必須看著，於是我打開窗戶，轉身向外面望去。理查怒不可遏地從車上走下來，我看得懂他的肢體動作，我知道當他卸下偽善的面具時，臉上會是什麼樣的表情。

「你睡了我老婆嗎？」他字字清晰，當我看見他大搖大擺地走向賽門，我忍不住瑟縮起來，他的拳頭緊握著，再過不久就會完全失控，但賽門卻一派輕鬆地往前走去。「我說，你是不是睡了我家肥婆？」我的胃翻攪著，我想要嘔吐。他會殺了賽門，然後扯著我的頭髮把我從車裡拽出來再殺了我。

但賽門的動作太快了，我還來不及搞懂究竟發生了什麼事。他一句話也沒有說，突然伸出一直擺在口袋裡的手。理查甚至來不及震驚，肋骨和和腹部便受到重擊，每一拳都快速、精準又有力。他蜷縮起來，大口喘氣。然後，賽門依舊一言不發，便轉過身來，以同樣穩定的步伐走回車上。

我盯著他看，幾乎和我丈夫一樣喘不過氣來，他正倒在我們後方不遠處的柏油路上。

「現在他知道斷掉幾根肋骨是什麼感受了。」他冷靜地說，一邊驅車離開。

「你從哪裡學會那些的？」我問。我也能學幾招嗎？

我第一次仔細地看著他的雙手。粗糙的皮膚，是經年累月才變得如此堅韌。

「我從來沒有坐過牢，」他說，又開回主要幹道上，「但我應該被關的。你認為我為什麼會如此擅長找人？正因為已經學會如何掩蓋自己的過去，才會知道要用什麼方式來挖掘別人的過往。想要掩蓋過去的人，通常都會隱藏收入來源，我們都知道箇中技巧。」

「我們得找到凱蒂，」我說，「警察不會去找她的。」我看著頭頂上聚積起來的烏雲。

「我們得快一點。」

69 麗莎

我睜開眼看見她時，幾乎要笑出聲來。當然了，我早該知道的。愚蠢的夏綠蒂，永遠都慢了一步。我試圖站起來，感到一陣暈眩。

「妳重摔了一跤，撞到了頭，」她笑著說。「那是一個活板門，是外公的小把戲之一，可以讓一個人憑空消失。比起我的方法略顯粗糙，但還是堪用。妳掉下去後，只有半個身子落在網子裡，接著就摔下去了。我都忘了妳有多不靈活。」

我當時怎麼沒注意到？她的微笑、她把頭髮塞到耳後時，那種輕巧微妙的動作。我對周遭一直很警惕，但我一直以為威脅是來自陌生人，來自新聞媒體。我的警戒用錯了地方，讓這條蛇就這樣溜進了我的家。

我的喉嚨發乾，身體沉重得像鉛塊。她肯定在把我拖出來的時候，在我的喉嚨裡塞了一片藥，我能感覺到藥片卡在我胸腔內的某處。屋裡很黑，當她打開了一盞小燈，我便在黑暗中馬上瞇起眼。「這樣好多了。」

遠處的角落傳來一聲嗚咽，雖然我的視線模糊，但我仍能看見她。那是我的寶貝、我的艾娃，她躺在地板上一張骯髒的床墊上頭，手腳都被綁住，嘴巴也被堵住。她瞪大的眼中充滿了淚水，我想衝過去抱住她。我看著她，想告訴她一切都會沒事的，但我不會順了凱蒂的意。我必須保持堅強。我必須再度成為夏綠蒂才有機會打敗她，夏綠蒂總是很強悍。夏綠蒂從不讓人觸碰她的內心。

「妳說過會放她走。」我咬字含糊不清，發音也毫無章法，無論我想說的話在我腦中多麼字字清晰，到了嘴邊卻馬上就失去了正確的形式。她到底讓我吃了什麼？我試著移動我行動遲緩的身體，直到這時，我才注意到她用毛茸茸的手銬將我綁在椅子上。這對手銬看起來像是情趣商店裡才會賣的東西。我不太確定自己是不是絆倒了，而她則笑了起來，她的笑聲就像是愛麗絲夢遊仙境裡銀鈴般的嗓音，我曾經如此著迷，現在我卻只想一拳打在她的喉嚨上，好讓她停止。

「那東西很可笑，對吧？但我不想留下任何痕跡，不能讓現場看起來像是妳遇到了麻煩。」

我的腦袋太過飄忽，無法意識到自己內心深處的恐慌，反而只想知道我的刀在哪裡。最終我看見它了，在一張長桌上，桌上則放著一個看起來像是棺材的東西。棺材？這就是她對我的安排嗎？她想要活埋我？凱蒂啊，凱蒂，妳到底在玩什麼把戲？我環顧四周。沒有窗戶。顯然我們在地下室，角落裡有一座奇怪的鐘，數字的順序完全不對。另一頭則架設了一架攝影機，還有一個和人等高的玻璃箱。

「這就是我祖父鑽研他的奇想的地方。」凱蒂說。她靠在桌子旁，纖細的臀部旁邊就是我的刀。「這裡是一個隱蔽的場所，因為他總是偏執地認為有人會竊取他的想法。他為演出者各式各樣的幻想做設計，讓他們帶上舞台，而他也因此發了大財。這個地方顯然完全隔音，但我還是不得不把艾娃的嘴堵住。她一直在大喊大叫想要求救，喊得我頭痛，這對她來說根本沒什麼幫助。」

我被凱蒂迷惑了，在這麼久之後。我一直都沒有認出她來，但我想這就是重點。她已經完成了所有的工作，很多的手術。她的鼻子小了很多，小得像個鈕扣。我從沒告訴過她，但當我們還小時，我就覺得她的鼻子對她的臉來說稍微大了一點，那讓她無法成為一個美艷的人，卻依然是個清純漂亮的女孩。也許我們上法院的那時，她的外貌對她來說很有幫助。因為沒有人願意相信一個美艷的少女，但漂亮的女孩總是無害的。

「放她走，」我喃喃地又說了一遍，「妳說過會讓她走的。」

「先別趕進度。」她笑著說，兩眼閃閃發光，她正完全處於遊戲模式。她推了推她剛才倚靠著的桌子，桌子立刻一分為二，而上頭棺材也斷成了兩截。那根本不是棺材，是魔術師的把戲。

「如果妳還記得，我一直都不喜歡我外公。天啊，他真無趣，一個早已乾枯、垂死的老人。但我現在能夠尊重他那些一絲不苟的想法了。我學會了自己觀察細節。勸說我母親不要賣掉這幢房子，可真是一件艱苦的工作。但後來照顧她的那些年裡，我有很多年的時間能夠操控她，對吧？」她看著我，眼裡充滿了愛意。她會後悔嗎？「我們本來要一起到這裡來的，」她輕聲地說，「不是嗎？」接著她又厲聲說到：「都是妳毀了一切。」她深吸了一口氣，試圖控制自己。「但至少我們現在來了。我簡直不敢相信。我已經等了這麼久了。」

我感到四周又開始天旋地轉，究竟是因為腦震盪還是她給我的藥？當眼前的黑暗再度迫近時，我意識到這個問題根本不重要。無論是哪一種，我等一下都會暈過去。我的腦袋昏沉，重得抬不起頭來，開始慢慢往下垂。凱蒂的身影逐漸模糊。

「夏綠蒂？」她的聲音聽起來彷彿來自水底。「夏綠蒂？哦，拜託，妳以前可比現在厲害多了。」

接著我便又昏厥過去了。

70 瑪麗蓮

「謝謝你，太好了。」他掛下電話。「我們查出來了。」

我坐直身子，所有的疲倦和挫敗一瞬間都消失了。「你唬我的吧。」

「是她的外公，哈洛．亞瑟．米克萊森。」他將剛才草草寫下地址的紙條放在桌上當作證明。「就在斯凱格內斯。」

「老天啊。」我拿起那張紙，瞪著它看。「你手下的人真厲害。」

「我僱用的都是最優秀的人。現在該是報警的時候了。」他的辦公室裡很熱，我們兩個從車站回來後，就一直待在這裡等電話，我可以看到他髮際邊緣的汗水。已經等了兩小時了，感覺像等了一輩子那麼久，而我整個人緊繃得渾身疼痛。

「我們很清楚麗莎現在有麻煩了，」他說，「如果這個叫凱蒂的女人如此大費周章地逮住了她，那麗莎絕不是她的對手。」

「我同意。我會打給馬盧。」我伸手去拿他給我的手機，因為我自己的已經被警方沒收了。但這時他卻搖搖頭。

「不能由妳來打。他們不會相信妳的。」

「那好吧，你來打。」我不在乎由誰報警，只要警方願意仔細聽。於是他撥了號碼，我一邊聽著，一邊焦急地在桌子下踏著腳。

「……不，這與瑪麗蓮無關，她吃了藥之後便去睡了。而我出於好奇一直在研究凱蒂．白頓的資料。對，爆料的確是撈一筆的好辦法，但我現在向你們分享我發現的東西，替你們省下調查資源。妳至少應該確認一下那座屋子，那是一座空屋。顯然原本要被改造成一座博物館，因為她的外公是一位著名的魔術師，但後來卻沒有改建，新屋主也從來沒有現身過。馬盧警官，有人就隱藏在這些文件的背後，無論是不是凱蒂本人。我想麗莎很有可能到斯凱格內斯去了，那裡很有可能是她和凱蒂談判的地方，對吧？凱蒂的外公很早就去世了，如果當年她們打算一起逃跑，一座空屋絕對會是很好的藏身處，至少能躲個一兩天吧？派幾位警官過去確認一下又有什麼損失呢？這種案子妳應該十分鐘內就能調度到人手了，對嗎？」

接著是一段長長的沉默，我們兩人都看著對方。終於，他點點頭，成功了。「謝謝妳。好的，我會的。再次感謝妳。」

等待十分漫長，我們靜靜地坐著，焦慮的氣氛瀰漫在我們之間。我猜想著他是否意識到自己已經愛上了麗莎。他以為自己這麼做是在證明自己的判斷力，好讓他能對於自己的行為稍微釋懷一些，讓他受麗莎吸引、和她約會調情變得稍微不那麼糟糕。但還有更多其他的因素。他現在所做的一切，受到更深層的情感驅使，即使他自己還不知道。我也愛麗莎這個朋友，即使我已經知道了她過去的一切。這也的確是我必須學著與之共處的情感。有人做了一件很可怕且不可原諒的事，但若你愛對方，就會原諒對方。人的心就是如此奇怪。

終於，馬盧回電了。賽門聽著，接著在幾句敷衍之後，通話就結束了。我可以從他垂下的雙肩看出這不是好消息。

「沒有人在那裡。那邊像沙漠一樣死寂。唯一奇怪的地方是前門沒有上鎖。他們打算明早試著聯繫屋主，並找個鎖匠過來看看，但目前沒看出有人藏在那裡的跡象，也沒有艾娃的蹤影。」

「他們一定忽略了某些線索。」我說。她一定在那裡，我打從心裡能感覺得到。

「他們想找出兇手，」他癱坐在椅子上，「所以他們應該檢查得很徹底。她們應該不在那裡。我們又回到原點了，現在只能期望針對愛蜜莉亞．考森的調查能有新的結果。在那之前，我們無能為力。像無頭蒼蠅一樣到處亂飛，對我們沒有任何好處。」

我低頭盯著那張寫著地址的紙，我一直握在手裡。不管他怎麼說，我覺得他們一定忽略了某些細節，至少那裡會有一條線索。畢竟凱蒂不會毫無理由地引導麗莎到那棟房子去。

「妳看起來累壞了。也許妳該上樓洗個澡休息，或吃點東西，如果吃得下的話。如果馬盧突然決定來這裡問我究竟在打算些什麼，妳人在現場也不太好。」

我仍然看著那張紙。「你說的對，」我虛弱地笑了一笑，對他說。「已經很晚了，而且我的頭快痛死了。也許躺下來睡個一小時對我有幫助。」

我從桌上拿起手機。「這裡頭有存你的號碼吧？我如果有想到有用的線索，就會馬上傳訊息給你。」

他點點頭，用男人哄女人的方式告訴我「一切都會沒事的」，好像女人單純得像小孩一樣，好像女人根本不知道其實事物總是會出錯，好像男人可以保護女人不受這邪惡世界的迫害，但我們卻往往遭到他們的傷害。他說的對，我累了。我厭倦了許許多多的事。我厭倦當個受害者，我厭倦必須依靠男人，我厭倦等待。

「我想我應該馬上就會睡著，」我一邊伸手打開門，一邊說。「但如果你發現任何有用的線索，也請馬上打給我。」

「我會的。」他回答。一等到他轉過身去，我立刻拿走他桌上的某件東西，原本就擺在他的咖啡杯旁。

幾分鐘後，我坐在他的車裡，將凱蒂外公家的地址輸入進他高級的衛星導航系統。我不傻，我知道警方會監視我停在飯店前面的車，所以我從後門離開，穿過廚房來到員工停車場。沒有人在監視賽門的車。他要多久才會發現我拿走他桌上的鑰匙？也許一個小時？如果我運氣再好一點，也許會更久。我不會讓麗莎失望的。開到斯凱格內斯車程大約只要一小時，在晚上這個時間點也許會更快。我不會坐在原地等著男人來拯救。絕不會。

71 麗莎

我的喉嚨發乾，一睜開眼便感到刺痛，即便房間裡的光線極弱。

「喝了這個。」她說。我吞下了一大口，突如其來的刺激辣感讓我開始咳嗽，並將剛才喝下的全都嗆了出來。這不是水。有一瞬間我以為這是某種化學酸類或是其他同樣致命的東西，但後來記憶開始浮現。是伏特加。未摻水的、廉價的伏特加。我大吃一驚，清醒了過來，然後晃晃腦袋，試圖忽略疼痛。

凱蒂也啜了一口，一張臉皺了起來。「我始終不懂你怎麼會喝這個。」

「它很有用。」我回答。

「妳以前的確喜歡讓自己變得麻木，好讓妳所有的精力都消失殆盡。」

我看向角落的床墊，而凱蒂發現了我的警覺。艾娃身上蓋著毯子，從頭到腳都被蓋住了。天啊，不要，拜託不要……

「別擔心，她沒死。」她轉過頭去。「動一下讓妳媽媽看一看，艾娃，讓她知道妳還活著。」

那團毯子蠕動了起來，我聽見一聲嗚咽，她恐懼的聲音裡參雜著一些憤怒，我對此感到很慶幸。這才是我的女兒。

凱蒂煞有其事地傾身靠近我。「她也喝了一些伏特加。」

「妳什麼時候才要放她走?」我問。我現在已經能清楚發聲，但我仍假裝說得含混不清，好讓她以為她給我下的藥還有作用。「妳說過會放她走。」

「我是說過啊，對吧?」她將椅子拉到我身邊。她的確做過整容手術，但為什麼我沒有認出這雙眼睛?我應該要知道，她過度明亮的眼裡所閃爍的這種愉悅神情，是因為她正處於瘋狂邊緣，即便是小時候也是如此。「但人總會改變主意，對吧，夏綠蒂?」

「我知道我打破了我們的約定，」我說，「讓妳失望我很抱歉。我很抱歉我報了警。但那是我做的，不是艾娃。這和艾娃無關。」

「妳背叛了我，妳甚至到現在都還不知道。那時我愛妳，而妳背叛了我。」她眼角泛著淚。「為了什麼?為了這種人生嗎?我們原本可以擁有一切，我們本來可以一生輝煌。但看看妳，現在只不過是個尋常女子，像個鼠輩。」

我垂了一下頭，再假裝奮力抬起來，好像我支撐不住一樣。她說的話在我腦中轟隆作響，「妳說我到現在都還不知道，這是什麼意思?」

「妳記得些什麼，夏綠蒂?」她輕聲細語地說，然後用力拽著我的頭髮，將我向後拉，往我灼痛的喉嚨裡又灌了一大口伏特加。

「我不記得。」我說。我知道是我做的，我怎麼會想要記起來呢?我終其一生都在試圖忘卻。我不想再去想那件事，永遠不想。

「妳當然記得，」她愉悅地說。「妳只是記錯了。」

72
事件當時
一九八九年

凱蒂見到丹尼爾跟來非常不高興。他害羞又黏人，但最終還是和彼得兔一起坐在地板上玩著夏綠蒂從外面撿來的一些舊磚頭。一邊玩著，他的眼睛一邊警覺地瞪得大大的，夏綠蒂不喜歡看著那雙眼睛，因為她的內心總是會因此而波動。她應該把他留在家裡才對。

她喝了更多伏特加，而凱蒂又弄來另外半瓶，還帶了一些她媽媽的藥，就是抗焦慮或抗抑鬱之類的那種東西。「我一直帶著這些藥以備不時之需，」她笑著說，「一起來樂一下吧！」

「跟我玩，夏囉，」丹尼爾說，一邊小心地把一塊磚頭疊在另一塊磚頭上，「來蓋一座消防局。」

「我在和凱蒂說話，」她說，同時吞下一片藥並灌了一口酒，「你自己玩。來，喝點這個。」她把酒瓶遞給他，他喝下一小口後她便立刻將瓶子拿走。他一陣咳嗽，看起來好像要哭了，卻馬上又停了下來。也許他已經明白，在這個家裡當個愛哭鬼並沒有什麼好處。又或許他很了解夏綠蒂，知道她不會過來抱著他、安慰他。「不喜歡。」他說。

不知為什麼，他的反應讓她有些滿意。「那就閉嘴，安靜地在旁邊玩。」她咆哮著說，沒看他一眼。她並不想為他感到難過，她只想替自己抱不平。

當周遭的世界開始天旋地轉，夏綠蒂感到有點不安，但凱蒂卻顯得無比亢奮。他們又喝了更多，凱蒂用她的粉紅色雙卡帶錄音機播放著她們的錄音帶，旋律在潮濕而寒冷的屋子裡輕輕地迴盪著。一陣寒風從破碎的窗戶吹進來，夏綠蒂打了一陣寒顫，卻感到異常地滿足。

「真不敢相信我們在做這種事。」凱蒂說。

「哪種事？」夏綠蒂無法集中注意力，但體內這種化學作用產生的溫暖感覺很好，她再也感受不到昨晚的疼痛了，只剩下一點輕微的抽痛，就像她的心跳一樣。甚至連她的憤怒都讓她感覺很棒。凱蒂靠在她身上，又喝了一口伏特加，然後將瓶子遞給她。

「我們的約定！」凱蒂緊緊依偎在她身邊。「這就是你把他帶來這裡的原因，對吧？我們今天就要動手！」

夏綠蒂皺起眉頭。這是她把丹尼爾帶來這裡的原因嗎？她真的想要那樣嗎？「是他跟著我過來的，」她說，「我還沒偷東西，也沒有錢。」

「我有我們所需要的一切。我們會到我外公的房子去躲個幾天，我知道有個好地方能躲。」凱蒂抓緊她的手臂。「我們先喝醉，然後就動手吧。接著我們就去解決我媽，今天下午她會在家。最後，我們就自由了！我們就是邦妮與克萊德！」

夏綠蒂考慮了一陣子。她是真的很想要和凱蒂一起離開這裡，比什麼都想要。再也不會見到東尼，再也不會見到媽媽。她看向丹尼爾，他正一邊玩一邊對著彼得兔喃喃自語。她討厭他，她知道自己討厭他。

「也許我們直接逃跑就好，」她含糊地說。「忘了這一切鳥事，不要管他們。」

「他們一定不會讓我走，」凱蒂也開始口齒不清。「我媽一定會想盡辦法把我綁在身邊。」她笑著將頭靠在夏綠蒂的肩上。「而且我們立過誓約。誠心發誓，違者願死。一定要記得。」

「誠心發誓，違者願死。」夏綠蒂喃喃重複。「先喝醉吧。」她不想去思考她們的計畫。原本那只是個遊戲，現在卻感覺太過真實了。「我什麼都不想管。」

當那些藥片發揮作用時，效果十分猛烈，有好一陣子她深怕自己一下吞得太多了。她感覺自己在一片黑暗中浮浮沉沉，彷彿有一團薄霧籠罩著她，甚至幾乎將她的意識帶離自己的身體。

「這是怎麼回事？」她試著發問，有那麼一會兒凱蒂看起來似乎是在微笑，對她笑得如此燦爛，然後她便跌坐在牆邊，感到異常睏倦。她感覺不到時間，只是不斷地在混亂的意識之間穿梭著，一切都是模糊的。

「夏囉？」丹尼爾的臉突然出現在她眼前。他的眼睛占滿了她混亂的視線，那雙眼很像東尼。「不舒服，夏囉。」

是他不舒服，還是他在關切她？不管是哪一個，她都不想看到他，也不願去想他的事。「閉嘴，丹尼爾。」她咕噥著說，字句像是沉重地黏在她的舌頭上。太多了，她喝了太多酒，又吞了太多藥。她閉上眼睛，即便她知道丹尼爾正在拉著她。

都是他的錯。她腦中有個聲音對她說。這一切都是他的錯。包括妓院的事、妳媽不再愛妳、東尼和他的皮帶，他出生之前都沒有這些事。一直到他們對他付出了所有的愛之後，他們才發現自己根本就不愛妳，這就是事實。這一切都是他的錯。

她奮力張開眼睛，腦中的聲音使她感到困惑。那個聲音來自她的腦袋裡，所以一定是她自己的心聲。丹尼爾還站在她面前，他看起來也正處於暈眩之中。她後來又給他喝了更多酒嗎？她不太記得了，也許是吧。她連自己喝了多少都不記得。這一切都是他的錯嗎？對，她想。對，就是他的錯。她深知如此，就像她腦中的聲音所說的。但他只是個小嬰兒，這並非真的是他的錯。他看起來很害怕，吸吮著彼得兔的耳朵。她不希望他害怕，那觸發了她心中的某種感受。

她腦中的聲音還在說話。媽媽給了丹尼爾所有的愛和關懷，還讓她必須承受所有痛苦，那聲音不斷提醒她。如果丹尼爾出了什麼事，就能狠狠地懲罰媽媽了吧。她罪有應得。她有多想要懲罰她啊。但這既是她所想要的，卻又不是她所想要的。她不知道自己想要什麼，她只想要昏過去、沉沉地入睡，然後忘卻這一切。但她腦中的聲音卻不肯閉嘴，不斷從她的內心深處挑動著她。他就是個垃圾，你明知如此。他被寵壞了，他是個混蛋。他就是他們傷害妳的原因。

一切都遁入黑暗，彷彿籠罩在一團濃霧之中。動手吧，試試看，掐住他的喉嚨，讓一切都好起來。她看見自己的雙手就放在他的脖子上，能感覺得到他柔軟的皮膚就在她的手指下，而她腦中的聲音不斷怒吼著，他的一雙小眼瞪得好大，她實在不確定現在究竟發生了什麼事。接著黑暗褪去。她身在此處，卻又好像不在。她做了那件事，卻又好像沒有做。她的腦袋無法如常運作，渾身都感到不對勁。某一刻她好像聽到了磚頭的聲音，接著歸於寧靜，而她又彷彿重回黑暗之中繼續飄浮著。

當她再度睜開眼睛時，她看得異常清晰，卻感覺頭痛得快要爆炸了。她的胃翻攪著，隨時都能吐出來。凱蒂的媽媽到底都吃些什麼藥？她再也不想吃這些東西了，再也不想。凱蒂在她身邊昏睡著，癱倒在牆邊，雙腿張開，姿勢非常不像平常的凱蒂。「凱蒂？」她說，周圍又微微地開始旋轉，伴隨著一股噁心感。「凱蒂，妳醒了嗎？」

一旁的彼得兔吸引了她的目光，就被遺落在她腳邊的地板上。她猛然想起了什麼。手、脖子、丹尼爾。那是夢嗎？嘔吐感消退了，隨之而來的是一股讓人不寒而慄的恐懼。在她的視線角落裡有一隻小鞋子。然後是一動也不動的小腿。她不敢看，她絕望到不想轉過去看，但她忍不住。

哦，該死，丹尼爾。他的臉轉向一邊，一旁的地板上有一灘血跡，他完全靜止不動，她知道他死了，她心知肚明，她覺得自己就要放聲尖叫或是……

「老天啊，夏綠蒂。」凱蒂正奮力爬起身來，瞪大了朦朧的雙眼。「妳做了，妳真的做了。」

夏綠蒂顫抖著，渾身顫抖得就像站在用來維修馬路的鑽地機旁邊一樣。這太超現實了，這一切全都太超現實了，他不可能真的死了，不是真的，不會像我們說的那樣被掐死了，天啊，丹尼爾，我真的很抱歉。凱蒂抬起他的小手放在她的臉頰旁。

「看著我，夏綠蒂。」

她照做了。她看哪裡都可以，就是不想看著丹尼爾。天啊，媽媽會說什麼？她直視著凱蒂那雙完美的眼睛。「成功了。」凱蒂輕聲地說，在她冰冷的臉上呼出溫暖的氣息。丹尼爾永遠不會再呼吸了。天啊，不。凱蒂溫柔地親吻她微張的嘴。「妳做到了。這只是開端，夏綠蒂。我們就要獲得自由了！我真不敢相信妳做到了，但妳真的做了。噢，夏綠蒂，妳是我的英雄。現在我們沒有退路了，接下來輪到我媽媽，然後我們就能逃跑了。我們會像風一樣地飛翔，只有我們兩個。永遠只有妳和我。永遠不回頭了。」

夏綠蒂抖得連牙齒都開始打顫。這不可能是真的，怎麼可能是真的呢。這只是幻想，是她們的其中一個瘋狂的遊戲。一切都太明亮、太真實了，但同時又太超現實了。沒有退路了。

「我得先回家，」她聽見自己說，「讓一切看起來很正常。如果媽媽在家的話，我就說我要出去找丹尼爾，然後就來找妳。他們不知道妳的存在，所以要是我失蹤了，他們也不會找上妳。」她為什麼能如常地說話？為什麼能如此冷靜？「我們解決妳媽之後就走，對吧？」她回吻了凱蒂，即便她能在自己嘴裡嚐到一股酸澀的味道，像是一團腐爛的物質發出的氣味。

「半小時後在我家見？」

夏綠蒂點點頭。她需要先從這裡出去，她需要先離開。此刻她的憤怒都到哪裡去了？全都灌注在妳掐住小丹尼爾脖子的那雙手上，都在那裡了，該死，現在已經沒有退路了。

「我愛妳。」當她們爬出舊屋，回到十月的冷空氣裡時，凱蒂如此說道，並對她露出微笑。

「我也愛妳。」夏綠蒂回答，她自己的微笑是蒼白又扭曲的。也許她真的愛她，真的愛。但現在一切都崩壞了，她自己也支離破碎了。而丹尼爾的破碎則是永遠不可能再被修復的，天啊。「半小時候見。」

她們分道揚鑣，而夏綠蒂知道她再也見不到凱蒂了。再也不會像這樣與她相聚。她走到轉角時吐了出來，伏特加和膽汁濺到泥地上，而她整個人都被掏空了。

她回頭看了看那座舊屋，如此殘敗，不被喜愛，也毫不討喜。她不想把丹尼爾一個人留在那裡，只有彼得兔陪伴他。他會害怕的，而且他不會理解的。他已經死了，妳這個愚蠢又惡毒的女人，他永遠不可能再理解任何事情了，都怪妳和妳的藥，還有妳腦袋裡愚蠢的聲音和愚蠢的憤怒。他從來沒有真正傷害過妳，從來就不是丹尼爾戴妳去妓院，更不是他打妳，他也沒做過東尼昨晚做的事。為什麼一切現在才變得如此清晰？為什麼她總是慢了一步？

她知道自己必須做些什麼，她唯一能做的只有這個了。沒有退路了。她開始狂奔，跑得比任何時候都還要快，一路跑到火車站去。那裡有公用電話。呼吸令她胸口生疼，而且酒精、藥片和錯愕仍令她頭暈，但她依然用顫抖的手指重重地按下了九九九，是報警的號碼。

我很抱歉，凱蒂。

丹尼爾，我很抱歉，丹尼爾。

她希望自己能哭出來，她希望自己能死去。但她卻回家了，她的步伐是麻木的，心也是麻木的。她一直等著，直到聽見了警車的聲音。不久後媽媽開始嚎哭，並用力推開東尼。

當他們將她帶上警車時，她沒有回頭看。

再也沒有退路了。

73
現在
瑪麗蓮

我把車停在遠離房子的一條偏僻道路上，然後從後車廂裡拿出手電筒。在一片黑暗中，房子看起來僅是一團黑色的形狀。我暫時沒有打開手電筒，只是小心翼翼地走在崎嶇不平的小徑上。我連自己的腳都看不清楚，四周沒有任何路燈的光亮穿透這厚重的黑暗夜晚。雖然沒有下雨，但空氣是濃濃的、潮濕的低氣壓，厚厚的烏雲也壟罩而下。當我轉彎走到車道上時，路上沒有任何其他的車輛，當然也沒有警車，我不禁讚嘆最近政府削減預算有多成功。這裡沒有燈光、沒有人煙。就算她們真的在這裡，凱蒂也會把她開過來的車子扔在某個看不見的地方。我毫不猶豫地爬上台階，沒有給自己時間退縮和轉身。沒有看見警方的封鎖現場膠帶，門上也沒有被釘上木板，沒有看出任何警方曾認真對待此事的跡象。

當我推門而入，我便明白了原因。這是一間空屋。是一間毫無靈魂的空屋。我打開手電筒，一縷黃光便照射在黑暗之中。其實沒什麼可看的，只有木地板和蒼白的牆壁，然後是一座寬敞的、現代感的樓梯，中間還有一座平坦的台階，然後才通往二樓。四周什麼聲音也沒有，只有我自己的身體發出的細微聲響。

屋裡沒有什麼家具，大多數房間都是空的。但是當我徹頭徹尾地仔細地搜索時，還是發現了一些被遺留下來的物品。一面沒有反射影像的鏡子給了我一個開端。魔術師，我記了起來。這是魔術的一部分嗎，還是只是為了嚇唬客人而已？其中一間會客廳牆上鑲嵌的書架上，還放著一些書。而廚房的櫃子裡還有一些陶器。如果這裡本來要改建成博物館，那麼其他的東西呢？是否被鎖在某處？這裡的一切都太平淡又太現代了，這樣肯定是無法吸引遊客的吧？這看起來像是銀行家的房子，也可以是商人的房子，但不像是魔術師的。

我又走回廊道上，用手電筒有條不紊地搜索。地板上鋪了條地毯，門的上方高高地掛著一架老式投影機，用粉刷成白色的木箱包覆著，與牆壁相互匹配，是一種隱藏它的假象。如此鬼鬼祟祟，外公和孫女都一樣。不過目前為止還沒有任何線索。

我經過一個可能曾經是雜物間的地方，又發現了一扇通往地下室的門，我小心地打開門，仔細聆聽是否有任何人的聲音。沒有。沒有任何生物被驚動，連一隻老鼠都沒有。我不由自主地發抖起來。我是個成年女人，這只是個地窖。就在我要鑽進地窖裡的時候，口袋裡的手機開始震動。該死，是賽門。

「妳到底在哪裡？」他問。「我以為妳睡了。妳開走了我的車？」

有一瞬間他的語氣很像理查，咄咄逼人又惱怒，而我的第一個直覺反應是要道歉，但我沒有這麼做。

「我在斯凱格內斯，」我小聲地說，但在這座死寂得像陵墓的屋子裡依然太大聲了。

「在這座房子裡。」

「你說你在哪裡？老天，瑪麗蓮，如果警察……」

「警察不在這裡，不見他們的蹤影。但我無法坐在原地等著，什麼也不做。這座房子是整件事的一部分，我很確定。一定有一條線索，一定有。但如果我真的找不到任何東西，我會直接開車回去，沒人會知道我來過。」

「我不喜歡妳一個人跑到那裡去。我希望妳告訴我，這樣我就能跟妳一起過去。」

完全不像理查，我這才意識到。他的語氣不是出於惱怒，而是關切。這是一體兩面。理查總是將他的偏執隱藏在關切後面。今天不要穿那件洋裝，你知道男人是什麼德性。

「但聽著，」他說，「我們又發現了一些東西。我正要打電話給警察說這件事。愛蜜莉亞．考森……」

「可以從她的身分追溯到凱蒂嗎？」我倒抽了一口氣，心跳突然加速。

「沒有，不算是，但她的背景不算完整。只要再往回查個幾年，就發現不完整。只有薄薄幾張紙的資料。相信我，其他文件都非常厚，但她的卻不是。」

「所以呢？」

他停頓了一下。「我想凱蒂還同時假裝成另外兩個人。」

74
艾娃

裘蒂，這可惡的女人。我從被堵住的嘴裡發出一聲小小的嗚咽。裘蒂，我當時信任她。她曾是我的朋友，我最好的朋友。我頭痛，而且爛醉如泥，讓我更加難以思考。不，她從來不是我的朋友。她是媽媽最好的朋友。她就是凱蒂，那個白姓少女。隨便哪一種稱呼。

我一定會死在這裡，我知道。我會和媽媽一起死在這裡。裘蒂會殺了我們，因為裘蒂根本不是裘蒂，她是一個瘋婆娘。我感到無比的羞愧又想吐，媽媽會跟我一起死在這裡，我實在太抱歉了，而且我不停地想起體內的寶寶，這個嬰兒也會一起死在這裡，但這一切根本不是孩子的錯。說不定寶寶已經死了。我眼眶泛淚，又奮力將眼淚吞回去。我要是哭就沒辦法呼吸了，我怕自己哭出來。我也害怕死亡。我太害怕了，只希望媽媽能解決這一切，但我不認為她有辦法做到。我現在甚至不羞愧了。那些愚蠢的 Facebook 訊息彷彿是上輩子的事了。我和當時不同，我當時太愚蠢了。

我的臉頰因為鼻涕和眼淚而刺痛，下巴也因為嘴被堵住而痠痛，我恨自己如此無助。我本該反擊的。當我在車上看到她時，我應該知道事情不對勁，但車開得太快，而我又太困惑了。在我意識到之前，我的臉被罩住，陷入一片黑暗，然後當我醒過來時，就已經渾身瘀傷和疼痛。

我不恨媽媽，我愛她。我多想告訴她。她死的時候還會以為我恨她，我不能讓她死去時還這麼認為。她認為每個人都討厭她。我很想嘔吐，但我不能，我會窒息的。蓋在我臉上的毯子很沉重，我想將它甩開，但卻做不到。我想要見媽媽。她現在那麼強悍，完全不像平時的她。她來到這裡，要為我而死。她如此愛我。這段時間我聽了太多她仍是夏綠蒂時候的事，那時她還不是任何人的母親。她想要給我更好的一切，而無論她做過什麼，即便是如此可怕的事，我當時都太自私、太不經思考、太過分了。現在我覺得自己又像五歲一樣弱小。真可悲，我真是可悲。

我聽得見凱蒂那個瘋子在對她說話。她說著丹尼爾死去那天的事。現在媽媽來了，凱蒂完全不在意我了。現在一切都是關於媽媽，我什麼也不是，甚至比什麼也不是還要更糟。我只是棋盤上的一個小兵，她隨時都能將我從棋盤上除去。在游泳隊所發生的一切、我的壞女孩、驚奇四人組、她說的「怪媽俱樂部」，還有我對她的崇拜、所有人對她的崇拜，這一切都不是真的。我的自憐中爆發出一股憤怒。她怎麼敢這樣對我們？

現在媽媽來了，凱蒂完全不在意我了。這個想法在我模糊的意識中又重複了一次。她甚至看不見我，我被蓋在毯子底下。上一次她重新綑緊我的雙手是甚麼時候？一天前？或更久？或最近？時間已不具意義，總之不是最近。我扭動手指，看是否可能掙脫。這裡很熱，我渾身出汗，但有汗水是好的，汗水也是一種潤滑劑。

75 瑪麗蓮

我被賽門告訴我的事弄得心煩意亂，忘了對地窖的恐懼。我將手電筒照在樓梯上，然後向下爬。裘蒂・考森從未就讀艾勒頓大學。她的確有註冊過，並辦理了所有手續，取得她的文件和學生證等等，但從未出席過任何一門課。艾娃失蹤的時候是暑假，所以警察也沒有親自去學校找她問話。他們可能只是從艾娃學校或游泳隊的某個朋友拿到她的電話。而裘蒂則提供警方她媽媽的電話，畢竟她媽媽總是外出工作，或和男朋友待在一起。於是就被這樣忽略了。畢竟女孩們本來就不是嫌疑犯。

凱蒂既是裘蒂，也是愛蜜莉亞・考森。用媽媽的身分買房子、處理帳單，然後就消失到她編織出來的巴黎生活中去了。接著她再用女兒的身分，透過艾娃潛入麗莎的生活之中。除了裘蒂以外，沒有人見過愛蜜莉亞。我想起裘蒂，很瘦，從不化妝，身材像男孩一樣平坦結實，個子很矮，性格安靜，總是躲在人群後面。人們只會看見自己想看的，又只相信自己眼前所見。我又赫然想起另外一件事。凱蒂本該溺水而死的，但她一定是一名游泳健將。當她發現艾娃也是一名泳將時，她一定認為自己運氣很好，認為這是命運。

地下室亂糟糟的，還滿是灰塵。牆邊放了一堆舊家具，還有一座衣櫃，看起來可能稍微值點錢，櫃子上蓋了一塊布。還有成箱的小裝飾品，彷彿是生活時光的碎片，但那些生活卻早已被遺忘。就算這裡有什麼線索，我可能也得花上一段時間才能找到。

不過，我還是感到有些不對勁。我拿著手電筒四處探照，查看每個角落、暗處和縫隙。有其中一面牆的灰泥是潮濕且有裂縫的。這邊都需要看一下，我彷彿聽到理查這麼說。我看向另一邊的牆，離樓梯最遠的那一面。一樣是灰泥。我靠近了一些，推開牆邊的一些箱子，毫不在意裡頭的東西都掉出來了。都是灰泥牆，不過這一面上沒有裂紋，也比較光滑。我轉了一圈，重新看著這個空間，用另外一種方式看。這座地下室不夠大。這是魔術師的房子，地下室應該比這個更大才對。

我跑上樓梯回到雜物間。等手機一有訊號後，我便馬上打電話給賽門。

「你得叫警察過來，立刻。」我打斷了他的抗議和提問。「裡面還有一個房間，一間密室，在地下室的某處。」我發現這點之後，差點喘不過氣來。她們就在這裡，離我這麼近。「她們就在那裡，我得找出來。快叫警察馬上過來，我不管你怎麼跟他們說，可以說我和麗莎一起在這裡。總之快讓他們過來！」

我掛掉電話並環顧四周，臉頰發燙。一間充滿把戲的房子。這裡一定有一個入口。我不能光等著警察來這裡找到入口。

76 麗莎

我很醉，而且身體裡還有某種藥物，讓我的一切都變得遲緩，但我並不像凱蒂以為的那麼意識不清。這些年來我吃了很多藥，抗焦慮、抗抑鬱、鎮定和安眠藥，人們說的出來的，我都吃過。現在這終於起了作用。在凱蒂的計畫中，她以為我只需要十一歲時的劑量。凱蒂也沒那麼縝密。我在椅子上微微地癱軟著，讓我的眼神一下子對焦，一下子又失焦。彷彿人在此處，卻又不在這裡。

「妳以為報警就是背叛我嗎？」她睜大眼睛看著我。「哦，是的，那的確是一部分。但妳在那之前就已經造成傷害了。我試圖讓事情變得好一點，但卻被妳破壞了。」

「妳在說什麼？」我問。

「妳改變主意了。」她厭惡地吐出這句話。

她的語調不斷隨著情緒而快速變化著，從輕鬆、愉悅，變成連鼻息之間都充滿苦澀。

「我知道。我很抱歉。但那不是艾娃的……」

「不，妳不知道！妳一點也不知道！」當她大吼出聲並朝我迫近，我往後退了一點，接著她又輕聲地耳語。「他們對妳做了那一切，妳卻還是下不了手。」她看見了我的困惑。「妳不是之後改變主意，而是之前。妳沒有殺丹尼爾。」她笑了，但眼神卻是冰冷的。「是我做的，我為妳做的。」

有那麼一瞬間，一切彷彿凝結了。她在說什麼？

「不是的。」我說，心狂跳著。她說的不是真的。是我殺了我的弟弟，這是事實。這是鐵打的事實，造就了我整個悲慘的人生。「不，」我又說了一次，「我記得我掐在他脖子上的手，還有我所有憤怒的想法。」我停頓了一下。「還有商店的傑克遜老太太，她看見我了。她在妳睡著的時候看見我做的一切。」

她輕蔑地哼了一聲。「哦，拜託。傑克遜太太恨妳。而且我父母不可能讓我有一丁點機會被妳拖下水，我可是他們的小天使。我媽叫我爸去遊說傑克遜太太，他們便達成了協議。能讓妳進監獄，傑克遜太太樂不可支呢。」

「不。」我頭暈目眩。「不，不可能的，不可能……」一切都毫無道理。白頓家付錢讓商店主人在法庭上說謊？「但我記得……我……」

「他只是個小孩，凱蒂。我們不是真的要這麼做，凱蒂，對吧？我們不能真的殺人。」她發出嘲弄的假音。「想起來了嗎？」

這些句子不知怎麼地開始迴盪在我的潛意識深處，似乎有著真實的份量。「但是，」我說著，我的每個存在、每一個身分，都開始逐漸閃爍並碎裂，「我對他很生氣。我記得我的手掐在他的喉嚨上。」

「妳記得的是我讓你記得的事。容易受騙的夏綠蒂，妳總是一個受害者。妳當時失控了，妳以為我也吞了太多藥，但我沒有。我從來不喜歡失控的感覺。當妳失控的時候，任何人都可以對你做任何事，夏綠蒂。」

「不，」我喃喃地說，「我殺了他。我知道是我做的。那時候我腦中的那些想法……」

「我就是妳腦中的聲音，夏綠蒂。那些話是我說的。妳把手放在他喉嚨上不到一秒鐘，就把這一切當成一個笑話一樣搪塞掉了。即使我們曾發誓要做，即使妳都把他帶來了。妳還是一直說著，我們不是真的要這麼做吧，凱蒂？他只是個小孩。我們不可能真的殺人。但那不是對妳最好的做法，也不是對我們最好的做法。我原諒妳，夏綠蒂，但我得自己擺平那一切。我們本來有計畫的，我們約定好的。」

她正在來回踱步，不知道是記憶或者什麼，讓她惱怒或讓她激動了起來，我不確定她的情緒是哪一種，也不在乎。我幾乎無法理解她所說的話。我的整個人生都在瓦解，不知為何，我感到極度恐懼。

「妳改變主意了，而我一直陪著妳假裝，直到妳意識不清，」她繼續說，「我先假裝昏過去，而妳對周遭正在發生的事還有意識，之後妳陷入恍惚之中，當我知道妳已經不能分辨真假時，我就假裝成妳腦中的聲音，提示妳、哄騙妳。但是，妳依然沒有真的下手。妳選擇了他，而沒有選擇我。妳知道那有多讓人受傷嗎？我得嚥下多少自尊才能忽略這個事實？妳說過的每一句話、我們計畫好的每一件事，妳卻突然都不想要經歷了？」

她憤怒地瞪著我，無比的憤怒。「我知道妳不是故意的，」她聳聳肩，「所以我就替妳下手了。他當時很困惑又很害怕，他不喜歡酒，而且又很擔心妳。要讓他靠近我很簡單。於是就發生了。之後，我抓著妳的手放在他的喉嚨上，再拿了一塊磚頭確定事情成了。我又對著妳的耳裡輕聲說了更多話，在妳腦中種下種子，讓妳認為是自己做的，並且確保妳捏磚頭捏得夠緊，手都捏出了痕跡，最後我裝睡，直到妳醒來。」

我生命中所有的結正在解開。我沒有殺丹尼爾。這是真的嗎？我真的敢這樣想嗎？這是否只是某種酒醉、藥物引發的幻覺？我是否真的與我所知的不同？

「但在那一切之後，」她咬緊牙關咆哮道，「妳還是讓我失望了。」

我沒有殺丹尼爾，我沒有。我不知道該如何理解這件事，我不知道我能不能理解。

「放艾娃走，」我說，「你不需要她了。」

「啊，我需要！」她的神情又明亮了起來，我感到胃向下沉。現在又在玩什麼遊戲，凱蒂？妳這個瘋婆娘。妳又在計畫什麼了？

「妳要再做一次，夏綠蒂。」她一邊抓住我的頭髮，一邊對我微笑，同時又灌了我一大口伏特加。「就像以前一樣。可憐的夏綠蒂・內維爾，殺了她的前夫，又殺了她女兒，就像多年前殺了她弟弟一樣。妳會永遠被關在布羅德莫精神病院裡。無論妳想指控我什麼都可以，沒有人會相信妳。凱蒂・白頓已經死了。而妳就是個發瘋的殺童犯。我認為在妳對我做了那一切之後，妳罪有應得，不是嗎？把我一個人留給我母親這麼多年。」

我的眼前一片模糊，周遭又開始天旋地轉，我感到無比恐慌。我也許很習慣藥物，但我的酒量已經不復存在。我不能昏過去，我不能。

「妳知道最棒的是什麼嗎？」她細聲說。「艾娃懷孕了。到頭來，妳的確欠我一個母親。這下我一石二鳥。」

我閉上眼睛，嘴巴微張。「夏綠蒂，妳還醒著嗎？」她問。「妳想睡的話可以睡，這裡開始由我接手。現在該開始了。我們會需要她脖子上有妳的指紋。魔鬼總藏在細節裡。」她從口袋裡掏出一把鑰匙，然後開始解開我一邊的手銬。

我沒有殺丹尼爾，我沒有殺丹尼爾。慢慢地、慢慢地，這個事實開始滲入我的認知裡。原來我整個悲慘的生活都被謊言所包圍。哦，是的，凱蒂，我想。即便我感到怒火在我的體內燃燒著，我依然強迫自己癱軟下來。是該開始了。

77 瑪麗蓮

想，快想。我從一個房間跑到另一個房間，尋找任何我可能忽略的部分。我在廊道的地板上發現了一個活板門，但沒有施力點能打開，而且踩起來像是實心的。這個門會通往密室嗎？還是又是把戲的一部分？我到底該怎麼打開？我試著去按每一個電燈開關，看看其中是否有一個隱藏著控制桿，但什麼也沒發生。沒有電、沒有燈，也無法開門。

這個門只能從裡面打開，這是我唯一能得出的結論。這不是下去的路。我又去地窖找了一次，但那裡太明顯了。時間正在流逝，麗莎和艾娃的時間。也許她們已經死了。我不喜歡這個想法，更不認為那是真的，那只是我恐慌的心思將我帶向了最黑暗的地方。如果她們真的死了，凱蒂就會出來外面，將這裡清理乾淨再離開。如果她們死了，凱蒂也會想要她們的屍體被人發現，當作一種展示。她布置了舞台，而這是她的盛大演出。她是另一種魔術師，與她外公不同，她更加致命，但這也同樣是一個作品。她不會想把屍體藏在一個很難找到的地方，她會希望全世界都能看她計畫的這一切，不管她計畫的是什麼。

我還有時間。我深吸一口氣。想，快想，用妳的腦袋想。手電筒的燈光在我的前方，我回到儲物間，凝視著那間小小的地窖。這麼小的地窖卻有這麼大的樓梯，所以我認為這其實是一間很大的地下室。空間。我的空間感一直都很好。看看這個空間。地下室會在一樓的哪一個房間裡？一定不會是廚房。有人住的時候，廚房太雜亂又太忙碌了，不適合當秘密通道。尤其是如果屋裡有廚師或管家的話，或那些老貴族世家會雇用的那些人。一定在別的地方。

「我來了，麗莎，我來了。」我一邊喃喃說著，一邊沿著牆壁和走廊走著，用我的手指摸索並敲打著，傾聽著任何可能不對勁的聲音。但什麼也沒有。我走進一間會客廳，然後我看見了。我幾乎笑出聲來。

是書架。那些舊書不會無緣無故地被留在那裡。設計一座以機關為核心的房子，書櫃裡通常都會有密門。

我的心狂跳著，一邊把一本又一本的書都拉出來扔到地上，然後清理層板。有其中一層完全不能移動，好像被黏住了。是架子的一部分。我停下來，喘著氣，將手電筒照在上面。我非常小心地將層板向前推。有某個東西喀嚓一響，然後整個書架向內擺動。一股冰冷的空氣撲面而來，我驚愕地張開嘴。

我找到了。

我想我聽見了遠方傳來了警笛聲。聲音小得像蚊子發出的嗡嗡聲。如果是警察的話，他們還離得很遠。我感到雙腳發燙，不耐煩得全身發癢。我唯一的武器就是我的手電筒。我應該等警察來的，自己一人手無寸鐵地走下去簡直是瘋了。

然而當一陣尖叫從底下傳到樓梯上時，我發現自己無論如何已經這麼做了。

78 麗莎

她想要我再次成為夏綠蒂。但我不是。我曾經是夏綠蒂，但現在我是麗莎。我擁有屬於麗莎的憤怒，也有夏綠蒂的憤怒，當另一側手銬被解開時，我釋放出所有的怒火，甩開剛才偽裝的癱軟模樣，尖叫著朝她衝了過去。

「妳這該死的瘋女人！」我對著她的臉怒吼，並將她推倒。「該死的毒婦！」我有太多想說的話，我想對她尖叫，發洩我所有的悲傷、這些年來的罪惡感，還有她對我做的一切、對丹尼爾作的一切，但卻只能找到這些字眼。

她重重地撞上桌子，而我往一旁側過身子，腳步比我想像中的還要不穩。我雖站穩了，但仍在天旋地轉。可惡。凱蒂的震驚和錯愕轉為一個冷笑，就在我快要嘔吐的時候，我明白她為何而笑了。是那把刀子，我的小刀。她抓起刀，我衝過去想要阻止她，但她沒有喝醉，也沒有被下藥，她就這麼輕輕地轉了個身，刀子拿在她的手裡了。就在我搖晃著試圖集中注意力的時候，她露出勝利的微笑。

「永遠跟不上。」她說。

「去死吧。」在她身後，我看到毯子下面有動靜，不是驚慌失措地扭動，而是專注地移動著。我需要讓凱蒂分心，我必須活得久一點，好讓我的孩子有時間離開。「所以妳想刺死我嗎？我可以說是破壞了妳的完美計畫，對吧？」

「我會來點即興創作。」她說，但我還是看到了她眼中的惱火。毯子下面又有更多動作了。艾娃是否掙脫了一隻手腕？「我比較希望妳能去坐牢，但如果妳們兩個都死，我也能接受。」

她向我撲過來，而我想辦法躲開。她笑了，我突然絕望地意識到她是在和我玩。我連站都站不穩。

「麗莎？」

這聲音是如此意料之外，我下意識地轉過頭。她就站在我們身後的門口，眼睛驚恐地瞪大，一邊的手裡拿著手電筒。瑪麗蓮。瑪麗蓮找到我們了。見到了我最好的朋友，我不禁抽噎了一聲。我真正最好的朋友。但接著她突然撲向我們，毫無用處的手電筒被扔在一邊，她用力將我推開。

我轉了一圈，往後倒在地板上，正好看見凱蒂，她的臉因為狂烈的痛苦而變得醜陋，她的刀就劃在我前一秒鐘站著的地方，現在瑪麗蓮站的那裡。

我聽見瑪麗蓮倒抽一口氣，不是因為疼痛，而是極度驚愕。她低下頭，刀子的手柄就嵌在她的胸口。有好一陣子一切都靜止了，然後她轉過來看向我，試圖向我微笑。她張開嘴，試圖說出點什麼，而我在倒臥的地板上，能聽到她粗重的呼吸聲。

「快跑。」她終於說，而後她像一具斷了線的木偶一般，癱倒在地上。

我沒有跑，我不能那麼做。我再也不跑了。我把視線從我美麗的朋友受了傷的身體上移開，然後尖叫了起來。我聽見尖叫聲，知道那是我自己發出來的，但卻彷彿是來自其他地方，來自其他人，來自離我很遠的某個地方。我已經無法理性思考。我成為一架充滿純粹痛苦的武器，我跳了起來，現在雙腿再也不搖晃了，然後我衝向凱蒂，將她撲倒在地上，我用全身的重量壓住她，她重重呼出一口氣。我雙手握在她的喉嚨上，開始用力掐緊。

瑪麗蓮、丹尼爾、我、艾娃、那些日子、我的人生。她不斷掙扎著，但我的雙手卻像鉗子一樣緊緊掐在她纖細的脖子上。我在她眼中看見了恐懼，而我沉迷於其中。「去死吧，凱蒂．白頓，」我咬牙切齒地說，眼中泛起了淚水，「去死，妳這個瘋女人。」

她喘不過氣來，被壓扁的氣管發出可怕的聲音，她絕望地掙扎，試圖呼吸，但我的手仍緊緊地掐著，用盡手部肌肉的力氣。我要殺了她，我知道我會殺了她，而這種感覺太棒了。

「媽，不要！」一雙手放在我的手臂上，搖晃著我，試圖將我從她身上拉開。「不要，媽，不要！」

艾娃，是我的艾娃。她渾身髒汙，一把鼻涕一把眼淚的，她的頭髮扁塌又糾結在一起，但當她捧著我的臉時，眼神卻是清澈的。

「妳不是殺人犯，別讓她把妳變成那樣。我愛妳，媽。別這麼做。」

我盯著她的雙眼，那雙眼睛和約翰如此相像，但在瞳孔顏色背後的深處，神情卻那麼像我。我的寶貝。

「拜託，媽，」她說，「拜託。」

我感覺到自己的雙手鬆開了。在我放手後，我身下的凱蒂開始咳嗽。艾娃離我這麼近，我只能抬起手臂擁抱她。我將她拉向我，我們靠在一起，將臉埋在彼此的髮間哭泣著，我一邊哭，一邊對她說，沒事了、沒事了，寶貝，媽媽在這裡，一切都結束了，都結束了。然後從樓上傳來了說話聲，接著一雙腳走下樓梯來，我知道我們安全了。

凱蒂在我身下緊張了起來，試圖坐直身子，我立刻從艾娃的擁抱中抽身，迅速朝她臉上猛擊了一拳。然後她便一動也不動地昏過去了。

尾聲

夜裡依然有夢魘，也許夢魘還會持續很長一段時間，她們每一個人都是。但她們都不同了，而麗莎提醒自己，那只是夢而已。凱蒂被關起來了，無法逃出來追捕她們。他們說凱蒂有寫信給她，但她一封也沒有讀。她要監獄的工作人員將所有類似的信件全部燒毀。她對凱蒂的任何一個字都沒有興趣。

她又成為了夏綠蒂，而她發覺自己能接受。這段時間的治療很有幫助，即使要放下如此漫長的罪惡和羞愧感是一件困難的事。他們聊了她的童年，還聊了丹尼爾。她哭了。

後來她再也不會夢見凱蒂來找她，但她依然夢見自己牽著丹尼爾的手。她認為這些夢會永遠留下，但這沒有關係。他就在她的內心深處，永遠都會在，而她已經找到了和他平靜共處的方式了。他死了，這是無法改變的事實。但也是時候向前看、繼續生活，並擁抱新的人生。她一定要試著快樂起來。現在她可以快樂了。她有權利快樂。今天她就很快樂，今天她充滿希望。

艾娃的臉色蒼白，但美麗得令人敬畏，她抱著這個嬰兒，那麼小、那麼脆弱、那麼嶄新，夏綠蒂覺得他們是世界上最美麗的存在，她年輕的女兒和她新生的孩子，他們是她的力量，永遠都會是她的力量。寇特尼已經從醫院回家了，有些震驚和困惑，但夏綠蒂認為他會沒事的。他是個好孩子，她覺得只要有足夠的幫助，他就能成為一個好父親。這個孩子絕對不會缺少愛他的人。

「他真美。」她說。當她對女兒微笑時，眼淚刺痛了她的雙眼。現在她很容易就流下淚來。事情竟會如此改變。

「我買了小熊軟糖！」醫院的房門打開，瑪麗蓮走了進來，揮舞著機械義肢手臂，手裡拿著一袋糖果。她還有一段漫長的路，但她是個勇士。她一直都必須當個勇士。她自然的光彩慢慢地回來了，不再需要強顏歡笑。她也會做惡夢，夏綠蒂會在睡夢中聽見她的哭聲。出院後，瑪麗蓮搬來一起住似乎是一件再自然不過的事情，本來應該只是個暫時的安排，現在卻變成了一種無法言喻的永久安頓。夏綠蒂、艾娃和瑪麗蓮，一個奇怪的小家庭，但她無意改變。她們會一起度過這一切，度過所有難關。其他事情都可以等著。她知道賽門想要更進一步，但不確定這會不會成真。也許有一天會，端看他有多少耐心。

「所以，有個小男孩要和我們一起住了。」夏綠蒂坐在床邊說。她將手指伸進嬰兒其中一隻皺巴巴的小手裡，被他美麗的模樣迷住了。她們從來就不打算墮胎。艾娃做不到，夏綠蒂也不會反對她的決定。也許其他時刻有其他人會這麼做，但不是她或艾娃。

「妳想好名字了嗎？」瑪麗蓮問。夏綠蒂好奇地抬起頭來。艾娃在不知道嬰兒是男是女之前，一直都在心中保留名字的選擇。艾娃點點頭，汗濕的頭髮都黏在了臉上。

「丹尼爾，」她說，「我想叫他丹尼爾。」

嬰兒小小的手緊緊抓住夏綠蒂的手指不願放開，她眼眶裡鹹而炙熱的淚水又滑了下來。丹尼爾。這很完美。

致謝

一如往常地要感謝我在大衛海厄姆經紀公司的經紀人維蘿妮克・巴克斯特，還有在佛萊契事務所的代理人葛蕾恩・福克斯，這兩位女性太棒了，而且還阻止了我的搖擺不定。更要感謝在英國哈潑小說出版部的整個團隊，尤其是潔美・福斯特，當然永遠都還要感謝我最傑出的朋友和編輯娜塔莎・巴頓。另外特別謝謝美國威廉莫羅出版社的大衛・海菲爾，他如此熱愛這本書，將我帶進了全球的哈潑柯林斯出版社。

也要感謝我所有的家人、朋友，你們激勵我，讓我繼續前進，包容我邋遢的穿著，而且還很少換下那身出門遛狗的衣服。我要和你們所有人喝一杯。

高寶書版集團
gobooks.com.tw

TN 256
說了謊以後
Cross Her Heart

作　　者　莎拉・平柏羅（Sarah Pinborough）
主　　編　楊雅筑
譯　　者　劉佳澐
企　　劃　何嘉雯
封面設計　張閔涵
排　　版　李夙芳

發 行 人　朱凱蕾
出　　版　英屬維京群島商高寶國際有限公司台灣分公司
Global Group Holdings, Ltd.
地　　址　台北市內湖區洲子街 88 號 3 樓
網　　址　gobooks.com.tw
電　　話　（02）27992788
電　　郵　readers@gobooks.com.tw（讀者服務部）
pr@gobooks.com.tw（公關諮詢部）
傳　　真　出版部（02）27990909　行銷部（02）27993088
郵政劃撥　19394552
戶　　名　英屬維京群島商高寶國際有限公司台灣分公司
發　　行　英屬維京群島商高寶國際有限公司台灣分公司
初　　版　2019 年 7 月

國家圖書館出版品預行編目（CIP）資料

說了謊以後／莎拉.平柏羅(Sarah Pinborough)著；劉佳澐譯 -- 初版. -- 臺北市：高寶國際出版：高寶國際發行, 2019.07
面；　公分. --（文學新象；TN 256）

ISBN 978-986-361-707-5（平裝）

873.57　　108009571